CONTOS DA
RAINHA DO
CRIME

Publicado originalmente em 1932

· TRADUÇÃO DE ·
Petê Rissatti

Rio de Janeiro, 2024

Título original: *The Thirteen Problems*
Copyright © 1932 Agatha Christie Limited. All rights reserved.
Copyright de tradução © 2022 Casa dos Livros Editora LTDA.

The Thirteen Problems™ is a trade mark of Agatha Christie Limited and Agatha Christie®
Marple® and the Agatha Christie Signature are registered trademarks of Agatha Christie
Limited in the UK and elsewhere. Todos os direitos reservados.

Todos os direitos desta publicação são reservados à Casa dos Livros Editora LTDA.
Nenhuma parte desta obra pode ser apropriada e estocada em sistema de banco de
dados ou processo similar, em qualquer forma ou meio, seja eletrônico, de fotocópia,
gravação etc., sem a permissão do detentor do copyright.

Diretora editorial: *Raquel Cozer*

Gerente editorial: *Alice Mello*

Editores: *Lara Berruezo e Victor Almeida*

Assistência editorial: *Anna Clara Gonçalves e Camila Carneiro*

Copidesque: *Luíza Amelio*

Revisão: *Fernanda Marão*

Design gráfico de capa e miolo: *Túlio Cerquize*

Imagem de capa: © *Brian Hagiwara*

Diagramação: *Abreu's System*

Dados Internacionais de Catalogação na Publicação (CIP)
(Câmara Brasileira do Livro, SP, Brasil)

Christie, Agatha, 1890-1976
 Os treze problemas / Agatha Christie; tradução Petê Rissatti. – Rio
de Janeiro: HarperCollins Brasil, 2022.

 Título original: The thirteen problems
 ISBN 978-65-5511-285-6

 1. Ficção policial e de mistério (Literatura inglesa) I. Título.

22-97926   CDD-823.0872

Índices para catálogo sistemático:

1. Ficção policial e de mistério: Literatura inglesa   823.0872

Aline Graziele Benitez – Bibliotecária – CRB-1/3129

Os pontos de vista desta obra são de responsabilidade de seu autor, não refletindo necessariamente a posição da HarperCollins Brasil, da HarperCollins Publishers ou de sua equipe editorial.

HarperCollins Brasil é uma marca licenciada à Casa dos Livros Editora LTDA.
Todos os direitos reservados à Casa dos Livros Editora LTDA.
Rua da Quitanda, 86, sala 601A – Centro
Rio de Janeiro, RJ – CEP 20091-005
Tel.: (21) 3175-1030
www.harpercollins.com.br

Para Leonard e Katharine Woolley

Contos

Prefácio		9
1.	O Clube das Terças-feiras	11
2.	A casa do ídolo de Astarte	27
3.	Os lingotes de ouro	45
4.	A calçada manchada de sangue	61
5.	Motivo × oportunidade	75
6.	O hadoque	91
7.	O gerânio azul	107
8.	A acompanhante	127
9.	Os quatro suspeitos	149
10.	Uma tragédia de Natal	167
11.	A erva da morte	189
12.	O caso no bangalô	209
13.	Morte por afogamento	229
Notas sobre *Os treze problemas*		253

Prefácio

Estes problemas foram a estreia de Miss Marple no mundo dos leitores de histórias de detetive. Miss Marple tem uma leve semelhança com minha avó, também uma senhora bonita, de pele clara e corada que, embora tivesse levado uma vida vitoriana das mais protegidas, parecia, no entanto, estar intimamente familiarizada com todas as profundezas da perversidade humana. Era possível sentir-se incrivelmente ingênuo e crédulo por sua observação reprovadora: "Mas você *acreditou* no que disseram para você? Não deveria acreditar. *Eu* nunca acredito!"

Gostei muito de escrever as histórias de Miss Marple, sentia muito carinho por minha senhorinha fofa e desejava que ela fosse um sucesso. Ela foi. Depois que as primeiras seis histórias apareceram, me pediram mais seis. Miss Marple definitivamente tinha vindo para ficar.

Ela já apareceu em vários livros e em uma peça de teatro — e realmente rivaliza com Hercule Poirot em popularidade. Recebo quase o mesmo número de cartas, um tanto dizendo "Gostaria que sempre escrevesse histórias da Miss Marple, e não de Poirot", e o outro "Gostaria que escrevesse mais Poirot, e não Miss Marple". Pendo mais para o lado dela. Acho que ela está em seu melhor na resolução dos *pequenos* problemas. Combinam bem com seu estilo mais intimista. Poirot, por outro lado, insiste em um livro inteiro para mostrar seus talentos.

Estes *Treze problemas* contêm, acredito eu, a verdadeira essência de Miss Marple para aqueles que a apreciam.

Agatha Christie
1953

O Clube das Terças-feiras

Publicado originalmente na *The Royal Magazine*,
em 1927. Nos Estados Unidos, o título foi alterado para
"The Solving Six". Sua primeira publicação em livro
foi na coleção *As Melhores Histórias de Detetives do Ano
de 1928*, pela Faber e Faber.

— Mistérios não resolvidos.

Raymond West soprou uma nuvem de fumaça e repetiu as palavras com uma espécie de prazer ponderado.

— Mistérios não resolvidos.

Ele olhou ao redor com satisfação. O cômodo era velho, com largas vigas pretas no teto, e mobiliado com bons móveis antigos que lhe pertenciam. Daí o olhar de aprovação de Raymond West. Ele era escritor de profissão e gostava que a atmosfera fosse perfeita. A casa de sua tia Jane sempre o agradou, por ser o cenário certo para a personalidade dela. Ele olhou além da lareira para onde ela estava sentada, empertigada, em uma grande poltrona. Miss Marple usava um vestido de brocado preto, bastante apertado na cintura, com renda de bilros disposta em cascata na frente do corpete. Estava com luvas de renda preta e uma touca cobria os cachos amontoados de seus cabelos cor de neve. Ela estava tricotando — alguma coisa branca, macia e felpuda. Seus olhos azuis desbotados, benignos e gentis examinavam com prazer bondoso seu sobrinho e seus convidados. Pousaram primeiro no próprio Raymond, intencionalmente confiante, depois em Joyce Lemprière, a artista, com seus cabelos pretos cortados rente e estranhos olhos castanhos-esverdeados, depois naquele homem cosmopolita bem arrumado, Sir Henry Clithering. Havia duas outras pessoas na sala, Dr. Pender, o velho clérigo da paróquia, e Mr. Petherick, o advogado, um homenzinho seco que usava óculos, apesar de olhar por cima das lentes, e não através delas. Miss Marple dedicou um breve momento de atenção a todas essas pessoas e voltou ao tricô com um sorriso suave nos lábios.

Mr. Petherick soltou a tossezinha seca com que costumava começar seus comentários.

— O que você está dizendo, Raymond? Mistérios não resolvidos? A-ha... o que há com eles?

— Nada — disse Joyce Lemprière. — Raymond apenas gosta do som das palavras e de ouvir a si mesmo.

Raymond West lançou-lhe um olhar de reprovação, ao qual ela jogou a cabeça para trás e riu.

— Ele é um fingido, não é, Miss Marple? — questionou ela. — A senhora sabe disso, tenho certeza.

Miss Marple sorriu gentilmente para ela, mas não respondeu.

— A própria vida é um mistério não resolvido — disse o clérigo de forma solene.

Raymond endireitou-se na cadeira e lançou longe o cigarro com um gesto impulsivo.

— Não foi isso que eu quis dizer. Não estava falando de filosofia — disse ele. — Estava pensando em simples fatos prosaicos reais, coisas que aconteceram e que ninguém jamais explicou.

— Sei exatamente o que você quer dizer, querido — disse Miss Marple. — Por exemplo, Mrs. Carruthers teve uma experiência muito estranha ontem de manhã. Ela comprou uma porção de camarões limpos no Elliot's. Visitou outras duas lojas e, quando chegou em casa, descobriu que os camarões não estavam com ela. Então, voltou às duas lojas que havia visitado, mas os camarões tinham desaparecido completamente. Isso me parece muito notável.

— Uma história muito duvidosa — disse Sir Henry Clithering com seriedade.

— Existem, é claro, todos os tipos de explicações possíveis — disse Miss Marple, com as bochechas ficando ligeiramente mais rosadas de empolgação. — Por exemplo, outra pessoa...

— Minha querida tia — disse Raymond West, divertindo-se um pouco —, não quis dizer esse tipo de incidente de vilarejo. Estava pensando em assassinatos e desaparecimentos, o tipo de coisa que Sir Henry poderia nos contar por horas se quisesse.

— Mas nunca falo de negócios — disse Sir Henry modestamente. — Não, nunca falo sobre negócios.

Sir Henry Clithering fora até recentemente comissário da Scotland Yard.

— Suponho que haja muitos assassinatos e coisas que nunca são resolvidas pela polícia — disse Joyce Lemprière.

— Isso é um fato admitido, acredito eu — disse Mr. Petherick.

— Eu me pergunto — disse Raymond West —, que espécie de cérebro tem mais habilidade para desvendar um mistério? É inevitável pensar que um detetive de polícia comum deve ser prejudicado pela falta de imaginação.

— Esse é o ponto de vista do leigo — disse Sir Henry secamente.

— Você precisa mesmo é de um comitê — disse Joyce, sorrindo. — Para psicologia e imaginação, procure um escritor...

Ela fez uma reverência irônica para Raymond, mas ele permaneceu sério.

— A arte de escrever dá uma ideia da natureza humana — disse ele de forma solene. — Percebem-se, talvez, motivos que o indivíduo comum ignoraria.

— Eu sei, querido — disse Miss Marple —, que seus livros são muito perspicazes. Mas você acha que as pessoas são realmente tão desagradáveis quanto as faz parecer?

— Minha querida tia — disse Raymond gentilmente —, mantenha suas crenças. Deus me livre que *eu* as destrua de alguma forma.

— Quero dizer — disse Miss Marple, franzindo um pouco a testa enquanto contava os pontos do tricô — que muita gente me parece não ser boa nem má, mas simplesmente, sabe, muito tola.

Mr. Petherick voltou com a tossezinha seca.

— Você não acha, Raymond — disse ele — que atribui peso demais à imaginação? A imaginação é uma coisa muito perigosa, como nós, advogados, sabemos muito bem. Ser capaz de filtrar as provas com imparcialidade, tomar os fatos e considerá-los fatos... esse me parece o único método lógico de se chegar à verdade. Devo acrescentar que, pela minha experiência, é o único que consegue fazê-lo.

— Ora! — exclamou Joyce, jogando para trás a cabeleira preta com indignação. — Aposto que poderia vencer vocês todos neste jogo. Não sou apenas uma mulher... e digam o que quiserem, as mulheres têm uma intuição que é negada aos homens... mas também sou uma artista. E vejo coisas que vocês não veem. E, como artista, também já andei com pessoas de todos os tipos e condições. Conheço a vida como a querida Miss Marple aqui não poderia conhecê-la.

— Não sei, querida — disse Miss Marple. — Às vezes, coisas muito dolorosas e angustiantes acontecem nos vilarejos.

— Posso falar? — disse Dr. Pender, sorrindo. — Hoje em dia está na moda criticar o clero, eu sei, mas ouvimos coisas, conhecemos um lado do caráter humano que é um livro selado para o mundo exterior.

— Bom — comentou Joyce — parece-me que somos um grupo bastante representativo. Que tal se formássemos um clube? Que dia é hoje? Terça-feira? Vamos chamá-lo de *O Clube das Terças-Feiras*. Devemos nos reunir todas as semanas, e cada membro por vez tem que propor um novo problema. Algum mistério do qual tenha conhecimento pessoal e para o qual, é claro, saiba a resposta. Deixa-me ver em quantos somos? Um, dois, três, quatro, cinco. O ideal é termos seis membros.

— Você se esqueceu de mim, querida — disse Miss Marple, sorrindo alegremente.

Joyce ficou um pouco surpresa, mas escondeu o fato com rapidez.

— Seria ótimo, Miss Marple — afirmou ela. — Achei que não gostaria de jogar.

— Acho que seria muito interessante — comentou Miss Marple —, especialmente com tantos cavalheiros inteligentes presentes. Infelizmente, não sou tão arguta, mas viver todos esses anos em St. Mary Mead dá uma ideia da natureza humana.

— Estou certo de que sua cooperação será muito valiosa — disse Sir Henry, com cortesia.

— Quem vai começar? — perguntou Joyce.

— Acho que não há dúvida quanto a isso — disse Dr. Pender —, quando temos a grande sorte de ter um homem tão distinto como Sir Henry aqui conosco...

Ele deixou sua frase inacabada, fazendo uma reverência cortês na direção de Sir Henry.

Este último ficou em silêncio por um ou dois minutos. Por fim, suspirou, cruzou as pernas e começou:

— É um pouco difícil para mim selecionar exatamente o tipo de coisa que desejam, mas acho que, por acaso, conheço um exemplo que se encaixa muito bem nessas condições. Vocês devem ter visto alguma menção ao caso nos jornais há um ano. Na época, ele foi deixado de lado como um mistério não resolvido, mas, por coincidência, a solução chegou às minhas mãos há poucos dias.

"Os fatos são muito simples. Três pessoas sentaram-se para um jantar que consistia, entre outras coisas, em lagosta enlatada. Mais tarde naquela noite, as três adoeceram, e um médico foi chamado às pressas. Duas das pessoas se recuperaram, a terceira morreu."

— Ah! — disse Raymond com aprovação.

— Como eu disse, os fatos em si são muito simples. Foi considerada morte por intoxicação por ptomaína, a certidão para tal foi expedida, e a vítima foi devidamente enterrada. Mas as coisas não terminaram assim.

Miss Marple assentiu.

— As pessoas comentaram o caso, suponho — disse ela.

— Sempre comentam.

— E agora devo descrever os atores deste pequeno drama. Chamarei o marido e a esposa de Mr. e Mrs. Jones, e a dama de companhia da esposa, de Miss Clark. Mr. Jones viajava a trabalho para uma firma de químicos industriais. Ele era um homem bonito, de um jeito meio grosseiro e exuberante, com cerca de 50 anos. Sua esposa era uma mulher bastante comum, de cerca de 45 anos. A dama de companhia, Miss Clark, era uma mulher de 60 anos, corpulenta e alegre com rosto radiante e rubicundo. Nenhum deles, podemos dizer, era muito interessante.

"Agora, o início dos problemas surgiu de uma forma muito curiosa. Mr. Jones ficou hospedado na noite anterior em um pequeno hotel comercial em Birmingham. Acontece que o mata-borrão havia sido trocado naquele dia, e a camareira, aparentemente sem nada melhor para fazer, divertiu-se estudando o objeto no espelho logo depois de Mr. Jones ter escrito uma carta ali. Poucos dias depois, houve o relato nos jornais sobre a morte de Mrs. Jones como resultado de ter comido lagosta enlatada, e a camareira então relatou às suas colegas do hotel as palavras que ela havia decifrado no mata-borrão. Eram as seguintes: *Depende totalmente de minha esposa... quando ela morrer, eu vou... centenas e milhares...*

"Vocês devem se lembrar que havia então recentemente ocorrido um caso de uma esposa envenenada pelo marido. Foi preciso muito pouco para acender a imaginação dessas criadas. Mr. Jones havia planejado se livrar da esposa e herdar centenas de milhares de libras! Por acaso, uma das camareiras tinha parentes que viviam na pequena cidade onde os Jones residiam. Ela escreveu para eles, e eles, por sua vez, escreveram de volta. Mr. Jones, ao que parecia, havia sido muito atencioso com a filha do médico local, uma jovem bonita de 33 anos. O escândalo começou a tomar forma. O Ministro do Interior foi convocado. Inúmeras cartas anônimas chegaram à Scotland Yard, todas acusando Mr. Jones de ter assassinado a esposa. Bem, posso dizer que nem por um momento pensamos que houvesse alguma coisa aí, exceto conversa fiada e mexerico de vilarejo. No entanto, para acalmar a opinião pública, foi concedida uma ordem de exumação. Foi um desses casos de superstição popular sem nenhuma base sólida, mas se provou surpreendentemente justificado. Como resultado da autópsia, foi encontrado arsênico suficiente para deixar bem claro que a falecida senhora morrera de envenenamento pela substância. Coube à Scotland Yard trabalhar com as autoridades locais para provar como aquele arsênico foi administrado e por quem."

— Ah! — exclamou Joyce. — Gosto disso. Isso é vida real.

— A suspeita recaiu naturalmente sobre o marido. Ele se beneficiou com a morte de sua esposa. Não na extensão das centenas de milhares romanticamente imaginadas pela camareira do hotel, mas na sólida quantia de 8 mil libras. Ele não tinha dinheiro próprio além do que ganhava, e era um homem de hábitos um tanto extravagantes, com uma preferência pela companhia feminina. Investigamos o mais delicadamente possível o boato de sua ligação com a filha do médico, mas, embora parecesse claro que houvera uma forte amizade entre eles em algum momento, os dois haviam rompido abruptamente fazia dois meses, e não pareciam ter se visto desde então. O próprio médico, um homem idoso de um tipo franco e nada suspeito, ficou pasmo com o resultado da autópsia. Havia sido chamado por volta da meia-noite, e encontrou as três pessoas passando mal. Percebeu imediatamente o estado grave de Mrs. Jones e mandou buscar em seu dispensário algumas pílulas de ópio para aliviar a dor.

No entanto, apesar de todos os seus esforços, ela sucumbiu, mas nem por um momento ele suspeitou de que algo estava errado. Ele estava convencido de que sua morte havia ocorrido devido a uma forma de botulismo. O jantar daquela noite consistiu em lagosta enlatada e salada, pavê, pão e queijo. Infelizmente, não sobrou nem um pouco de lagosta... tudo já havia sido comido, e a lata jogada fora. Ele interrogou a jovem empregada, Gladys Linch. Ela estava terrivelmente transtornada, muito chorosa e agitada, e ele achou difícil fazê-la ir direto ao ponto, mas ela declarou repetidamente que a lata não estava estufada de forma alguma e que a lagosta lhe parecera estar em perfeito estado.

"Esses eram os fatos que tínhamos como ponto de partida. Se Jones administrou arsênico de forma criminosa à esposa, parecia claro que isso não poderia ter sido feito em nenhum dos pratos servidos no jantar, já que todas as três pessoas haviam participado dele. Além disso, há um outro ponto: o próprio Jones havia voltado de Birmingham na hora em que o jantar estava sendo servido, de modo que ele não teria tido oportunidade de manipular qualquer parte da comida de antemão."

— E quanto à dama de companhia? — perguntou Joyce — A mulher corpulenta de rosto bem-humorado.

Sir Henry assentiu.

— Não negligenciamos Miss Clark, posso garantir. Mas parecia duvidoso que ela tivesse motivos para ter cometido tal crime. Mrs. Jones não deixou nenhuma herança para ela, e o resultado líquido da morte de sua empregadora foi que ela teve que procurar outro trabalho.

— Isso parece deixá-la fora do caso — disse Joyce, pensativa.

— Bem, um dos meus inspetores logo descobriu um fato significativo — continuou Sir Henry. — Depois do jantar daquela noite, Mr. Jones desceu à cozinha e pediu uma tigela de mingau de amido de milho para sua esposa, que se queixava de não estar se sentindo bem. Ele esperou na cozinha até que Gladys Linch a preparasse e depois a levou pessoalmente ao quarto da esposa. Isso, admito, pareceu encerrar o caso.

O advogado fez que sim com a cabeça.

— Motivo — disse ele, marcando os pontos com os dedos. — Oportunidade. Como viajava representando uma firma de farmacêuticos, tinha acesso fácil ao veneno.

— E era um homem de fibra moral fraca — disse o clérigo.

Raymond West estava olhando para Sir Henry.

— Tem algo de errado nisso — disse ele. — Por que não o prendeu?

Sir Henry sorriu ironicamente.

— Esta é a parte infeliz do caso. Até então, tudo tinha ido bem, mas agora chegamos aos obstáculos. Jones não foi preso porque, ao interrogarmos Miss Clark, ela nos disse que toda a tigela de mingau foi consumida não por Mrs. Jones, mas por ela mesma.

"Sim, parece que ela foi ao quarto de Mrs. Jones como era seu costume. Mrs. Jones estava sentada na cama e a tigela de mingau estava a seu lado.

"'Não estou me sentindo bem, Milly', ela disse. 'Bem feito para mim, suponho, por comer lagosta à noite. Pedi a Albert que me trouxesse uma tigela de mingau de amido de milho, mas agora que está aqui, parece que não me apetece mais.'

"'Uma pena', comentou Miss Clark, 'está bem feito, sem pelotas. Gladys é realmente uma ótima cozinheira. Poucas meninas hoje em dia parecem ser capazes de fazer uma tigela de mingau tão bem. Admito que eu mesma estou com vontade, estou com tanta fome'.

"'Imagino que esteja mesmo, com as suas tolices', disse Mrs. Jones.

"Devo explicar — interrompeu Sir Henry — que Miss Clark, alarmada com sua crescente robustez, estava seguindo uma dieta popularmente conhecida como *banting*.

"'Isso não é bom para você, Milly, realmente não é', insistiu Mrs. Jones. 'Se Deus a fez robusta, Ele quis que você fosse assim. Coma aquela tigela de mingau. Vai te fazer muito bem.'

"E imediatamente Miss Clark começou e, de fato, comeu todo o mingau. Então, vejam vocês, isso destruiu nosso caso contra o marido. Quando lhe foi pedida uma explicação sobre as palavras do mata-borrão, Jones deu uma prontamente. A carta, ele explicou, era em resposta a uma enviada por seu irmão na Austrália, que havia pedido dinheiro a ele. Ele havia escrito que era totalmente dependente de sua esposa. Que, quando a esposa morresse, ele teria controle do dinheiro e ajudaria o irmão, se possível. Lamentou sua incapacidade de ajudar, mas ressaltou que havia centenas e milhares de pessoas no mundo na mesma situação infeliz."

— E, então, o caso fracassou? — perguntou Dr. Pender.

— E, então, o caso fracassou — disse Sir Henry com seriedade. — Não podíamos correr o risco de prender Jones sem justificativa.

Houve um silêncio, e então Joyce disse:

— E isso é tudo?

— É como o caso esteve ao longo do último ano. A verdadeira solução está agora nas mãos da Scotland Yard e, em dois ou três dias, vocês provavelmente lerão a respeito nos jornais.

— A verdadeira solução — disse Joyce, pensativa. — Estou curiosa. Vamos todos pensar por cinco minutos e depois falamos.

Raymond West concordou com a cabeça e olhou a hora em seu relógio. Quando os cinco minutos se passaram, ele olhou para Dr. Pender.

— Você vai falar primeiro? — perguntou ele.

O velho fez que não com a cabeça.

— Confesso — respondeu ele — que estou totalmente perplexo. Presumo que o marido, de alguma forma, seja a parte culpada, mas como ele fez isso, não consigo imaginar.

Só posso sugerir que ele deve ter dado a ela o veneno de uma forma ainda desconhecida; embora não possa imaginar como, nesse caso, essa conclusão tenha sido alcançada depois de tanto tempo.

— Joyce?

— A dama de companhia! — disse Joyce decididamente.

— A dama de companhia, sempre! Como sabemos que motivo ela pode ter tido? Só porque era velha, robusta e feia não quer dizer que ela mesma não estava apaixonada por Jones. Ela pode ter odiado a esposa por algum outro motivo. Pense como é ser uma dama de companhia... sempre tendo que ser agradável, concordar, se conter e se reprimir. Um dia ela não aguentou mais e, então, a matou. Provavelmente colocou o arsênico no mingau e toda aquela história sobre comê-lo ela mesma é mentira.

— Mr. Petherick?

O advogado juntou as pontas dos dedos de um jeito profissional.

— Não poderia dizer. Partindo dos fatos, não tenho o que falar.

— Mas você precisa, Mr. Petherick — disse Joyce. — Não pode reservar o julgamento e dizer "sem preconceitos" e ser legítimo. Tem que jogar o jogo.

— Sobre os fatos — disse Mr. Petherick —, parece que não há nada a ser dito. É minha opinião particular, tendo visto, infelizmente, muitos casos desse tipo, que o marido é culpado. A única explicação que abrangerá os fatos parece ser que Miss Clark, por algum motivo ou outro, o protegeu deliberadamente. Pode ter havido algum acordo financeiro entre eles. Ele talvez tenha percebido que seria suspeito, e ela, vendo apenas um futuro de pobreza pela frente, pode ter concordado em contar a história do mingau em troca de uma quantia substancial a ser paga a ela em particular. Se esse for o caso, é claro que seria muito irregular. Muito irregular mesmo.

— Discordo de todos vocês — disse Raymond. — Vocês se esqueceram de um fator importante no caso. *A filha do médico*. Vou lhes dar a minha leitura do caso. A lagosta enlatada estava estragada. Foi responsável pelos sintomas de intoxicação. O médico foi chamado. Ele encontra Mrs. Jones, que comeu mais lagosta que os outros, com muita dor, e manda buscar, como você nos contou, algumas pílulas de ópio. Não vai buscá-las ele mesmo, manda alguém. Quem dará ao mensageiro as pílulas de ópio? Obviamente, sua filha. Muito provavelmente, ela entrega remédios por ele. Ela está apaixonada por Jones e, neste momento, todos os piores instintos de sua natureza surgem, e ela percebe que os meios para obter sua liberdade estão em suas mãos. Os comprimidos que ela envia contêm arsênico branco puro. Essa é a minha solução.

— E agora, Sir Henry, diga-nos — disse Joyce, ansiosa.

— Um momento — disse Sir Henry. — Miss Marple ainda não falou.

Miss Marple estava balançando a cabeça de um jeito triste.

— Puxa vida — disse ela. — Perdi outro ponto do tricô. Estou muito interessada na história. Um caso triste, um caso muito triste. Isso me lembra do velho Mr. Hargraves, que vivia no Monte. Sua esposa nunca teve a menor suspeita... até que ele morreu, deixando todo o seu dinheiro para uma mulher com quem vivia e com quem tinha cinco filhos. Essa mulher já tinha sido empregada doméstica deles. Uma garota tão boazinha, Mrs. Hargraves sempre dizia, totalmente confiável para virar os colchões todos os dias, exceto às sextas-feiras, é claro. E o velho Hargraves estava mantendo essa mulher em uma casa na cidade vizinha, continuando a ser o secretário da igreja e passando o prato do dízimo todos os domingos.

— Minha querida tia Jane — disse Raymond com alguma impaciência. — O que Hargraves, que já está morto, tem a ver com o caso?

— Essa história me fez pensar nele imediatamente — disse Miss Marple. — Os fatos são muito parecidos, não são?

Suponho que a pobre menina tenha confessado, e é assim que você sabe, Sir Henry.

— Que menina? — disse Raymond. — Minha querida tia, do que está falando?

— Aquela pobre garota, Gladys Linch, é claro, aquela que ficou terrivelmente agitada quando o médico falou com ela, e é claro que ficaria, pobrezinha. Espero que o perverso Jones seja enforcado, claro, por ter feito daquela pobre garota uma assassina. Suponho que também vão enforcá-la, coitadinha.

— Acho, Miss Marple, que a senhora está ligeiramente equivocada — começou Mr. Petherick.

Mas Miss Marple balançou a cabeça obstinadamente e olhou para Sir Henry.

— Estou certa, não estou? Parece tão claro para mim. As centenas e milhares, e o pavê, quero dizer, não dá para não desconfiar.

— O que têm o pavê e as centenas e milhares? — exclamou Raymond.

Sua tia voltou-se para ele.

— Os cozinheiros quase sempre colocam milhares de confeitos nos pavês, querido — disse ela. — Esses granulados de açúcar branco e rosa. É claro que, quando soube que eles haviam comido pavê no jantar e que o marido havia escrito para alguém sobre centenas e milhares, conectei as duas coisas. É onde estava o arsênico... nos confeitos. Ele os deixou com a menina e disse a ela para colocá-los no pavê.

— Mas isso é impossível — disse Joyce rapidamente. — Todos comeram o pavê.

— Ah, não — disse Miss Marple. — A dama de companhia estava de regime, você se lembra. Você nunca come nada parecido com pavê se estiver de regime, e acredito que Jones apenas raspou os confeitos de sua fatia e os deixou de lado no prato. Foi uma ideia inteligente, mas muito perversa.

Os olhos dos outros estavam todos fixos em Sir Henry.

— É muito curioso — disse ele lentamente —, mas Miss Marple descobriu a verdade. Jones colocou Gladys Linch em maus lençóis, como costuma-se dizer. Ela estava quase desesperada. Ele queria a esposa fora de seu caminho e prometeu se casar com Gladys quando sua esposa morresse. Ele adulterou os confeitos e deu-lhe instruções sobre como usá-los. Gladys Linch morreu há uma semana. Seu filho morreu ao nascer, e Jones a havia abandonado por outra mulher. Quando estava morrendo, ela confessou a verdade.

Houve alguns momentos de silêncio e, então, Raymond disse:

— Bem, tia Jane, este a senhora ganhou. Não consigo imaginar como conseguiu descobrir a verdade. Nunca poderia ter pensado que a jovem cozinheira tivesse alguma ligação com o caso.

— Não, querido — disse Miss Marple —, mas você não sabe tanto da vida quanto eu. Um homem como Jones… rude e jovial. Assim que soube que havia uma linda jovem em casa, tive certeza de que ele não a teria deixado em paz. É tudo muito angustiante e doloroso, e não é um assunto muito agradável de se falar. Foi um choque terrível para Mrs. Hargraves, também, e um escândalo rapidamente esquecido pelo restante do vilarejo.

A casa do ídolo de Astarte

Publicado originalmente na *Royal Magazine*, em 1928,
no Reino Unido, e na *Detective Story Magazine* nos
Estados Unidos. Lá, o conto teve o título
"The Solving Six and the Evil Hour".

— E agora, Dr. Pender, o que vai nos contar?

O velho clérigo sorriu gentilmente.

— Minha vida se passou em lugares tranquilos — respondeu ele. — Poucos acontecimentos importantes ocorreram em meu caminho. Uma vez, no entanto, quando era jovem, tive uma experiência muito estranha e trágica.

— Ah! — disse Joyce Lemprière, incentivadora.

— Nunca me esqueci dela — continuou o clérigo. — Causou uma profunda impressão em mim na época, e, até hoje, com um ligeiro esforço de memória, posso sentir novamente o temor e o horror daquele momento terrível em que vi um homem ferido fatalmente por um agente aparentemente inofensivo.

— O senhor está me deixando com calafrios, Pender — reclamou Sir Henry.

— Eu também fiquei com calafrios, como o senhor diz — respondeu o outro. — Desde então, nunca mais ri das pessoas que usam a palavra atmosfera. Tal coisa existe. Existem certos lugares imbuídos e saturados de influências boas ou más que podem fazer sentir seu poder.

— Aquela casa, o Solar dos Pinheiros, é muito infeliz — observou Miss Marple. — O velho Mr. Smithers perdeu todo o seu dinheiro e teve que deixá-la, então os Carslake a tomaram, e Johnny Carslake caiu escada abaixo, quebrou a perna, e Mrs. Carslake teve que ir embora para o sul da França devido à sua saúde, e agora os Burden a compraram, e ouvi dizer que o pobre Mr. Burden precisa ser operado quase que imediatamente.

— Acho que há superstições demais sobre essas questões — disse Mr. Petherick. — Muitos danos são causados às propriedades por relatos tolos divulgados imprudentemente.

— Conheci um ou dois "fantasmas" que tinham uma personalidade muito forte — comentou Sir Henry com uma risada.

— Acho — disse Raymond — que devemos permitir que Dr. Pender continue com sua história.

Joyce levantou-se e apagou os dois abajures, deixando a sala iluminada apenas pela luz bruxuleante da lareira.

— Atmosfera — disse ela. — Agora, podemos prosseguir.

Dr. Pender sorriu para ela e, recostando-se na cadeira e tirando o pincenê, começou sua história com uma voz suave e reminiscente.

— Não sei se algum de vocês conhece Dartmoor. O lugar de que estou falando fica nos limites desta região. Era uma propriedade muito charmosa, embora já estivesse no mercado havia vários anos sem encontrar comprador. A situação talvez ficasse um pouco desoladora no inverno, mas as paisagens eram magníficas e havia certas características curiosas e originais na própria construção. Foi comprada por um homem chamado Haydon... Sir Richard Haydon. Eu o conheci nos tempos da faculdade e, embora o tivesse perdido de vista por alguns anos, os velhos laços de amizade ainda existiam, e aceitei com prazer seu convite para ir a Silent Grove, como era chamada sua nova aquisição.

"Não estávamos em muitos. Estavam lá o próprio Richard Haydon e seu primo, Elliot Haydon. Havia uma tal Lady Mannering, com uma filha pálida e bastante apática chamada Violet. Também um Capitão Rogers e sua esposa, que cavalgavam bastante e, queimados de sol, viviam apenas para os cavalos e a caça. Havia também um jovem Dr. Symonds, e Miss Diana Ashley. Eu sabia alguma coisa sobre esse último nome. Sua foto aparecia com frequência nos jornais da sociedade e ela era uma das notórias beldades da temporada. Sua aparência era realmente marcante. Era morena e alta, com uma pele bonita de um tom uniforme de creme pálido, e seus olhos escuros semicerrados e inclinados lhe davam uma aparência oriental curiosamente picante. Também tinha uma voz maravilhosa e profunda que lembrava um sino.

"Percebi imediatamente que meu amigo Richard Haydon se sentia muito atraído por ela, e imaginei que toda a visita tivesse sido arranjada apenas como um cenário para ela. Dos sentimentos dela eu já não tinha tanta certeza. Ela era caprichosa em suas preferências. Um dia, conversava com Richard e deixava de lado todos os outros, e em outro favorecia o primo de Richard, Elliot, mal notando que Richard existia, e então dava os sorrisos mais encantadores ao calado e tímido Dr. Symonds.

"Na manhã seguinte à minha chegada, nosso anfitrião mostrou-nos todo o lugar. A casa em si não tinha nada de notável, uma boa e sólida casa construída com granito de Devonshire. Construída para resistir ao tempo e à exposição. Não era romântica, mas era muito confortável. Das janelas, se avistava a paisagem do pântano, as vastas colinas onduladas coroadas por picos ensolarados.

"Nas encostas do pico mais próximo de nós havia vários círculos de cabanas, relíquias dos dias passados do final da Idade da Pedra. Em outra colina havia um túmulo recentemente escavado, no qual haviam sido encontrados certos instrumentos de bronze. Haydon se interessava por antiguidades, e falou conosco com muita energia e entusiasmo. Aquele local específico, explicou ele, era particularmente rico em relíquias do passado.

"Moradores de cabanas neolíticas, druidas, romanos e até mesmo vestígios dos primeiros fenícios foram encontrados.

"'Mas este lugar é o mais interessante de todos', disse ele. 'Você conhece o nome dele. Silent Grove. Bem, é fácil ver de onde vem seu nome.'

"Ele apontou com a mão. Aquela parte específica do país era bastante deserta — rochas, urzes e samambaias, mas a cerca de cem metros da casa havia um bosque densamente plantado.

"'Essa é uma relíquia de outrora', disse Haydon. 'As árvores morreram e foram replantadas, mas, no geral, foi mantido da forma que costumava ser, talvez até na época dos colonos fenícios. Venham, vamos ver.'

"Todos nós o seguimos. Ao entrarmos no bosque, uma curiosa opressão se apoderou de mim. Acho que foi o silêncio. Nenhum pássaro parecia fazer ninho nessas árvores. Havia um sentimento de desolação e horror. Observei Haydon olhando para mim com um sorriso curioso.

"'Algum sentimento sobre este lugar, Pender?', perguntou ele. 'Antagonismo, talvez? Ou inquietação?'

"'Não gosto daqui', respondi calmamente.

"'Você está no seu direito. Esta foi a fortaleza de um dos antigos inimigos de sua fé. Este é o Bosque de Astarte.'

"'Astarte?'

"'Astarte, Ishtar ou Astarote, ou como quiser chamá-la. Prefiro o nome fenício de Astarte. Existe, creio eu, um Bosque de Astarte conhecido neste país... ao norte, perto da Muralha. Não tenho provas, mas gosto de acreditar que temos aqui um verdadeiro e autêntico Bosque de Astarte. Aqui, dentro deste denso círculo de árvores, rituais sagrados eram realizados.'

"'Ritos sagrados', murmurou Diana Ashley. Seus olhos pareciam distantes e sonhadores. 'Pergunto-me como eram.'

"'Não muito respeitáveis, de acordo com os relatos', disse o Capitão Rogers com uma risada alta e sem sentido. 'Coisas muito quentes, imagino.'

"Haydon não deu atenção a ele.

"'No centro do Bosque deveria haver um templo', ele disse. 'Não frequento templos, mas me entreguei um pouco a minha própria fantasia.'

"Naquele momento, saímos para uma pequena clareira no meio das árvores. No meio dela havia algo não muito diferente de uma casa de verão feita de pedra. Diana Ashley olhou interrogativamente para Haydon.

"'Eu a chamo de A Casa do Ídolo', disse ele. 'É A Casa do Ídolo de Astarte.'

"Ele liderou o caminho até lá. No interior, sobre um rústico pilar de ébano, repousava uma curiosa imagem representando uma mulher com chifres em forma de lua crescente, sentada sobre um leão.

"'Astarte dos fenícios', disse Haydon. 'A Deusa da Lua.'

"'A Deusa da Lua', gritou Diana. 'Ah, vamos fazer uma cerimônia selvagem esta noite. Fantasiados. E viremos aqui ao luar e celebraremos os ritos de Astarte.'

"Fiz um movimento repentino, e Elliot Haydon, primo de Richard, se virou rapidamente para mim.

"'Você não gosta de tudo isso, não é, Padre?', disse ele.

"'Não', disse com seriedade. 'Não gosto.'

"Ele olhou para mim com curiosidade. 'Mas é só tolice. Dick não sabe se este é realmente um bosque sagrado. É apenas uma fantasia dele, ele gosta de brincar com a ideia. E de qualquer maneira, se fosse...'

"'Se fosse?'

"'Bem...' Ele riu com desconforto. 'Você não acredita nesse tipo de coisa, não é? Você, um pároco.'

"'Não estou certo de que, como pároco, não deva acreditar nisso.'

"'Mas esse tipo de coisa está para trás, no passado.'

"'Não tenho tanta certeza', falei, pensativo. 'Só sei disso: via de regra, não sou um homem sensível à atmosfera, mas, desde que entrei neste bosque, tenho sentido uma curiosa impressão e sensação de maldade e ameaça ao meu redor.'

"Ele olhou para trás, inquieto.

"'Sim', disse ele, 'é... é esquisito, de alguma forma. Sei o que quer dizer, mas suponho que seja apenas a nossa imaginação que nos faz sentir assim. O que acha, Symonds?'

"O médico ficou em silêncio por um ou dois minutos antes de responder. Então, ele disse baixinho:

"'Não gosto daqui. Não consigo te dizer o porquê. Mas, de uma forma ou de outra, não gosto.'

"Naquele momento, Violet Mannering veio até mim.

"'Odeio este lugar', gritou ela. 'Odeio. Vamos sair daqui.'

"Nós nos afastamos e os outros nos seguiram. Apenas Diana Ashley permaneceu. Virei a cabeça para trás e a vi parada na frente da Casa do Ídolo, olhando seriamente para a imagem dentro dela.

"O dia estava excepcionalmente quente e bonito, e a sugestão de Diana Ashley de uma festa a fantasia naquela noite foi recebida com aprovação geral. O riso habitual, os sussurros e as frenéticas costuras secretas aconteceram e, quando todos nós aparecemos para o jantar, houve os gritos de alegria habituais. Rogers e sua esposa eram moradores de cabanas do Neolítico — o que explicava a repentina falta de tapetes em frente às lareiras. Richard Haydon autodenominava-se um marinheiro fenício, seu primo era um chefe dos bandoleiros, Dr. Symonds era um chef de cozinha, Lady Mannering, enfermeira, e sua filha, uma escrava circassiana. Eu estava vestido, de maneira um tanto abafada, como monge. Diana Ashley desceu por último e foi uma espécie de decepção para todos nós, envolta em um manto preto disforme.

"'O Desconhecido', declarou ela alegremente. 'É isso que eu sou. Agora, pelo amor de Deus, vamos jantar.'

"Depois do jantar, saímos. Era uma noite adorável, quente e suave, e a lua estava nascendo.

"Nós vagamos, conversamos, e o tempo passou bem rápido. Deve ter se passado uma hora quando percebemos que Diana Ashley não estava conosco.

"'Certamente não foi para a cama', comentou Richard Haydon.

"Violet Mannering balançou a cabeça.

"'Ah, não', disse ela. 'Eu a vi indo naquela direção cerca de quinze minutos atrás.' Enquanto falava, ela apontou para o bosque, escuro e sombrio ao luar.

"'Pergunto-me o que ela está tramando', disse Richard Haydon. 'Alguma maldade, aposto. Vamos ver.'

"Todos nós partimos juntos, um tanto curiosos para saber o que Miss Ashley estava fazendo. Mesmo assim, senti uma curiosa relutância em entrar naquele cinturão de árvores sombrias e agourentas. Algo mais forte do que eu parecia estar me segurando e me pedindo para não entrar. Mais do que nunca me senti convencido da maldade essencial do local. Acho que alguns dos outros experimentaram as mesmas sensações que eu, embora não quisessem admitir. As árvores eram tão próximas que o luar não conseguia penetrar. Havia uma dúzia de sons suaves ao nosso redor, sussurros e suspiros. A sensação era estranha ao extremo e, por consentimento comum, todos nós nos mantivemos unidos.

"De repente, chegamos à clareira no meio do bosque e ficamos enraizados no local com espanto, pois lá, na soleira da Casa do Ídolo, estava uma figura cintilante enrolada firmemente em gaze diáfana e com dois chifres crescentes surgindo das massas escuras de seu cabelo.

"'Meu Deus!', disse Richard Haydon, e o suor brotou de sua testa.

"Mas Violet Mannering foi mais perspicaz.

"'Ora, é Diana', exclamou ela. 'O que ela fez a si mesma? Ah, ela parece bem diferente, de alguma forma!'

"A figura na porta ergueu as mãos. Ela deu um passo à frente e cantou em uma voz alta e doce.

"'Sou a Sacerdotisa de Astarte', sussurrou ela. 'Cuidado como se aproximam de mim, pois tenho a morte nas mãos.'

"'Não faça isso, querida', protestou Lady Mannering. 'Você está nos dando calafrios, realmente está.'

"Haydon deu um salto na direção dela.

"'Meu Deus, Diana!', gritou ele. 'Você é maravilhosa.'

"Meus olhos já estavam acostumados ao luar agora, e eu podia ver mais claramente. Ela, de fato, como Violet havia dito, parecia bem diferente. Seu rosto estava definitivamente mais oriental, seus olhos eram fendas com algo cruel no brilho e o sorriso estranho em seus lábios era um que eu nunca tinha visto antes.

"'Cuidado', gritou ela em advertência. 'Não se aproxime da Deusa. Se alguém colocar a mão em mim, morrerá.'

"'Você é maravilhosa, Diana', exclamou Haydon, 'mas pare com isso. Por alguma razão, eu... não gosto disso.'

"Ele estava se movendo em direção a ela pela grama, e Diana estendeu a mão em sua direção.

"'Pare', gritou ela. 'Um passo mais perto e eu ferirei você com a magia de Astarte.'

"Richard Haydon riu e apressou o passo, quando de repente uma coisa curiosa aconteceu. Ele hesitou por um momento, então pareceu tropeçar e cair de cabeça.

"Não se levantou novamente, mas ficou deitado no chão, onde havia caído.

"De repente, Diana começou a rir histericamente. Foi um som estranho e terrível, que quebrou o silêncio da clareira. Com um impropério, Elliot avançou.

"'Não aguento isso', gritou ele. 'Levante-se, Dick, levante-se, homem.'

"Mas Richard Haydon permanecia onde havia caído. Elliot Haydon aproximou-se dele, ajoelhou-se ao seu lado e o virou devagar. Inclinou-se sobre ele, olhando em seu rosto.

"Então, se levantou abruptamente e ficou cambaleando um pouco.

"'Doutor', disse ele. 'Doutor, pelo amor de Deus, venha. Eu... acho que ele está morto.'

"Symonds correu, e Elliot se juntou a nós andando muito devagar. Ele estava olhando para as mãos de um jeito que não entendi. Naquele momento, veio um grito selvagem de Diana.

"'Eu o matei', gritou ela. 'Ah, meu Deus! Eu não queria, mas eu o matei.'

"E então desmaiou, caindo na grama toda encolhida. Ouviu-se um grito de Mrs. Rogers.

"'Oh, vamos sair deste lugar terrível', gemeu ela, 'qualquer coisa pode acontecer conosco aqui. Isso é horrível!'

"Elliot me segurou pelo ombro.

"'Não pode ser, meu caro', murmurou ele. 'Estou dizendo, não pode ser. Um homem não pode ser morto assim. Isso é... é contra a natureza.'

"Tentei acalmá-lo.

"'Há uma explicação', falei. 'Seu primo devia ter alguma fraqueza no coração insuspeitada. O choque e a empolgação...'

"Ele me interrompeu.

"'Você não entende', disse ele. Ergueu as mãos para que eu as visse, e notei uma mancha vermelha nelas. 'Dick não morreu por causa do choque, ele foi esfaqueado... esfaqueado no coração, e *não há arma*.'

"Eu o encarei, incrédulo. Naquele momento, Symonds se levantou de seu exame do corpo e veio em nossa direção. Ele estava pálido e trêmulo.

"'Estamos todos loucos?', disse ele. 'O que é este lugar... como coisas como esta podem acontecer nele?'

"'Então, é verdade', falei.

"Ele assentiu.

"'O ferimento parece ter sido causado por uma adaga longa e fina, mas... não há adaga ali.'

"Todos olhamos uns para os outros.

"'Mas deve estar lá', exclamou Elliot Haydon. 'Deve ter caído. Deve estar no chão em algum lugar. Vamos procurar.'

"Buscamos em vão pelo chão. De repente, Violet Mannering disse: 'Diana tinha algo na mão. Uma espécie de adaga. Eu vi. Vi-a brilhar quando ela o ameaçou'.

"Elliot Haydon balançou a cabeça.

"'Ele nem mesmo chegou a três metros dela', contestou ele.

"Lady Mannering estava curvada sobre a garota prostrada no chão.

"'Não há nada em sua mão agora', anunciou ela, 'e não consigo ver nada no chão. Tem certeza de que viu, Violet? Eu não vi.'

"Dr. Symonds aproximou-se da garota.

"'Precisamos levá-la para casa', disse ele. 'Rogers, você pode ajudar?'

"Nós carregamos a garota inconsciente de volta para casa. Em seguida, voltamos e buscamos o corpo de Sir Richard."

Dr. Pender parou como se pedisse desculpas e olhou em volta.

— Hoje em dia seríamos mais sensatos — disse ele —, devido à prevalência da ficção policial. Todo menino de rua sabe que um corpo deve ser deixado onde foi encontrado. Mas, naquela época, não tínhamos o mesmo conhecimento e, portanto, carregamos o corpo de Richard Haydon de volta para seu quarto na casa quadrada de granito, e o mordomo foi despachado de bicicleta em busca da polícia... uma viagem de cerca de doze milhas.

"Foi então que Elliot Haydon me chamou de lado.

"'Olhe aqui', disse ele. 'Vou voltar ao bosque. Essa arma tem que ser encontrada.'

"'Se é que houve uma arma', falei, cheio de dúvidas.

"Ele agarrou meu braço e o sacudiu com força. 'Você colocou essas coisas supersticiosas em sua cabeça. Acha que a morte dele foi sobrenatural, bem, estou voltando para o bosque para descobrir.'

"Curiosamente, eu era avesso a isso. Fiz o possível para dissuadi-lo, mas sem resultado. A mera ideia daquele denso círculo de árvores era abominável para mim e tive uma forte premonição de mais desastres. Mas Elliot era teimoso.

Ele próprio estava assustado, penso eu, mas não o admitia. Saiu totalmente munido de determinação para chegar à resolução do mistério.

"Foi uma noite terrível, nenhum de nós conseguiu dormir, ou sequer tentou. A polícia, quando chegou, ficou francamente incrédula da história toda. Eles demonstraram um forte desejo de interrogar Miss Ashley, mas aí tiveram que lidar com Dr. Symonds, que se opôs com veemência à ideia. Miss Ashley havia saído de seu desmaio ou transe, e ele lhe dera um remédio para dormir. Ela não deveria ser incomodada em hipótese alguma até o dia seguinte.

"Foi só por volta das sete da manhã que alguém pensou em Elliot Haydon, e então Symonds de repente perguntou onde ele estava. Expliquei o que Elliot havia feito, e o rosto sério de Symonds ficou mais sério ainda. 'Gostaria que ele não tivesse ido. É... é imprudente', disse ele.

"'Você acha que algo ruim pode ter acontecido a ele?'

"'Espero que não. Acho, Padre, que é melhor irmos conferir.'

"Eu sabia que ele estava certo, mas precisei reunir toda a coragem para me preparar para a tarefa. Partimos juntos e entramos mais uma vez naquele malfadado arvoredo. Chamamos seu nome duas vezes e não obtivemos resposta. Em um ou dois minutos, chegamos à clareira, que parecia pálida e fantasmagórica à luz da manhã. Symonds agarrou meu braço, e eu soltei uma exclamação murmurada. Na noite anterior, quando vimos o local ao luar, havia o corpo de um homem deitado de bruços na grama. Agora, logo cedo, a mesma visão encontrou nossos olhos. Elliot Haydon estava deitado no local exato onde seu primo estivera.

"'Meu Deus!', disse Symonds. '*Ele também foi pego!*'

"Corremos juntos pela grama. Elliot Haydon estava inconsciente, mas respirava debilmente e, desta vez, não havia dúvida do que havia causado a tragédia. Uma arma longa e fina de bronze estava cravada na ferida.

"'Atravessou-o o ombro, não o coração. Que sorte', comentou o médico. 'Juro por Deus, não sei o que pensar. De qualquer forma, ele não está morto e poderá nos contar o que aconteceu.'

"Mas foi exatamente isso que Elliot Haydon não foi capaz de fazer. Sua descrição foi vaga ao extremo. Ele havia procurado em vão a adaga e, finalmente, desistiu da busca e ficou parado perto da Casa do Ídolo. Foi então que ele teve cada vez mais certeza de que alguém o observava do cinturão de árvores. Ele lutou contra essa impressão, mas não foi capaz de se livrar dela. Ele descreveu um vento frio e estranho que começou a soprar. Parecia vir não das árvores, mas do interior da Casa do Ídolo. Ele se virou, olhando para dentro. Viu a pequena figura da Deusa e sentiu que estava sob uma ilusão de ótica. A figura parecia ficar cada vez maior. Então, de repente, ele recebeu algo que parecia um golpe entre as têmporas que o fez recuar cambaleando e, ao cair, sentiu uma dor aguda e ardente no ombro esquerdo.

"A adaga foi identificada desta vez como sendo a mesma que havia sido desenterrada do túmulo da colina e que havia sido comprada por Richard Haydon. Onde ele a guardara, em sua casa ou na Casa do Ídolo no bosque, ninguém parecia saber.

"A polícia tinha a opinião, e sempre afirmará, que ele havia sido deliberadamente esfaqueado por Miss Ashley, mas em vista de nossas evidências combinadas de que ela nunca esteve a menos de três metros dele, não podiam ter esperança de levar adiante uma acusação contra ela. Então, a situação foi e continua sendo um mistério."

Houve um silêncio.

— Parece que não há nada a ser dito — disse Joyce Lemprière por fim. — É tudo tão horrível... e misterioso. O senhor não tem uma explicação, Dr. Pender?

O velho acenou com a cabeça, concordando.

— Sim — disse ele. — Tenho uma explicação... uma espécie de explicação, quero dizer. Um tanto curiosa, mas, em minha opinião, ainda deixa certos fatores em aberto.

— Já estive em sessões espíritas — disse Joyce —, e o senhor pode dizer o que quiser, mas coisas muito estranhas podem acontecer. Suponho que se possa explicar por algum tipo de hipnotismo. A garota realmente tornou-se uma Sacerdotisa de Astarte, e suponho que, de uma forma ou de outra, ela deve tê-lo esfaqueado. Talvez tenha jogado a adaga que Miss Mannering viu em sua mão.

— Ou pode ter sido um dardo — sugeriu Raymond West. — Afinal, o luar não ilumina muito. Ela poderia ter uma espécie de lança na mão e tê-lo apunhalado à distância, e então suponho que o hipnotismo em massa deva ser levado em consideração. Quer dizer, vocês estavam todos preparados para vê-lo abatido por meios sobrenaturais, então foi isso que viram.

— Já vi muitas coisas maravilhosas feitas com armas e facas em teatros de revista — disse Sir Henry. — Suponho que seja possível que um homem pudesse estar escondido no cinturão de árvores e de lá ter atirado uma faca ou um punhal com precisão suficiente... considerando, é claro, que fosse um profissional. Admito que isso parece um tanto exagerado, mas parece a única teoria realmente viável. Você se lembra de que o outro homem estava com a impressão distinta de que havia alguém no bosque observando-o. Quanto a Miss Mannering dizer que Miss Ashley tinha um punhal na mão e os outros dizerem que não, não me surpreende. Se tivessem minha experiência, saberiam que o relato de cinco pessoas sobre a mesma coisa será diferente ao ponto de ser quase inacreditável.

Mr. Petherick tossiu.

— Mas, em todas essas teorias, parecemos estar negligenciando um fato essencial — observou ele. — O que aconteceu com a arma? Miss Ashley não conseguiria se livrar de um dardo, pois estava no meio de um espaço aberto, e se um assassino oculto tivesse atirado uma adaga, então ela ainda estaria na ferida quando o homem foi virado. Devemos, penso eu, descartar todas as teorias rebuscadas e nos limitar a fatos sóbrios.

— E aonde os fatos sóbrios nos levam?

— Bem, uma coisa parece bastante clara. Ninguém estava perto do homem quando ele foi atingido, então, a única pessoa que *poderia* tê-lo esfaqueado seria ele mesmo. Suicídio, na verdade.

— Mas por que diabos ele desejaria cometer suicídio? — perguntou Raymond West, incrédulo.

O advogado tossiu novamente.

— Ah, isso é novamente uma questão de teoria — disse ele. — No momento não estou preocupado com teorias. Parece-me, excluindo o sobrenatural em que nem por um momento acredito, que só assim as coisas poderiam ter acontecido. Ele se esfaqueou e, ao cair, seus braços se abriram, arrancando a adaga do ferimento e atirando-a longe na área das árvores. Este é, eu acho, embora seja um tanto improvável, um acontecimento possível.

— Não gosto de dizer que tenho certeza — disse Miss Marple. — Tudo isso me deixa muito perplexa. Mas coisas curiosas acontecem, sim. Na festa no jardim de Lady Sharpley, no ano passado, o homem que estava organizando o minigolfe tropeçou em um dos pinos, ficou bastante inconsciente, e não voltou a si por cerca de cinco minutos.

— Sim, querida tia — disse Raymond com gentileza —, mas ele não foi esfaqueado, foi?

— Claro que não, querido — disse Miss Marple. — É isso que estou lhe dizendo. Claro que o pobre Sir Richard só poderia ter sido esfaqueado de uma maneira, mas gostaria de saber em primeiro lugar o que o fez tropeçar. Claro, pode ter sido a raiz de uma árvore. Ele devia estar olhando para a garota, é claro, e, quando se está à luz do luar, a gente tropeça mesmo nas coisas.

— Você diz que só existe uma maneira de Sir Richard ter sido esfaqueado, Miss Marple — disse o clérigo, olhando para ela com curiosidade.

— É muito triste e não gosto de pensar nisso. Ele era um homem destro, não era? Quero dizer, devia ser, para se esfaquear no ombro esquerdo. Sempre tive pena do pobre Jack Baynes na guerra. Ele deu um tiro no próprio pé, você se lembra, depois de uma luta muito dura em Arras. Contou-me isso quando fui vê-lo no hospital e estava com muita vergonha. Não acho que esse pobre homem, Elliot Haydon, tenha lucrado muito com seu crime perverso.

— Elliot Haydon — exclamou Raymond. — Acha que foi ele?

— Não vejo como outra pessoa poderia ter feito isso — disse Miss Marple, abrindo os olhos com gentil surpresa. — Quero dizer, se, como diz Mr. Petherick tão sabiamente, olharmos para os fatos e desconsiderarmos toda aquela atmosfera de deusas pagãs, que não acho muito boa. Ele foi até ele primeiro e o virou, e, claro, para fazer isso teria que estar de costas para os outros. E, estando vestido como um chefe dos bandoleiros, certamente teria uma arma de algum tipo em seu cinto. Lembro-me de ter dançado com um homem vestido como um chefe dos bandoleiros quando eu era jovem. Ele tinha cinco tipos de facas e punhais, e nem lhes digo como foi estranho e desconfortável para sua parceira.

Todos os olhos se voltaram para Dr. Pender.

— Eu soube a verdade — disse ele —, cinco anos depois que essa tragédia aconteceu. Veio na forma de uma carta enviada por Elliot Haydon. Ele escreveu que achava que eu sempre havia suspeitado dele. Disse que foi uma tentação repentina. Ele também amava Diana Ashley, mas era apenas um pobre advogado. Com Richard fora do caminho e herdando seu título e propriedades, viu uma perspectiva maravilhosa se abrindo diante dele. A adaga havia saído de seu cinto quando ele se ajoelhou ao lado do primo e, antes que ele tivesse tempo para pensar, enfiou-a e colocou-a de volta no cinto. Então, se esfaqueou mais tarde para desviar as suspeitas. Ele me escreveu na véspera de iniciar uma expedição ao Polo Sul para o caso de, como disse, nunca mais voltar. Não creio que ele pretendesse voltar, e sei que, como disse Miss Marple, seu crime não lhe rendeu nada. "Por cinco anos", escreveu ele, "vivi no inferno. Espero, pelo menos, poder expiar meu crime morrendo com honra."

Houve uma pausa.

— E ele morreu com honra — comentou Sir Henry. — Você mudou os nomes em sua história, Dr. Pender, mas acho que reconheço o homem a quem se refere.

— Como eu disse — continuou o velho clérigo —, não acho que essa explicação cubra bem os fatos. Ainda acho que houve uma influência maligna naquele bosque, uma influência que direcionou a ação de Elliot Haydon. Até hoje, não consigo pensar na Casa do Ídolo de Astarte sem estremecer.

Os lingotes de ouro

Publicado originalmente na *Royal Magazine* do
Reino Unido em 1928, e nos Estados Unidos
no mesmo ano, com o título "The Solving Six
and the Golden Grave".

— Não sei se a história que vou lhes contar é válida — disse Raymond West, —, porque não sei dizer qual a solução dela. No entanto, os fatos foram tão interessantes e curiosos que gostaria de apresentá-los a vocês como um problema. E talvez aqui entre nós possamos chegar a alguma conclusão lógica.

"A data desses acontecimentos foi há dois anos, quando fui passar o Pentecostes com um homem chamado John Newman, na Cornualha."

— Cornualha? — perguntou Joyce Lemprière asperamente.

— Sim. Por quê?

— Nada. Só é estranho. Minha história também é sobre um lugar na Cornualha... uma pequena vila de pescadores chamada Rathole. Não me diga que a sua é a mesma?

— Não. Minha vila se chama Polperran. Fica na costa oeste da Cornualha, um local muito selvagem e rochoso. Havíamos sido apresentados algumas semanas antes e o achei um companheiro muito interessante. Um homem inteligente e autossuficiente, tinha uma imaginação romântica. Como resultado de seu último passatempo, alugou a Casa Pol. Era uma autoridade sobre o período elisabetano e me descreveu em linguagem vívida e gráfica a derrota da Armada Espanhola. Estava tão entusiasmado que quase se poderia imaginar que fora uma testemunha ocular do evento.

Será que reencarnação existe? Eu me pergunto... Eu bem que me pergunto.

— Você é tão romântico, querido Raymond — disse Miss Marple, olhando-o com benevolência.

— Romântico é a última coisa que sou — disse Raymond West, um tanto aborrecido. — Mas esse tal Newman era assim dos pés à cabeça, e por isso me interessou como uma curiosa sobrevivência do passado. Parece que um certo navio pertencente à Armada, e conhecido por conter uma grande quantidade de tesouros na forma de ouro das colônias espanholas, naufragou na costa da Cornualha, nos famosos e traiçoeiros Rochedos da Serpente. Por alguns anos, assim me contou Newman, foram feitas tentativas de resgatar o navio e recuperar o tesouro. Acredito que tais histórias não sejam incomuns, embora o número de navios do tesouro inventados seja muito maior que o de genuínos. Constituiu-se uma companhia para tal empreitada, mas ela faliu, e Newman conseguiu comprar seus direitos — ou como quer que você chame — por uma ninharia. Ele ficou muito entusiasmado com tudo isso. Segundo ele, era apenas uma questão de ter máquinas científicas de última geração. O ouro estava lá e ele não tinha dúvidas de que poderia ser recuperado.

"Ocorreu-me, enquanto o ouvia, quantas vezes coisas assim acontecem. Um homem rico como Newman tem sucesso quase sem esforço, mas, muito provavelmente, o valor real em dinheiro de sua descoberta significaria pouco para ele. Devo dizer que seu ardor me contagiou. Vi galeões subindo pela costa, singrando os mares diante da tempestade, batidos e estraçalhados nas rochas escuras. A simples palavra 'galeão' tem uma sonoridade romântica. O termo 'ouro espanhol' emociona o jovem estudante... e o adulto também. Além disso, na época, eu estava trabalhando em um romance, algumas cenas dele eram narradas no século XVI, e vi a perspectiva de obter mais veracidade com meu anfitrião.

"Naquela manhã de sexta-feira, saí da estação de Paddington muito animado e ansioso para a minha viagem. O vagão estava vazio, exceto por um homem, que estava sentado de frente para mim no canto oposto. Era um homem alto, de aparência soldadesca, e eu não conseguia me livrar da impressão de que já o tinha visto antes em algum lugar. Revirei meu cérebro por algum tempo em vão, mas, por fim, consegui me lembrar. Meu companheiro de viagem era o Inspetor Badgworth, e eu o havia conhecido quando estava escrevendo uma série de artigos sobre o caso do desaparecimento de Everson.

"Lembrei-o desse fato e logo estávamos conversando de forma agradável. Quando disse a ele que estava indo para Polperran, ele comentou que era uma estranha coincidência, porque ele próprio também estava indo para aquele lugar. Não queria parecer curioso, então tomei cuidado para não perguntar o que o levava até lá. Em vez disso, falei de meu próprio interesse pelo lugar e mencionei o galeão espanhol naufragado. Para minha surpresa, o inspetor parecia saber tudo a respeito. 'É o *Juan Fernandez*', disse ele. 'Seu amigo não será o primeiro a gastar dinheiro tentando resgatar o dinheiro desse galeão. É uma ideia romântica.'

"'E provavelmente a história toda é um mito', comentei. 'Nenhum navio jamais naufragou ali.'

"'Ah, o navio naufragou lá, sim', disse o inspetor, 'assim como vários outros. Você ficaria surpreso se soubesse quantos naufrágios aconteceram naquela parte da costa. Na verdade, é isso que me leva até lá agora. Foi lá que o *Otranto* naufragou há seis meses.'

"'Lembro-me de ter lido sobre isso', falei. 'Nenhuma vida foi perdida, não é mesmo?'

"'Nenhuma vida foi perdida', disse o inspetor, 'mas outra coisa foi. Não é sabido por muitos, mas o *Otranto* estava carregando lingotes de ouro.'

"'Sério?', perguntei, muito interessado.

"'Claro que tivemos mergulhadores trabalhando nas operações de salvamento, mas... *o ouro sumiu, Mr. West.*'

"'Sumiu!', exclamei, encarando-o. 'Como pode ter sumido?'

"'Essa é a questão', respondeu o inspetor. 'As rochas abriram um buraco na caixa-forte. Foi fácil para os mergulhadores entrarem por ali, mas a encontraram vazia. A questão é: o ouro foi roubado antes ou depois do naufrágio? E alguma vez esteve, de fato, na caixa-forte?'

"'Parece um caso curioso', comentei.

"'É, sim, um caso muito curioso, considerando que eram lingotes. Não um colar de diamantes que se pode colocar no bolso. Quando se pensa como seria trabalhoso, e como são pesados... Bem, tudo parece absolutamente impossível. Pode ter havido algum truque antes de o navio partir, mas, se não, devem ter sido removidos nos últimos seis meses... e irei examinar o assunto.'

"Encontrei Newman me esperando na estação. Ele se desculpou pela ausência de seu carro, que estava em Truro para alguns reparos necessários. Em vez dele, ele foi me buscar com um caminhão agrícola pertencente à propriedade.

"Embarquei ao lado dele, e percorremos cuidadosamente as ruas estreitas da vila de pescadores. Subimos uma ladeira íngreme, com um declive, devo dizer, de um em cinco, atravessamos uma pequena distância ao longo de uma estrada sinuosa e viramos nos portões com pilares de granito da Casa Pol.

"O lugar era encantador. Estava situado no alto das falésias, com uma boa vista para o mar. Parte dela tinha cerca de 300 ou 400 anos, e uma ala moderna havia sido adicionada. Atrás dela, terras agrícolas de cerca de sete ou oito acres seguiam em direção ao interior.

"'Bem-vindo à Casa Pol', disse Newman. "E à Placa do Galeão Dourado.' E ele apontou para onde, acima da porta da frente, estava pendurada uma reprodução perfeita de um galeão espanhol com todas as velas armadas.

"Minha primeira noite foi muito encantadora e instrutiva. Meu anfitrião mostrou-me os antigos manuscritos relacionados ao *Juan Fernandez*. Desenrolou mapas para mim, indicou posições neles com linhas pontilhadas e apresentou planos para equipamentos de mergulho, que, posso dizer, me deixaram totalmente perplexo.

"Contei-lhe sobre meu encontro com o Inspetor Badgworth, no qual ele ficou muito interessado.

"'Eles são um povo estranho nesta região', disse ele, pensativo. 'O contrabando e a destruição estão em seu sangue. Quando um navio afunda em sua costa, eles não podem deixar de considerar isso como uma pilhagem legal destinada a seus bolsos. Tem um sujeito aqui que gostaria que você conhecesse. Ele é um sobrevivente interessante.'

"O dia seguinte amanheceu claro e brilhante. Fui levado para Polperran e lá apresentado ao mergulhador de Newman, um homem chamado Higgins. Era um sujeito de rosto tenso, extremamente taciturno, e suas contribuições para a conversa eram, em sua maioria, monossilábicas. Depois de uma discussão entre eles sobre questões altamente técnicas, passamos para o Três Âncoras. Uma caneca de cerveja soltou um pouco a língua do digno sujeito.

"'O senhor detetive de Londres chegou', grunhiu ele. 'Dizem que aquele navio que afundou lá em novembro passado carregava uma quantidade imensa de ouro. Bom, não foi o primeiro a afundar e não será o último.'

"'Muito bem', se intrometeu o proprietário do Três Âncoras. 'É verdade que o senhor está dizendo, Bill Higgins.'

"'Eu também acho que sim, Mr. Kelvin', concordou Higgins.

"Olhei com alguma curiosidade para o proprietário. Ele era um homem de aparência notável, sombria, com pele escura e ombros curiosamente largos. Seus olhos eram raiados de sangue, e ele tinha um jeito misteriosamente furtivo de evitar o olhar. Suspeitei que este fosse o homem de quem

Newman havia falado, dizendo que ele era um sobrevivente interessante.

"'Não queremos forasteiros interferindo nesta costa', disse ele com certa truculência.

"'Quer dizer a polícia?', perguntou Newman, sorrindo.

"'Quero dizer a polícia *e outros*', disse Kelvin de forma enfática. 'E não se esqueça disso, senhor.'

"'Sabe, Newman, isso me pareceu muito uma ameaça', falei, enquanto subíamos a colina para casa.

"Meu amigo riu.

"'Absurdo! Não faço mal ao povo daqui.'

"Balancei minha cabeça, duvidando. Havia algo sinistro e não civilizado em Kelvin. Achei que sua mente poderia percorrer canais estranhos e não reconhecidos.

"Acho que data daquele momento o início do meu mal-estar. Eu havia dormido bem a primeira noite, mas na noite seguinte meu sono foi perturbado e interrompido. O domingo amanheceu escuro e sombrio, com céu nublado e ameaças de trovão no ar. Sempre sou péssimo em esconder meus sentimentos, e Newman percebeu a mudança em mim.

"'O que há de errado com você, West? Você está uma pilha de nervos esta manhã.'

"'Não sei', confessei, 'mas tenho uma sensação horrível de mau agouro.'

"'É o tempo.

"'Sim, talvez.'

"Eu não disse mais nada. À tarde, saímos no barco a motor de Newman, mas a chuva caiu com tanta força que ficamos contentes de voltar à praia e vestir roupas secas.

"Naquela noite, minha inquietação aumentou. Lá fora, a tempestade uivava e rugia. Por volta das dez horas, a tempestade arrefeceu. Newman olhou pela janela.

"'Está passando', disse ele. 'Eu não ficaria surpreso se em meia hora a noite ficasse perfeitamente agradável. Se ficar, darei um passeio a pé.'

52

"Bocejei.

"'Estou terrivelmente sonolento', comentei. 'Não dormi muito na noite passada. Acho que hoje à noite vou me retirar mais cedo.'

"Foi o que fiz. Na noite anterior, havia dormido pouco. Mas, naquela noite, dormi profundamente. No entanto, meu sono não foi reparador. Ainda estava oprimido por um terrível pressentimento do mal. Tive sonhos terríveis. Sonhei com abismos horrorosos e fossos vastos, entre os quais vagava, sabendo que um passo em falso significaria a morte. Acordei e vi os ponteiros do meu relógio indicando que eram oito horas da manhã. Minha cabeça doía muito, e o terror dos meus sonhos noturnos ainda estava em mim.

"Era tão forte que, quando fui até a janela e a abri, tive um sobressalto com um novo sentimento de terror, pois a primeira coisa que vi, ou pensei ter visto, foi um homem abrindo uma cova.

"Levei um ou dois minutos para me recompor, então percebi que o coveiro era o jardineiro de Newman, e a 'sepultura' estava destinada a acomodar três novas roseiras que estavam dispostas na grama, esperando o momento em que deveriam ser plantadas com segurança na terra.

"O jardineiro ergueu os olhos, me viu e tocou no chapéu.

"'Bom dia, senhor. Dia bonito, senhor.'

"'Suponho que esteja', falei, desconfiado, ainda incapaz de me livrar completamente do abatimento de meu espírito.

"No entanto, como dissera o jardineiro, certamente era uma bela manhã. O sol brilhava, e o céu azul-claro prometia bom tempo para o dia. Desci para o café da manhã assobiando uma música. Newman não tinha empregadas morando na casa. Duas irmãs de meia-idade, que moravam em uma chácara próxima, iam diariamente para atender às suas necessidades simples. Uma delas estava colocando o bule de café na mesa quando entrei na sala.

"'Bom dia, Elizabeth', falei. 'Mr. Newman ainda não desceu?'

"'Ele deve ter saído muito cedo, senhor', respondeu ela. 'Não estava em casa quando chegamos.'

"Instantaneamente, minha inquietação voltou. Nas duas manhãs anteriores, Newman descera para o café da manhã um pouco tarde, e não imaginei em nenhum momento que ele fosse madrugador. Movido por esses pressentimentos, corri até o quarto dele. Estava vazio e, além disso, ninguém havia dormido em sua cama. Um rápido exame de seu quarto me mostrou duas outras coisas. Se Newman tinha saído para dar um passeio, devia ter ido com as roupas do jantar, pois não estavam ali.

"Tinha certeza agora de que minha premonição do mal era justificada. Newman tinha ido, como dissera que faria, dar um passeio noturno. Por uma ou outra razão, não voltou. Por quê? Tivera um acidente? Caíra das falésias? Uma busca precisava ser feita imediatamente.

"Em poucas horas, reuni um grande bando de ajudantes e, juntos, procuramos em todas as direções ao longo dos penhascos e nas rochas abaixo. Mas não havia sinal nenhum de Newman.

"No final, em desespero, procurei o Inspetor Badgworth. Seu rosto ficou muito sério.

"'Parece-me que houve um jogo sujo', disse ele. 'Existem tipos não escrupulosos nestas partes. Já viu Kelvin, o proprietário do Três Âncoras?'

"Eu disse que o tinha visto.

"'Você sabia que ele foi preso há quatro anos? Ataque e agressão.'

"'Não me surpreende', afirmei.

"'A opinião geral neste lugar parece ser que seu amigo gosta um pouco demais de meter o nariz em coisas que não lhe dizem respeito. Espero que não tenha sofrido nenhum dano sério.'

54

"A busca continuou com vigor redobrado. Apenas no final da tarde nossos esforços foram recompensados. Encontramos Newman em uma vala profunda em um canto de sua propriedade. Suas mãos e pés estavam amarrados com cordas e um lenço estava enfiado e amarrado em sua boca, para evitar que gritasse.

"Ele estava terrivelmente exausto e com muitas dores, mas, depois de massagear seus pulsos e tornozelos e tomar um longo gole de um cantil de uísque, ele foi capaz de relatar o que havia acontecido.

"O tempo melhorou e ele saiu para dar um passeio por volta das onze da noite. Seu caminho o levou a uma certa distância ao longo dos penhascos até um local comumente conhecido como Vale dos Contrabandistas, devido ao grande número de cavernas ali encontradas. Nesse ponto, notou alguns homens desembarcando alguma coisa de um pequeno barco, e desceu para ver o que estava acontecendo. O que quer que fosse, parecia ser pesado, e estava sendo carregado para uma das cavernas mais distantes.

"Mesmo sem nenhuma suspeita real de que algo estava errado, Newman se perguntou o que estava acontecendo. Ele havia se aproximado deles sem ser observado. De repente, veio um grito de alarme, e imediatamente dois marinheiros enormes o atacaram e o deixaram inconsciente. Quando voltou a si, se viu deitado em um veículo motorizado de algum tipo que avançava, com muitos solavancos e estrondos, pelo que, ele podia imaginar, era a estrada que ia da costa à aldeia. Para sua grande surpresa, o caminhão parou no portão de sua casa. Lá, depois de uma conversa sussurrada entre os homens, eles por fim o arrastaram e o jogaram em uma vala em um local onde a profundidade tornava improvável que ele fosse encontrado em pouco tempo. Então, o caminhão foi embora e, pensou ele, saiu da propriedade por outro portão, cerca de um quarto de milha mais perto da aldeia. Ele não podia dar nenhuma descrição de seus agressores, exceto que eram certamente marinheiros e, por seu sotaque, naturais da Cornualha.

O Inspetor Badgworth ficou muito interessado.

"'Pode estar certo de que é onde o material foi escondido', vozeou ele. 'De uma forma ou de outra, foi resgatado dos destroços e armazenado em alguma caverna solitária em algum lugar. É sabido que vasculhamos todas as cavernas no Vale dos Contrabandistas e agora estamos indo mais longe, e eles sem dúvida moveram o material à noite para uma caverna que já foi revistada e provavelmente não será revistada novamente. Infelizmente, tiveram pelo menos dezoito horas para se desfazer de tudo. Se pegaram Mr. Newman ontem à noite, duvido que possamos encontrar algo lá agora.'

"O inspetor correu para fazer uma busca. Encontrou provas definitivas de que os lingotes haviam sido armazenados como havia pensado, mas tinham sido removidos mais uma vez e não havia nenhuma pista quanto ao seu novo esconderijo.

"Entretanto, havia uma outra pista, e o próprio inspetor a indicou para mim na manhã seguinte.

"'Aquela estrada é muito pouco utilizada por veículos motorizados', disse ele, 'e em um ou dois lugares veem-se muito claramente rastros de pneus. Há uma peça triangular em um dos pneus, que deixa uma marca bastante inconfundível. Ele aparece atravessando o portão; aqui e ali há uma tênue marca dele saindo pelo outro portão, então não há muita dúvida de que é o veículo que buscamos. Agora, por que saíram com ele pelo portão mais distante? Parece-me bastante claro que o caminhão veio da aldeia. Bom, não são muitas as pessoas na aldeia que possuem um caminhão, não mais do que duas ou três, no máximo. Kelvin, o proprietário do Três Âncoras, tem um.'

"'Qual era a profissão original de Kelvin?', perguntou Newman.

"'É curioso que me pergunte isso, Mr. Newman. Em sua juventude, Kelvin era mergulhador profissional.'

"Newman e eu nos entreolhamos. O quebra-cabeça parecia estar se encaixando peça por peça.

"'Você não reconheceu Kelvin como um dos homens na praia?', perguntou o inspetor.

"Newman balançou a cabeça.

"'Receio não poder dizer nada sobre isso', respondeu ele com pesar. 'Realmente não tive tempo de ver nada.'

"O inspetor gentilmente permitiu que eu o acompanhasse até o Três Âncoras. A garagem ficava em uma rua lateral. As grandes portas estavam fechadas, mas, subindo pelo beco ao lado, encontramos uma pequena porta que dava para a garagem, e estava aberta. Um breve exame dos pneus foi suficiente para o inspetor. 'Por Deus, nós o pegamos!', exclamou. 'Aqui está a marca, bastante evidente, na roda traseira esquerda. Agora, Mr. Kelvin, não acho que será inteligente o suficiente para se esquivar disso.'

Raymond West se calou.

— Então? — disse Joyce. — Até agora, não vejo nada com que se preocupar, a menos que nunca tenham encontrado o ouro.

— Certamente nunca encontraram o ouro — disse Raymond —, e nunca pegaram Kelvin também. Imagino que ele fosse muito inteligente para eles, mas não vejo bem como se safou. Ele foi devidamente preso com base na evidência da marca do pneu. Mas surgiu um obstáculo extraordinário. Bem em frente às grandes portas da garagem havia um chalé, à época alugado por todo o verão por uma artista.

— Ai, essas artistas! — disse Joyce, rindo.

— Como diz você, "Ai, essas artistas!". Esta em particular estava doente havia algumas semanas e, em consequência, tinha duas enfermeiras contratadas para atendê-la. A enfermeira que trabalhou no plantão noturno havia movido sua poltrona até a janela, onde a persiana estava levantada. Ela declarou que o caminhão não poderia ter saído da garagem em frente sem que ela o visse e jurou que, na verdade, ele não tinha saído da garagem naquela noite.

— Não acho que isso seja um grande problema — disse Joyce. — A enfermeira adormeceu, é claro. Elas sempre dormem.

— Sabe-se que isso... hã... acontece, de fato — disse Mr. Petherick, judiciosamente —, mas me parece que estamos aceitando fatos sem provas suficientes. Antes de aceitar o testemunho da enfermeira, devemos questionar sua boa-fé. O álibi que chega com uma prontidão tão suspeita tende a levantar dúvidas na mente.

— Há também o testemunho da artista — disse Raymond. — Ela declarou que estava com dores e ficou acordada a maior parte da noite, e que certamente teria ouvido o caminhão, já que se trata de um barulho incomum, ainda mais em uma noite muito silenciosa depois da tempestade.

— Hum — disse o clérigo —, isso certamente é um fato adicional. O próprio Kelvin tinha algum álibi?

— Ele declarou que estava em casa e foi para a cama por volta das dez horas, mas não conseguiu apresentar nenhuma testemunha para sustentar essa declaração.

— A enfermeira dormiu — disse Joyce —, e a paciente também. Pessoas doentes sempre pensam que não pregaram os olhos a noite toda.

Raymond West olhou interrogativamente para Dr. Pender.

— Sabe, sinto muito por esse homem, Kelvin. Parece-me muito um caso de "fez a fama e deitou-se na cama". Kelvin já havia sido preso antes. Além da marca do pneu, que certamente parece notável demais para ser coincidência, não parece haver muito contra ele, exceto seu infeliz histórico.

— Você, Sir Henry?

Sir Henry fez que não com a cabeça.

— Acontece que... — disse ele, sorrindo — sei algumas coisas sobre este caso. Então, é claro que não devo falar.

— Bom, sua vez, tia Jane, a senhora tem nada a dizer?

— Em um minuto, querido — disse Miss Marple. — Receio ter feito uma contagem errada. Dois tricôs, três meias, um sem fazer, dois tricôs... sim, isso mesmo. O que disse, querido?

— Qual é a sua opinião?

— Você não gostaria de ouvir minha opinião, querido. Percebo que os jovens nunca gostam. É melhor dizer nada.

— Que bobagem, tia Jane, pare com isso.

— Bem, querido Raymond — disse Miss Marple, deixando o tricô de lado e olhando para o sobrinho. — Acho que deveria ser mais cuidadoso na escolha de seus amigos. Você é tão crédulo, querido, tão facilmente enganado. Suponho que seja porque é escritor e tem muita imaginação. Toda aquela história sobre um galeão espanhol! Se fosse mais velho e tivesse mais experiência de vida, ficaria imediatamente em alerta. Um homem que você conheceu apenas algumas semanas antes!

Sir Henry de repente soltou uma grande gargalhada e deu um tapa no joelho.

— Peguei você dessa vez, Raymond — disse ele. — Miss Marple, você é maravilhosa. Seu amigo Newman, meu rapaz, tem outro nome... vários outros nomes, na verdade. No momento ele não está na Cornualha, mas em Devonshire, em Dartmoor, para ser exato... um condenado na prisão de Princetown. Não o pegamos pelo roubo dos lingotes, mas por causa do saque na caixa-forte de um dos bancos de Londres. Em seguida, procuramos seu registro anterior e encontramos uma boa parte do ouro roubado enterrado no jardim da Casa Pol. Foi uma ideia bastante boa. Ao longo de toda a costa da Cornualha, há histórias de galeões naufragados cheios de ouro. Isso explicaria a presença do mergulhador e, mais tarde, explicaria o ouro. Mas era necessário um bode expiatório, e Kelvin era ideal para esse propósito. Newman interpretou sua pequena comédia muito bem, e nosso amigo Raymond, com sua fama como escritor, era uma testemunha incontestável.

— Mas, e a marca do pneu? — questionou Joyce.

— Ah, percebi isso imediatamente, querida, embora não saiba nada sobre automóveis — disse Miss Marple. — As pessoas trocam pneus, você sabe... eu muitas vezes as vejo fazendo isso... então, é claro que eles poderiam tirar uma roda do caminhão de Kelvin e levá-la para fora através da portinhola para o beco, colocá-la no caminhão de Mr. Newman e ir com o caminhão de um portão até a praia, enchê-lo com o ouro e trazê-lo pelo outro portão. Então, devem ter retirado a roda e colocado-a de volta no caminhão de Mr. Kelvin enquanto, suponho, outra pessoa estava amarrando Mr. Newman em uma vala. Muito desconfortável para ele e, provavelmente, ele foi encontrado mais tarde do que esperava. Suponho que o homem que se autodenominava jardineiro tenha cuidado desse lado do negócio.

— Por que a senhora diz "que se autodenominava jardineiro", tia Jane? — perguntou Raymond curiosamente.

— Bem, impossível ele ser jardineiro de fato, certo? — disse Miss Marple. — Os jardineiros não trabalham na segunda-feira de Pentecostes. Todo mundo sabe disso.

Ela sorriu e dobrou o tricô.

— Foi realmente esse pequeno fato que me colocou no rastro certo — concluiu. Ela então olhou para Raymond.

— Quando você for chefe de família, querido, e tiver seu próprio jardim, saberá dessas pequenas coisas.

A calçada manchada de sangue

Publicado originalmente na *Royal Magazine*
do Reino Unido em 1928, e nos Estados Unidos
no mesmo ano, com o título "Drip! Drip!".

— É curioso — disse Joyce Lemprière —, mas não gosto de contar minha história. Aconteceu há muito tempo, cinco anos atrás para ser exata, mas meio que tem me assombrado desde então. Por cima, feliz e brilhante, e, por baixo, o terror escondido. E o mais curioso é que o esboço que pintei na época ficou com a mesma aura. Quando você olha para ele pela primeira vez, é apenas um desenho grosseiro de uma pequena rua íngreme da Cornualha com a luz do sol sobre ela. Mas se olhar por tempo suficiente para ele, algo sinistro se insinua. Eu nunca o vendi, mas nunca olho para ele. Ele está em um canto do estúdio, com a face voltada para a parede.

"O nome do lugar era Rathole. É uma pequena vila de pescadores da Cornualha, muito pitoresca, talvez até pitoresca demais. Há muito da atmosfera de "Velha Casa de Chá da Cornualha" ali. Tem lojas com garotas de cabelos curtos usando aventais e pintando frases de efeito à mão em pergaminhos. É bonito e peculiar, mas também muito calculado e proposital.

— Eu bem sei — disse Raymond West, suspirando. — A maldição da carruagem, suponho. Por mais estreitas que sejam as vielas que levam até eles, nenhum vilarejo pitoresco é seguro.

Joyce concordou com a cabeça.

— São estreitas as vielas que levam a Rathole, e muito íngremes, como a lateral de uma casa. Bom, continuando com

· OS TREZE PROBLEMAS ·

63

minha história: fui à Cornualha por quinze dias para desenhar. Há uma antiga pousada em Rathole, O Brasão de Polharwith. Supostamente, foi a única casa deixada de pé pelos espanhóis quando bombardearam o local em 1500 e alguma coisa.

— Não foi bombardeada — disse Raymond West, franzindo a testa. — Tente ser historicamente precisa, Joyce.

— Bem, para todos os efeitos, eles pousaram as armas em algum lugar ao longo da costa, dispararam, e as casas caíram. Mas, essa não é a questão. A pousada era um lugar antigo e maravilhoso com uma espécie de varanda na frente construída sobre quatro pilares. Encontrei um local com uma vista ótima e estava me acomodando para começar a trabalhar quando um carro veio se esgueirando e serpenteando colina abaixo. Claro, tinha que parar em frente à pousada... exatamente onde mais me atrapalhava. Os passageiros saíram, um homem e uma mulher, não os observei particularmente. Ela usava uma espécie de vestido de linho lilás e um chapéu da mesma cor.

"Logo o homem saiu de novo e, para minha grande gratidão, levou o carro até o cais e o deixou lá. Ele passou por mim em direção à pousada. Naquele exato momento, outro carro desagradável chegou serpenteando, e uma mulher saiu dele usando o vestido florido mais escandaloso que já vi, estampado de bicos-de-papagaio vermelhos, acho que eram, e um daqueles grandes chapéus de palha natural... são cubanos, não?... em um escarlate muito brilhante.

"Essa mulher não parou diante da pousada, mas seguiu mais adiante com o carro pela rua, em direção à outra. Então, ela saiu, e o homem, quando a viu, deu um grito surpreso. 'Carol', gritou ele, 'em nome de tudo que é mais maravilhoso. Que bom encontrar você neste local isolado. Não a vejo há anos. Ah, lá vem Margery, minha esposa. Você precisa conhecê-la.'

"Eles subiram a rua lado a lado em direção à pousada, e eu vi que a outra mulher tinha acabado de sair e estava descendo na direção deles. Tive somente um vislumbre da mulher chamada Carol quando passou por mim. Apenas o suficiente para ver um queixo muito branco empoado e uma boca escarlate flamejante, e me perguntei, apenas me perguntei, se Margery ficaria tão feliz em conhecê-la. Não tinha visto Margery de perto, mas à distância parecia *démodé* e extremamente empertigada e certinha.

"Bem, é claro que não era da minha conta, mas, às vezes, você tem pequenos e curiosos vislumbres da vida alheia, e não pode deixar de especular sobre eles. De onde estavam, eu conseguia apenas distinguir fragmentos de sua conversa, que flutuavam até mim. Estavam falando sobre se banharem. O marido, cujo nome parecia ser Denis, queria pegar um barco e remar ao redor da costa. Havia uma caverna famosa que valia a pena ver, disse ele, a cerca de uma milha dali. Carol queria ver a caverna também, mas sugeriu caminhar ao longo dos penhascos e vê-la do continente. Ela disse que odiava barcos. No final, acordaram dessa forma. Carol deveria ir ao longo do caminho do penhasco e encontrá-los na caverna, e Denis e Margery pegariam um barco e remariam até lá.

"Ouvir falarem sobre banhar-se me deu vontade de fazer o mesmo. Era uma manhã muito quente, e eu não estava fazendo um trabalho particularmente bom. Além disso, imaginei que o sol da tarde seria muito mais atraente. Então, peguei minhas coisas e fui para uma pequena praia que conhecia, ficava bem na direção oposta da caverna, uma bela descoberta minha. Lá, tomei um banho de mar maravilhoso, almocei uma língua enlatada e dois tomates, e voltei à tarde cheia de confiança e entusiasmo para continuar meu desenho.

"Todo o vilarejo de Rathole parecia estar adormecido. Eu estava certa sobre o sol da tarde, as sombras estavam agora muito mais reveladoras. O Brasão de Polharwith era a imagem principal do meu desenho. Um raio de sol veio inclinado obliquamente e atingiu o solo em frente, o que teve um efeito bastante curioso. Concluí que o grupo do banho tinha voltado em segurança, pois duas saídas de praia, uma escarlate e uma azul escuro, estavam penduradas na sacada, secando ao sol.

"Algo deu errado com um canto do meu desenho e me curvei sobre ele por alguns momentos, fazendo algo para consertar. Quando ergui novamente os olhos, havia uma figura encostada em um dos pilares do Brasão de Polharwith, que parecia ter aparecido ali por magia. Estava vestido com roupas de marinheiro e era, suponho, um pescador. Mas tinha uma longa barba escura e, se eu estivesse procurando um modelo para um capitão espanhol malvado, não poderia ter imaginado ninguém melhor. Pus-me a trabalhar com pressa febril antes que ele se afastasse, embora, por sua atitude, parecesse perfeitamente preparado para sustentar os pilares por toda a eternidade.

"Ele se mexeu, mas felizmente não antes de eu conseguir o que queria. Ele se aproximou de mim e começou a falar. Ah, como aquele homem falava.

"'Rathole', disse ele, 'costumava ser um lugar muito interessante.'

"Já sabia disso, e embora tenha verbalizado meu conhecimento, isso não me salvou. Ouvi dele toda a história do bombardeio, quero dizer, da destruição, da aldeia, e de como o proprietário do Brasão de Polharwith foi o último homem a ser morto. De como foi atravessado em sua própria soleira pela espada de um capitão espanhol, e como seu sangue jorrou na calçada e ninguém conseguiu lavar a mancha por cem anos.

"Tudo se encaixou muito bem com a sensação lânguida e sonolenta da tarde. A voz do homem era muito suave, mas, ao mesmo tempo, havia nela um fundo de algo bastante assustador. Ele era muito obsequioso em seus modos, mas eu sentia que, por baixo, era cruel. Ele me fez compreender a Inquisição e os terrores de todas as coisas que os espanhóis fizeram melhor do que eu jamais tinha compreendido.

"Durante todo o tempo que falou comigo, continuei a pintar e, de repente, percebi que, na empolgação de ouvir sua história, havia pintado algo que não estava ali. Naquele quadrado branco de calçada onde o sol caía diante da porta do Brasão de Polharwith, eu havia pintado manchas de sangue. Parecia extraordinário que a mente pudesse pregar essas peças na mão, mas quando olhei para a pousada novamente, tive um segundo choque. Minha mão pintou apenas o que meus olhos viram, gotas de sangue na calçada branca.

"Fiquei olhando por um ou dois minutos. Então fechei os olhos e disse a mim mesma: 'Não seja tão estúpida, não há nada ali de verdade', depois os abri de novo, mas as manchas de sangue ainda estavam lá.

"De repente, senti que não conseguia mais suportar. Interrompi o falatório interminável do pescador.

"'Diga-me', perguntei, 'pois a minha visão não está muito boa. São manchas de sangue ali naquela calçada?'

"Ele olhou para mim com indulgência e gentileza.

"'Hoje não há mais manchas de sangue, senhora. O que estou contando faz quase quinhentos anos.'

"'Sim', falei, 'mas agora, na calçada'... as palavras morreram na minha garganta. Eu *sabia* — *sabia* que ele não veria o que eu estava vendo. Levantei-me e com as mãos trêmulas e comecei a arrumar minhas coisas. Enquanto fazia isso, o jovem que viera de carro naquela manhã saiu pela porta da pousada. Olhou para cima e para baixo na rua, perplexo. Na sacada acima, sua esposa saiu e recolheu as roupas de banho. Ele caminhou em direção ao carro, mas, de repente, desviou e cruzou a estrada em direção ao pescador.

"'Diga-me, meu caro', disse ele. 'O senhor não sabe se a senhora que veio naquele segundo carro já voltou?'

"'A senhora com um vestido todo florido? Não, senhor, não a vi. Ela seguiu ao longo do penhasco em direção à caverna esta manhã.'

"'Eu sei, eu sei. Todos nós nos banhamos lá juntos, e então ela nos deixou para voltar caminhando, e não a vi desde então. Não pode ter levado todo esse tempo. Os penhascos por aqui não são perigosos, são?'

"'Depende, senhor, do caminho que seguir. A melhor maneira é ir na companhia de um guia que conheça o lugar.'

"Ele obviamente falava sobre si mesmo, e estava começando a discorrer sobre o tema, mas o jovem o interrompeu sem cerimônia e correu de volta para a pousada chamando sua esposa na sacada.

"'Estou dizendo, Margery, que Carol ainda não voltou. Estranho, não é?'

"Não ouvi a resposta de Margery, mas o marido continuou. 'Bem, não podemos esperar mais. Temos que seguir em frente para Penrithar. Você está pronta? Vou virar o carro.'

"Ele fez o que disse, e logo os dois partiram juntos. Enquanto isso, eu estava deliberadamente reunindo forças para provar o quanto minhas fantasias eram ridículas. Depois que o carro saiu, fui até a pousada e examinei a calçada com atenção. Claro que não havia manchas de sangue ali. Não, havia sido resultado de minha imaginação distorcida o tempo todo. No entanto, de alguma forma, isso parecia tornar a coisa mais assustadora ainda. Foi enquanto eu estava parada ali que ouvi a voz do pescador.

"Ele me olhava com curiosidade.

"'Pensou ter visto manchas de sangue aqui, hein, senhora?'

"Eu concordei.

"'Isso é muito curioso, muito curioso. Temos uma superstição aqui, senhora. Se alguém vir aquelas manchas de sangue...'

"Ele fez uma pausa.

"'Sim?', falei.

"Ele continuou com sua voz suave, na entonação local, mas inconscientemente melodiosa e bem-educada em sua pronúncia, e completamente livre das figuras de linguagem da Cornualha.

"'Dizem, senhora, que se alguém vir aquelas manchas de sangue, haverá uma morte dentro de 24 horas.'

"Assustador! Isso fez uma sensação desagradável subir por toda a minha espinha.

"Ele continuou persuasivamente.

"'Há um painel muito interessante na igreja, senhora, sobre uma morte...'

"'Não, obrigada', retruquei de forma decidida e dei uma meia volta brusca, subindo a rua em direção ao chalé onde eu estava hospedada. Assim que cheguei lá, vi ao longe a mulher chamada Carol vindo pela trilha do penhasco. Ela estava apressada. Contra o cinza dos rochedos, ela parecia uma flor vermelha venenosa. Seu chapéu era da cor de sangue...

"Fiquei trêmula. De verdade, quase tive um derrame.

"Mais tarde, ouvi o barulho do carro dela. Imaginei se ela também iria para Penrithar, mas ela pegou a estrada à esquerda na direção oposta. Observei o carro subir a colina e desaparecer, e respirei aliviada. Rathole parecia estar quieto e sonolento mais uma vez."

— Se isso for tudo — disse Raymond West quando Joyce parou —, darei meu veredito imediatamente. Indigestão, manchas na visão após as refeições.

— Não é tudo — disse Joyce. — Precisa ouvir a sequência. Dois dias depois, li no jornal a manchete "Fatalidade no banho de mar". Contava como Mrs. Dacre, esposa do Capitão Denis Dacre, infelizmente havia se afogado em Landeer Cove, um pouco mais adiante ao longo da costa. Ela e o marido estavam hospedados na época no hotel de lá, e haviam declarado a intenção de se banharem, mas soprava um vento gelado. O Capitão Dacre declarou que estava muito frio, então ele e algumas outras pessoas no hotel foram para os campos de golfe próximos. Mrs. Dacre, porém, dissera que não estava muito frio para ela e foi sozinha até a enseada. Como não voltou, o marido ficou alarmado e, em companhia dos amigos, desceu à praia. Encontraram as roupas da mu-

· OS TREZE PROBLEMAS ·

69

lher caídas ao lado de uma rocha, mas nenhum vestígio da infeliz senhora. Seu corpo não foi encontrado até quase uma semana depois, quando foi arrastado à costa em um ponto um pouco a frente. Estava machucada, um forte golpe na cabeça que ocorreu antes da morte, e a teoria era que ela devia ter mergulhado no mar e batido com a cabeça em uma rocha. Pelo que pude perceber, a morte dela teria ocorrido apenas 24 horas depois de eu ter visto as manchas de sangue.

— Protesto — disse Sir Henry. — Isso não é um problema, é uma história de fantasmas. Evidente que Miss Lemprière é médium.

Mr. Petherick tossiu como de costume.

— Uma questão me intriga... — disse ele. — O golpe na cabeça. Não devemos, penso eu, excluir a possibilidade de um crime. Mas penso que não temos dados para prosseguir. A alucinação ou a visão de Miss Lemprière é certamente interessante, mas não vejo claramente por que ela deseja que nos pronunciemos.

— Indigestão e coincidência — disse Raymond —, e, de qualquer maneira, a senhorita não pode ter certeza de que eram a mesma pessoa. Além disso, a maldição, ou o que for, só se aplicaria aos habitantes de Rathole.

— Sinto — disse Sir Henry — que o sinistro marinheiro tem algo a ver com esta história. Mas concordo com Mr. Petherick: Miss Lemprière nos deu muito poucas informações.

Joyce virou-se para Dr. Pender, que balançou a cabeça, sorrindo.

— É uma história muito interessante — disse ele, — mas lamento, concordo com Sir Henry e Mr. Petherick quanto ao fato de haver poucos dados a serem investigados.

Joyce então olhou com curiosidade para Miss Marple, que sorriu para ela.

— Também acho que você foi um pouco injusta, querida Joyce — disse ela. — Claro, é diferente para mim. Quer dizer, nós, sendo mulheres, apreciamos a questão das roupas.

Não acho que seja um problema justo de se apresentar a um homem. Deve ter demandado muitas trocas rápidas. Que mulher perversa! E um homem ainda mais perverso.

Joyce olhou para ela.

— Tia Jane — disse ela. — Miss Marple, quero dizer, eu acredito... realmente acredito que a senhora sabe a verdade.

— Bem, querida — disse Miss Marple —, é muito mais fácil para mim, que estou sentada aqui quieta, do que foi para você... e sendo uma artista, você é muito suscetível à atmosfera, não é? Sentada aqui, tricotando, só vejo fatos. Manchas de sangue caíram na calçada devido ao traje de banho pendurado acima e, sendo um traje de banho vermelho, é claro, os próprios criminosos não perceberam que estava manchado. Coitadinha, coitadinha!

— Com licença, Miss Marple — disse Sir Henry —, mas a senhora sabe que ainda estou totalmente no escuro. A senhora e Miss Lemprière parecem saber do que estão falando, mas nós, homens, ainda estamos na escuridão total.

— Vou lhes contar o fim da história agora — disse Joyce. — Foi um ano depois. Eu estava em um pequeno balneário à beira-mar na costa leste, e desenhava, quando de repente tive aquela sensação estranha de algo que já havia acontecido antes. Havia duas pessoas, um homem e uma mulher, na calçada na minha frente, e eles estavam cumprimentando uma terceira pessoa, uma mulher com um vestido florido de bicos-de-papagaio vermelhos. "Carol, por tudo que é mais maravilhoso! Que bom encontrá-la depois de todos esses anos. Você conhece minha esposa? Joan, esta é uma velha amiga minha, Miss Harding."

"Reconheci o homem imediatamente. Era o mesmo Denis que eu tinha visto em Rathole. A esposa era diferente, quer dizer, ela era uma Joan em vez de uma Margery, mas era do mesmo tipo, jovem, bastante antiquada e muito discreta. Por um minuto, pensei que estava ficando louca. Começaram a falar em se banharem. Vou dizer a vocês o que fiz. Segui direto para a delegacia. Achei que provavelmente pensariam que eu estava maluca, mas não me importei. E, no fim das contas, tudo ficou bem. Havia um homem da Scotland Yard lá, e ele havia vindo exatamente para verificar. Parece... ah, é horrível falar sobre isso... que a polícia suspeitava de Denis Dacre. Esse não era seu nome verdadeiro, ele adotava nomes diferentes em ocasiões diferentes. Conhecia garotas, geralmente garotas quietas e discretas sem muitos parentes ou amigos, se casava com elas e fazia seguro por suas vidas por grandes somas e então... ah, é horrível! A mulher chamada Carol era sua verdadeira esposa, e eles sempre executavam o mesmo plano. Foi assim que o pegaram. As seguradoras desconfiaram. Ele ia para algum lugar tranquilo à beira-mar com sua nova esposa, então a outra mulher aparecia, e todos iam se banhar juntos. Então, a esposa era assassinada, e Carol colocava as roupas da vítima e voltava de barco com ele. Em seguida, eles deixavam o local, onde quer que fosse, após indagar sobre a suposta Carol e, quando saíam da aldeia, Carol apressadamente colocava de volta suas próprias roupas extravagantes e sua maquiagem viva, voltava para lá e ia embora em seu carro. Eles descobriam para que lado a corrente estava fluindo, e a suposta morte ocorria no próximo local de banho ao longo da costa nessa direção. Carol fazia o papel da esposa e ia para uma praia deserta, deixando as roupas da esposa sobre uma pedra, e partia com seu vestido florido para esperar discretamente até que o marido pudesse se juntar a ela.

"Suponho que, quando mataram a pobre Margery, parte do sangue deve ter jorrado sobre o traje de banho de Carol e, por ser vermelho, não notaram, como diz Miss Marple. Mas quando o penduraram na sacada, respingou. Ugh!", ela estremeceu. "Ainda consigo ver."

— Claro — disse Sir Henry —, lembro-me muito bem agora. Davis era o nome verdadeiro do homem. Tinha me fugido da memória que um de seus muitos pseudônimos era

Dacre. Eram um casal extraordinariamente astuto. Sempre me pareceu incrível que ninguém notasse a mudança de identidade. Suponho, como diz Miss Marple, as roupas são mais facilmente identificadas que os rostos, mas era um esquema muito inteligente, pois, embora suspeitássemos de Davis, não foi fácil ligá-lo ao crime, pois ele sempre parecia ter um álibi incontestável.

— Tia Jane — disse Raymond, olhando para ela com curiosidade. — Como a senhora faz isso? A senhora viveu uma vida tão pacífica e, no entanto, nada parece surpreendê-la.

— Sempre acho uma coisa muito parecida com alguma outra neste mundo — respondeu Miss Marple. — Havia Mrs. Green, sabe, ela enterrou cinco filhos… e cada um deles tinha seguro. Bem, naturalmente, a gente começou a ficar desconfiado.

Ela balançou a cabeça.

— Há muita maldade na vida dos vilarejos. Espero que vocês, queridos jovens, nunca percebam o quanto é perverso o mundo.

Motivo × oportunidade

Publicado originalmente na *Royal Magazine* do Reino Unido, em 1928, e nos Estados Unidos no mesmo ano, com o título "Where's the Catch?".

Mr. Petherick pigarreou de maneira muito mais imponente do que de costume.

— Receio que meu probleminha parecerá bastante comedido para todos vocês — disse ele, desculpando-se — depois das histórias sensacionais que temos ouvido. Não há derramamento de sangue no meu, mas me parece um probleminha interessante, bastante engenhoso e, felizmente, estou em posição de saber a resposta certa para ele.

— Não é terrivelmente jurídico, é? — perguntou Joyce Lemprière. — Digo, questões de direito, e casos como Barnaby *versus* Skinner no ano de 1881, e coisas do tipo.

Mr. Petherick sorriu com apreço para ela por cima dos óculos.

— Não, não, minha cara jovem. Não precisa ter medo disso. A história que estou prestes a contar é perfeitamente simples e direta, e pode ser acompanhada por qualquer leigo.

— Nada de palavreado jurídico, então —, disse Miss Marple, balançando uma agulha de tricô na direção dele.

— Certamente não — prometeu Mr. Petherick.

— Ah, bom, não tenho tanta certeza, mas vamos ouvir a história.

— Trata-se de um antigo cliente meu. Vou chamá-lo de Mr. Clode, Simon Clode. Era um homem de considerável riqueza e vivia em uma casa grande não muito longe daqui. Um de seus filhos morreu na guerra, e este filho deixou uma criança, uma menina. A mãe da criança morrera no parto e, com a morte do pai, ela passou a morar com o avô, que imediatamente se apegou apaixonadamente a ela. A pequena Chris podia fazer tudo o que quisesse com o avô. Nunca vi um homem tão devotado a uma criança, e não posso descrever para vocês sua dor e desespero quando, aos 11 anos, a criança contraiu uma pneumonia e morreu.

"O pobre Simon Clode ficou inconsolável. Um irmão dele havia morrido recentemente em condições precárias, e Simon Clode generosamente se ofereceu para acolher os filhos de seu irmão, duas meninas, Grace e Mary, e um menino, George. Mas, embora gentil e generoso com o sobrinho e as sobrinhas, o velho nunca teve por eles o amor e a devoção que dedicara à netinha. Encontraram emprego para George Clode em um banco próximo, e Grace se casou com um jovem e inteligente químico pesquisador chamado Philip Garrod. Mary, que era uma garota quieta e reservada, morava ainda com o tio e cuidava dele. Ela gostava dele, eu acho, com seu jeito discreto e contido. E, para todos os efeitos, as coisas transcorriam de maneira muito pacífica. Posso dizer que, após a morte da pequena Christobel, Simon Clode veio até mim e me instruiu a redigir um novo testamento. Por este testamento, sua fortuna, muito considerável, foi dividida igualmente entre seu sobrinho e sobrinhas, uma terça parte para cada.

"O tempo passou. Certo dia, tendo a chance de encontrar George Clode, perguntei por seu tio, que não via há algum tempo. Para minha surpresa, o rosto de George se anuviou. 'Gostaria que você pudesse colocar algum bom senso em tio Simon', ele disse com tristeza. Seu semblante honesto, mas não muito brilhante, parecia confuso e preocupado. 'Este negócio de espíritos está cada vez pior.'

"'Que negócio de espíritos?', perguntei, muito surpreso.

"Então, George me contou toda a história de como Mr. Clode gradualmente havia se interessado pelo assunto e como, além desse interesse, por acaso tinha encontrado uma médium americana, Mrs. Eurydice Spragg. Essa mulher, a quem George não hesitou em caracterizar como uma vigarista declarada, conquistou uma influência gigantesca sobre Simon Clode. Ela estava sempre na casa dele e em muitas sessões que realizavam o espírito de Christobel se manifestava ao avô amoroso.

"Posso dizer aqui e agora que não pertenço às fileiras daqueles que ridicularizam e desprezam o espiritualismo. Como já disse a vocês, creio nas provas. E acho que, quando temos uma mente imparcial e pesamos as provas a favor do espiritualismo, há muito que não pode ser classificado como fraude ou levianamente deixado de lado. Portanto, como digo, não sou nem crente nem descrente. Há certos testemunhos dos quais não se pode discordar.

"Por outro lado, o espiritualismo se presta muito facilmente à fraude e à impostura, e por tudo o que o jovem George Clode me contou sobre essa Mrs. Eurydice Spragg, eu me sentia cada vez mais convencido de que Simon Clode não estava em boas mãos e que Mrs. Spragg provavelmente era uma impostora da pior estirpe. O velho, astuto como era nas questões práticas, poderia ser facilmente ludibriado quando se tratava de seu amor pela neta falecida.

"Revirando as coisas em minha mente, me sentia cada vez mais inquieto. Eu gostava dos jovens Clode, Mary e George, e percebi que essa Mrs. Spragg e sua influência sobre o tio deles poderiam causar problemas no futuro.

"Na primeira oportunidade, criei um pretexto para visitar Simon Clode. Encontrei Mrs. Spragg instalada como uma convidada honrada e amigável. Assim que a vi, minhas piores apreensões se dissiparam. Era uma mulher corpulenta de meia-idade, vestida com um estilo extravagante. Muito cheia de bordões do tipo 'nossos entes queridos que já morreram' e outras coisas do gênero.

"O marido dela, Mr. Absalom Spragg, também estava hospedado na casa. Era um homem magro e esguio com expressão melancólica e olhos extremamente furtivos. Assim que pude, fiquei a sós com Simon Clode e falei com ele com muito tato sobre o assunto. Ele estava cheio de entusiasmo. Eurydice Spragg era maravilhosa! Tinha sido enviada a ele diretamente em resposta a uma oração! Ela não se importava com dinheiro, a alegria de ajudar um coração aflito era o suficiente para ela. Tinha um grande sentimento materno pela pequena Chris. Clode estava começando a considerá-la quase como uma filha. Em seguida, passou a me dar detalhes — como tinha ouvido a voz de Chris, como ela estava bem e feliz com o pai e a mãe. Contou ainda outros sentimentos expressos pela criança, que, na minha lembrança da pequena Christobel, me pareciam altamente improváveis. Ela enfatizou o fato de que "o pai e a mãe amavam a querida Mrs. Spragg".

"'Mas, claro', interrompeu ele, 'você não acredita em nada disso, Petherick.'

"'Não, nada disso. Muito longe disso. Alguns dos homens que escreveram sobre o assunto são homens cujo testemunho eu aceitaria sem hesitar, e devo conceder a qualquer médium recomendado por eles respeito e crédito. Presumo que esta Mrs. Spragg tenha sido bem recomendada?'

"Simon entrou em êxtase ao falar de Mrs. Spragg. Ela havia sido enviada a ele pelos Céus. Ele a havia encontrado no balneário onde passara dois meses no verão. Um encontro casual, que resultado maravilhoso!

"Fui embora muito insatisfeito. Meus piores temores se concretizaram, mas não vi o que poderia fazer. Depois de muito pensar e refletir, escrevi a Philip Garrod que, como mencionei, acabara de se casar com a filha mais velha dos Clode, Grace. Apresentei o caso a ele — é claro, na linguagem mais cuidadosamente comedida. Apontei o perigo daquela mulher ganhar influência sobre a mente do velho. E sugeri que Mr. Clode fosse colocado em contato, se possível, com alguns círculos espiritualistas de renome. Isso, pensei, não seria uma questão difícil para Philip Garrod arranjar.

"Garrod agiu de pronto. Ele percebeu, o que eu não percebi, que a saúde de Simon Clode estava em péssimas condições e, como homem prático, não tinha intenção de permitir que sua esposa ou os irmãos dela fossem despojados da herança que era tão justamente deles. Ele chegou na semana seguinte, trazendo como convidado ninguém menos que o famoso Professor Longman. Longman era um cientista de primeira ordem, um homem cuja associação com o espiritualismo obrigava que o assunto fosse tratado com respeito. Ele não era apenas um cientista brilhante, ele era um homem da maior retidão e probidade.

"O resultado da visita foi lamentável. Longman, ao que se soube, falou pouco enquanto esteve lá. Duas sessões foram realizadas — em que condições não sei. Longman não se comprometeu durante o tempo em que esteve na casa, mas, depois de sua partida, escreveu uma carta a Philip Garrod. Nela, admitia que não havia flagrado Mrs. Spragg em nenhuma conduta fraudulenta. No entanto, sua opinião particular era de que os fenômenos não eram genuínos. Mr. Garrod, disse ele, tinha liberdade para mostrar esta carta ao seu tio, se achasse adequado, e sugeriu que ele próprio colocasse Mr. Clode em contato com um médium de integridade primorosa.

"Philip Garrod levou esta carta diretamente ao tio, mas o resultado não foi o que ele esperava. O velho ficou furioso. Era tudo um complô para desacreditar Mrs. Spragg, que era uma santa caluniada e ofendida! Ela já havia contado a ele sobre a inveja amarga que as pessoas tinham dela neste país. Ele ainda ressaltou que Longman admitiu não ter detectado fraude alguma. Eurydice Spragg viera até ele na hora mais obscura de sua vida, dera-lhe ajuda e conforto, e ele estava preparado para defender sua causa, mesmo que isso significasse brigar com todos os membros de sua família. Ela era mais para ele do que qualquer outra pessoa no mundo.

"Philip Garrod foi mandado embora da casa com pouca cerimônia, mas, como resultado de sua raiva, a própria saúde de Clode piorou muito. No último mês, ele havia permanecido na cama o tempo todo, e agora parecia haver todas as possibilidades de ele ficar como um inválido acamado até a hora em que a morte o libertasse. Dois dias depois da partida de Philip, recebi uma convocação urgente e me apressei até lá. Clode estava na cama e parecia muito doente, mesmo aos meus olhos de leigo. Ele estava ofegante.

"'Chegou a minha hora', disse ele. 'Estou sentindo. Não discuta comigo, Petherick. Mas, antes de morrer, vou cumprir meu dever para com o único ser humano que fez mais por mim do que qualquer outra pessoa no mundo. Quero fazer um novo testamento.'

"'Certamente', falei, 'se me der instruções agora, redijo o testamento e o envio a você.'

"'Assim não vai funcionar', disse ele. 'Ora, amigo, talvez eu não dure a noite toda. Escrevi o que eu quero aqui', ele remexeu embaixo do travesseiro, 'e você pode me dizer se está certo.'

"Ele pegou uma folha de papel com algumas palavras rabiscadas grosseiramente a lápis. Era muito simples e claro. Deixava 5 mil libras para cada um de seus sobrinhos, e o restante de sua vasta propriedade para Eurídice Spragg 'por gratidão e admiração'.

"Não gostei, mas lá estava. Não havia possibilidade de demência, o velho estava tão são quanto qualquer um de nós.

"Ele tocou a campainha e mandou chamar duas das criadas. Vieram prontamente. A arrumadeira, Emma Gaunt, era uma mulher alta de meia-idade que trabalhava lá há muitos anos e que cuidava de Clode com devoção. Com ela veio a cozinheira, uma jovem rechonchuda de 30 anos. Simon Clode olhou para as duas por baixo de suas sobrancelhas espessas.

"'Quero que testemunhem minha vontade. Emma, pegue minha caneta-tinteiro.'

"Emma foi obedientemente até a mesa.

"'Não a gaveta da esquerda, garota', disse o velho Simon, irritado. 'Não sabe que está do lado direito?'

"'Não, está aqui, senhor', disse Emma, mostrando-a.

"'Então você deve ter guardado errado da última vez', resmungou o velho. 'Não suporto que as coisas não sejam mantidas em seus devidos lugares.'

"Ainda resmungando, ele tomou a caneta dela e copiou seu próprio rascunho, corrigido por mim, em um pedaço de papel novo. Então, assinou. Emma Gaunt e a cozinheira Lucy David também assinaram. Dobrei o testamento e coloquei em um longo envelope azul. Por necessidade, vocês sabem, foi escrito em um pedaço de papel comum.

"No momento em que as criadas estavam se virando para sair da sala, Clode se recostou nos travesseiros, arfando e com o rosto contorcido. Inclinei-me sobre ele ansiosamente, e Emma Gaunt voltou de pronto. No entanto, o velho se recuperou e sorriu, fraco.

"'Está tudo bem, Petherick, não se assuste. De qualquer forma, vou morrer feliz agora, tendo feito o que queria.'

"Emma Gaunt olhou para mim com um ar de interrogação, como se quisesse saber se podia sair da sala. Balancei a cabeça de forma tranquilizadora e ela se preparou para sair — primeiro parando para pegar o envelope azul que eu havia deixado cair no chão em meu momento de ansiedade. Ela me entregou o envelope, e eu o coloquei no bolso do meu casaco. Em seguida, ela saiu.

"'Você está aborrecido, Petherick', afirmou Simon Clode. 'Você é preconceituoso, como todo mundo.'

"'Não é uma questão de preconceito', comentei. 'Mrs. Spragg pode bem ser tudo o que afirma ser. Não teria nenhuma objeção a você deixar para ela um pequeno legado como uma lembrança de gratidão, mas, lhe digo francamente, Clode, que deserdar carne da sua carne e sangue do seu sangue em favor de uma desconhecida é errado.'

"Com isso, eu me virei para partir. Havia feito tudo o que podia e manifestado minha objeção.

"Mary Clode saiu da sala de visitas e encontrou-me no corredor.

"'O senhor não gostaria de um chá antes de partir? Entre aqui', e então me conduziu para a sala.

"O fogo estava aceso na lareira e a sala parecia aconchegante e alegre. Ela me aliviou do sobretudo assim que seu irmão, George, entrou na sala. Ele o pegou das mãos dela e o colocou em uma cadeira no outro extremo da sala, depois voltou para perto da lareira, onde tomamos chá. Durante a refeição, surgiu uma pergunta sobre algum ponto concernente à propriedade. Simon Clode disse que não queria ser incomodado com isso e deixou para George decidir. George estava bastante nervoso em confiar em seu próprio julgamento. Por sugestão minha, passamos ao escritório depois do chá e examinei os papéis em questão. Mary Clode nos acompanhou.

"Quinze minutos depois, preparei-me para partir. Lembrando que havia deixado meu sobretudo na sala, fui buscá-lo. A única ocupante da sala era Mrs. Spragg, que estava ajoelhada ao lado da cadeira em que estava o sobretudo. Parecia estar fazendo algo um tanto desnecessário com a capa de cretone do assento. Ela se levantou com o rosto muito vermelho quando entramos.

"'Essa capa não tem um bom caimento', queixou-se ela. 'Nossa! Eu mesma poderia fazer uma melhor.'

"Peguei meu sobretudo e o vesti. Ao fazer isso, notei que o envelope contendo o testamento havia caído do bolso e estava no chão. Coloquei-o no bolso, disse adeus e parti.

"Após minha chegada no escritório, descreverei cuidadosamente minhas ações. Tirei meu sobretudo e tirei o testamento do bolso. Ele estava na minha mão e eu estava de pé ao lado da mesa quando meu funcionário entrou. Alguém queria falar comigo ao telefone, e o ramal para minha sala não estava funcionando. Consequentemente, acompanhei-o até a antessala e permaneci lá por cerca de cinco minutos, conversando ao telefone.

"Quando voltei, encontrei meu funcionário esperando por mim.

"'Mr. Spragg veio vê-lo, senhor. Levei-o ao seu escritório.'

"Encontrei Mr. Spragg sentado à mesa. Ele se levantou e me cumprimentou de uma maneira um tanto untuosa, depois proferiu um longo discurso. No geral, parecia uma justificativa incômoda sobre ele e a esposa. Ele temia que as pessoas estivessem falando etc. etc. Sua esposa era conhecida desde a infância pela pureza de seu coração e de suas motivações... e assim por diante. Receio que fui bastante seco com ele. No final, acho que ele percebeu que sua visita não estava sendo um sucesso e foi embora de repente. Então, me lembrei que havia deixado o testamento sobre a mesa. Peguei o envelope, lacrei, assinei o selo e o guardei no cofre.

"Agora, chego ao ponto crucial da minha história. Dois meses depois, Mr. Simon Clode morreu. Não vou entrar em discussões prolixas, apenas expor os fatos de forma nua e crua. *Quando o envelope lacrado com o testamento foi aberto, verificou-se que continha uma folha de papel em branco.*"

Ele fez uma pausa, olhando em volta do círculo de rostos interessados. Sorriu com certo prazer.

— Vocês compreendem a questão, certo? Por dois meses, o envelope lacrado ficou no meu cofre. Uma vez lá dentro, era impossível adulterá-lo. O tempo hábil para isso foi muito curto: entre o momento em que o testamento foi assinado e eu tê-lo trancado no cofre. Quem teve essa oportunidade e a quem interessaria fazê-lo?

"Vou recapitular os pontos vitais em um breve resumo: o testamento foi assinado por Mr. Clode e colocado por mim em um envelope... até aqui, tudo bem. Em seguida, eu o coloquei no bolso do meu sobretudo. Esse sobretudo foi tirado de mim por Mary e entregue por ela a George, que estava bem à minha vista enquanto manuseava o casaco. Durante o tempo que estive no escritório, Mrs. Eurydice Spragg teria tido bastante tempo para retirar o envelope do bolso do casaco e ler seu conteúdo. Na verdade, encontrar o envelope no chão e não no bolso parece apontar para o fato de ela ter feito isso. Mas aqui chegamos a uma questão curiosa: ela teve uma *oportunidade* de substituir o papel em branco, mas não um *motivo*. O testamento estava a seu favor e, ao substituí-lo por um pedaço de papel em branco, ela estaria abrindo mão da herança que tanto desejava obter. O que se aplica também a Mr. Spragg. Ele também teve a oportunidade. Ele ficou sozinho com o documento em questão por cerca de dois ou três minutos em meu escritório. Mas, novamente, não era vantajoso para ele fazê-lo. Então, nos deparamos com este problema curioso: as duas pessoas que tiveram *oportunidade* de substituir um pedaço de papel em branco não tinham um *motivo* para fazê-lo, e as duas pessoas que tinham um *motivo* não tiveram uma *oportunidade*. A propósito, não excluiria a criada, Emma Gaunt, das suspeitas. Ela era devotada a seus jovens patrões e detestava os Spragg. Ela teria, tenho certeza, o mesmo interesse em tentar a substituição se tivesse pensado nisso. Mas, embora ela realmente tenha manuseado o envelope quando o pegou do chão e o entregou para mim, certamente não teve oportunidade de mexer em seu conteúdo, e ela não poderia tê-lo substituído por outro envelope fazendo algum truque com as mãos (algo que, de qualquer maneira, ela não seria capaz), pois fui eu que levei o envelope em questão para dentro da casa e provavelmente ninguém lá teria um igual.

Ele olhou ao redor, para os convivas, radiante.

— Bom, esse é o meu probleminha. Espero tê-lo apresentado claramente. Estou interessado em ouvir suas opiniões.

Para espanto de todos, Miss Marple soltou uma longa e prolongada risada. Algo parecia diverti-la imensamente.

— Qual *é* o problema, tia Jane? Podemos também rir da piada? — disse Raymond.

— Estava pensando no pequeno Tommy Symonds, um menino travesso, infelizmente, mas às vezes muito engraçado. Uma daquelas crianças com rostos infantis inocentes que estão sempre tramando uma travessura ou outra. Estava pensando como, na semana passada, na Escola Dominical, ele disse: "Professora, como se fala? Gema de ovo *é* branca ou gema de ovos *são* brancas?". E Miss Durston explicou que qualquer um diria "gemas de ovos *são* brancas ou gema de ovo *é* branca", e o travesso Tommy respondeu: "Bem, eu diria que a gema do ovo é amarela!". Muito safado da parte dele, é claro, e tão velho quanto andar para a frente. Conhecia essa piada quando era criança.

— Muito engraçado, minha querida tia Jane — disse Raymond —, mas decerto isso não tem nada a ver com a história muito interessante que Mr. Petherick nos contou.

— Ah, tem sim — disse Miss Marple. — É uma pegadinha! E a história de Mr. Petherick também é uma pegadinha. Como um bom advogado faria! Ah, meu querido velho amigo! — Ela balançou a cabeça em reprovação.

— Pergunto-me se você realmente sabe — disse o advogado com brilho nos olhos.

Miss Marple escreveu algumas palavras em um pedaço de papel, dobrou-as e passou-as para ele.

Mr. Petherick desdobrou o papel, leu o que estava escrito nele e olhou para ela com admiração.

— Minha cara amiga — disse ele — há algo que você não saiba?

— Sei disso desde pequena — disse Miss Marple. — Brincava disso também.

— Estou bastante por fora de tudo isso — disse Sir Henry. — Tenho certeza de que Mr. Petherick tem um grande truque jurídico na manga.

— De jeito nenhum — exclamou Mr. Petherick. — De jeito nenhum. É uma proposta direta e perfeitamente justa. Vocês não devem prestar atenção em Miss Marple. Ela tem uma maneira própria de ver as coisas.

— *Devemos* ser capazes de chegar à verdade — disse Raymond West, um pouco aborrecido. — Os fatos certamente parecem bastante claros. Cinco pessoas realmente tocaram naquele envelope. Os Spragg claramente poderiam ter se intrometido nisso, mas é claro que não o fizeram. Restam os outros três. Agora, considerando as maneiras incríveis que os mágicos têm de fazer algo diante de nossos olhos, parece-me que o papel poderia ter sido extraído e outro posto em seu lugar por George Clode durante o tempo em que carregava o sobretudo para o outro lado da sala.

— Bem, *eu* acho que foi a menina — disse Joyce. Acho que a empregada desceu correndo e lhe contou o que estava acontecendo e ela pegou outro envelope azul e trocou um pelo outro.

Sir Henry balançou a cabeça.

— Discordo de vocês dois — disse ele devagar. — Esse tipo de coisa é feito por mágicos, e é feito no palco e nos romances, mas acho que seria impossível de ser feito na vida real, especialmente sob os olhos astutos de um homem como meu amigo aqui, Mr. Petherick. Mas tenho uma hipótese... é apenas uma suposição e nada mais. Sabemos que o Professor Longman acabara de fazer uma visita e que disse muito pouco. É razoável supor que os Spragg podem ter ficado muito ansiosos quanto ao resultado daquela visita. Se Simon Clode não o confidenciou, o que é bastante provável, podem ter entendido a convocação de Mr. Petherick de outro ângulo. Podem ter acreditado que Mr. Clode já tinha feito um testamento que beneficiava Eurydice Spragg, e que este novo poderia ser feito com o propósito expresso de eliminá-la do documento, como resultado das revelações do Professor Longman, ou, alternativamente, como vocês advogados dizem, que Philip Garrod havia impressionado seu tio com as reivindicações de própria carne e sangue. Nesse caso, suponhamos que Mrs. Spragg estivesse preparada para efetuar uma substituição. Ela o faz, mas como Mr. Petherick chega em um momento infeliz, ela não tem tempo de ler o documento real e o destrói apressadamente com fogo, caso o advogado descubra a perda.

Joyce balançou a cabeça decididamente.

— Ela nunca o queimaria sem ler.

— É uma hipótese bastante fraca — admitiu Sir Henry. — Outra suposição... talvez... Mr. Petherick tenha tomado providências por conta própria.

A suposição era apenas uma brincadeira, mas o pequeno advogado endireitou-se com a dignidade ofendida.

— Uma suposição muito imprópria — disse ele com certa aspereza.

— O que Dr. Pender diz? — perguntou Sir Henry.

— Não posso dizer que tenho hipóteses muito claras. Acho que a substituição deve ter sido feita por Mrs. Spragg ou pelo marido, possivelmente pelo motivo sugerido por Sir Henry. Se ela não tivesse lido o testamento antes da partida de Mr. Petherick, estaria então em um dilema, uma vez que não poderia confessar sua ação no assunto. Possivelmente ela o colocaria entre os papéis de Mr. Clode, onde pensava que seria encontrado depois de sua morte. Mas não sei por que não foi encontrado. Pode ser, e isso é mera especulação, que Emma Gaunt o tenha encontrado e, por devoção a seus empregadores, o destruiu deliberadamente.

— Acho que a hipótese de Dr. Pender é a melhor de todas — disse Joyce. — Está certa, Mr. Petherick?

O advogado fez que não com a cabeça.

— Vou continuar de onde parei. Fiquei pasmo e tão perdido quanto todos vocês. Acho que nunca teria adivinhado a verdade, provavelmente não, mas fui iluminado. Também foi feito de forma inteligente.

"Fui jantar com Philip Garrod cerca de um mês depois e, no decorrer de nossa conversa depois do jantar, ele mencionou um caso interessante que recentemente havia chegado ao seu conhecimento.

"'Gostaria de lhe contar sobre isso, Petherick, em sigilo, é claro.'

"'Sem dúvidas', respondi.

"'Um amigo meu que tinha expectativas de receber a herança de um de seus parentes ficou muito angustiado ao descobrir que aquele parente pensava em beneficiar uma pessoa totalmente indigna. Meu amigo, receio, é um pouco inescrupuloso em seus métodos. Havia uma empregada na casa que se dedicava muito aos interesses do que posso chamar de parte legítima. Meu amigo lhe deu instruções muito simples. Deu a ela uma caneta-tinteiro, devidamente preenchida. Ela deveria colocá-la em uma gaveta da escrivaninha do quarto do patrão, mas não na gaveta comum onde a caneta costumava ser guardada. Se seu patrão pedisse que ela testemunhasse sua assinatura em qualquer documento e lhe pedisse que trouxesse sua caneta, ela deveria trazer não a certa, mas esta que era uma duplicata exata dela. Isso foi tudo que ela teve que fazer. Ele não deu a ela nenhuma outra informação. Ela era uma criatura devotada e obedecia fielmente às suas instruções.'

"Ele parou e disse:

"'Espero não estar entediando você, Petherick.'

"'De jeito nenhum', respondi. 'Estou profundamente interessado.'

"Nossos olhos se encontraram.

"'Meu amigo, claro, não é conhecido seu', disse ele.

"'Evidente que não', concordei.

"'Então, está tudo bem', disse Philip Garrod.

"Ele fez uma pausa e disse sorrindo: 'Você entende o que aconteceu? A caneta foi preenchida com o que é comumente conhecido como tinta evanescente, uma solução de amido em água à qual foram adicionadas algumas gotas de iodo. Isso produz um fluido preto-azulado profundo, mas a escrita desaparece inteiramente em quatro ou cinco dias.'

Miss Marple deu uma risadinha.

— Tinta que desaparece — disse ela. — Conheço. Muitas foram as vezes em que brinquei com ela quando criança.

E ela sorriu para todos eles, parando para sacudir o dedo mais uma vez para Mr. Petherick.

— Mas, mesmo assim, é uma pegadinha, Mr. Petherick — comentou ela. — Como um bom advogado faria.

O hadoque

Publicado originalmente na *Royal Magazine*
no Reino Unido em 1928.

— Agora, tia Jane, é sua vez — disse Raymond West.

— Sim, tia Jane, estamos esperando algo realmente chocante — disse Joyce Lemprière.

— Ora, vocês estão zombando de mim, meus queridos — disse Miss Marple placidamente. — Acham que, por eu ter vivido neste lugar isolado durante toda a vida, é improvável que tenha tido experiências muito interessantes?

— Deus me livre de considerar a vida de vilarejo pacífica e sem intercorrências — disse Raymond com fervor. — Não depois das horríveis revelações que ouvimos da senhora! O mundo cosmopolita parece um lugar ameno e tranquilo em comparação com St. Mary Mead.

— Bem, meu querido — disse Miss Marple —, a natureza humana é praticamente a mesma em todos os lugares e, claro, em um vilarejo, temos a oportunidade de observá-la mais de perto.

— A senhora realmente é única, tia Jane — exclamou Joyce.

— Espero que não se importe que eu a chame de tia Jane — ela acrescentou. Nem sei por que eu faço isso.

— Não sabe, minha querida? — disse Miss Marple.

Ela ergueu os olhos por um ou dois instantes com um olhar zombeteiro, que fez o sangue arder nas bochechas da garota. Raymond West remexeu-se e pigarreou de uma forma um tanto envergonhada.

Miss Marple olhou para os dois e sorriu novamente, voltando sua atenção para o tricô.

— É verdade, claro, que vivi o que se considera uma vida muito monótona, mas tive muita experiência na resolução de diversos pequenos problemas que surgiram. Alguns deles foram realmente muito engenhosos, mas não seria bom contá-los a vocês, porque tratam de coisas tão sem importância que não estariam interessados. Coisas como: quem cortou a trama da bolsa de cordas de Mrs. Jones? E por que Mrs. Sims só usou o novo casaco de pele uma vez? São coisas muito interessantes para qualquer um que queira estudar a natureza humana. Não, a única experiência de que me lembro que seria do interesse de vocês é a do marido da minha pobre sobrinha Mabel.

"Já se passaram cerca de dez ou quinze anos e, felizmente, tudo ficou para trás e todos se esqueceram do caso. A memória das pessoas é muito curta. Uma sorte, penso eu.

Miss Marple fez uma pausa e murmurou para si mesma:

— Deixem-me só contar esta carreira. A diminuição está um pouco estranha. Uma, duas, três, quatro, cinco e, então, três pontos em tricô. Está certo. Pronto, o que eu estava dizendo? Ah, sim, a pobre Mabel.

"Mabel era minha sobrinha. Uma garota boa, realmente muito boa, mas um pouco *boba*, como talvez se pudesse qualificá-la. Gostava de ser melodramática e falava muito mais do que devia sempre que ficava chateada. Casou-se com Mr. Denman quando tinha 22 anos e receio que não tenha sido um casamento muito feliz. Eu tinha esperanças de que o afeto entre os dois não resultasse em nada, pois Mr. Denman era um homem de temperamento muito violento, não o tipo de homem que seria paciente com as fraquezas de Mabel, e soube que havia casos de insanidade na família dele. No entanto, as meninas eram tão obstinadas na época quanto são agora, e sempre serão. E Mabel se casou com ele.

"Não a vi muito depois do casamento. Ela veio ficar comigo uma ou duas vezes, e me convidaram várias vezes para visitá-los, mas, na verdade, não gosto muito de ficar na casa dos outros e sempre consegui dar uma desculpa. Eles estavam casados há dez anos quando Mr. Denman morreu de repente. Não tiveram filhos, e ele deixou todo o dinheiro para Mabel. Escrevi para ela, claro, e me ofereci para ir até ela se ela quisesse, mas Mabel respondeu com uma carta muito sensata, e deduzi que não estava totalmente dominada pelo luto. Achei que era natural, pois sabia que não se davam bem fazia muito tempo. Só cerca de três meses depois é que recebi uma carta histérica de Mabel, implorando para que eu fosse até ela, e dizendo que as coisas estavam indo de mal a pior e ela não aguentava mais.

"Então, é claro", continuou Miss Marple, "deixei Clara com dinheiro suficiente para alimentação, deixei o prato e a caneca King Charles para o banco e parti imediatamente. Encontrei Mabel com os nervos à flor da pele. A casa, Vale das Murtas, era bastante grande, mobiliada com muito conforto. Havia uma cozinheira e uma arrumadeira, além de uma acompanhante para cuidar do velho Mr. Denman, pai do marido de Mabel, que, como se costuma dizer, não 'batia muito bem da cabeça'. Ele era bastante calmo e bem-comportado, mas às vezes distintamente estranho. Como disse, havia casos de insanidade na família.

"Fiquei realmente chocada ao ver a mudança em Mabel. Estava uma pilha de nervos, se tremia toda, e ainda assim não me dizia qual era o problema. Tentei fazê-la falar, como normalmente se faz, indiretamente. Perguntei a ela sobre alguns amigos que ela sempre mencionava em suas cartas, os Gallagher. Ela disse, para minha surpresa, que fazia tempo que não os via. Outros amigos que mencionei resultaram na mesma resposta. Disse a ela que estava sendo insensata em se calar e ficar taciturna e, especialmente, da tolice que era isolar-se dos amigos. Então, ela explodiu com a verdade.

"'Não é culpa minha, é deles. Ultimamente, ninguém por aqui fala comigo. Quando desço a rua do comércio, todos desviam para não precisarem me encontrar ou falar comigo. Sou

· OS TREZE PROBLEMAS ·

95

uma espécie de leprosa. É horrível e eu não aguento mais. Terei de vender a casa e ir para o exterior. No entanto, por que eu deveria ser expulsa de uma casa como esta? Não fiz nada.'

"Fiquei mais perturbada do que posso dizer. Na época, estava tricotando um cobertor para a velha Mrs. Hay e, na minha confusão, perdi dois pontos e só descobri muito tempo depois.

"'Minha querida Mabel', falei, 'isso é surpreendente. Mas qual é o motivo disso tudo?'

"Mesmo quando criança, Mabel sempre foi difícil. Tive grande dificuldade em fazer com que ela desse uma resposta direta à minha pergunta. Dizia apenas coisas vagas sobre conversas perversas, e pessoas ociosas que não tinham nada melhor para fazer do que mexericar, e pessoas que colocavam ideias na cabeça de outras.

"'Isso já está bem claro para mim', eu disse. 'Evidentemente há alguma história circulando sobre você. Mas você deve saber tão bem quanto qualquer pessoa que história é essa. E vai me contar.'

"'É tão perverso', lamentou Mabel.

"'Claro que é perverso', concordei rapidamente. 'Não há nada que você possa me dizer sobre a mente das pessoas que me espante ou surpreenda.' Agora, Mabel, você vai me dizer de forma clara o que as pessoas estão falando de você?'

"Então, tudo veio à tona.

"Parece que a morte de Geoffrey Denman, por ter sido bastante repentina e inesperada, deu origem a vários rumores. Na verdade — e vou dizer isso com toda clareza, da forma como disse a ela — as pessoas estavam dizendo que ela havia envenenado o marido.

"Agora, como imagino que vocês saibam, não há nada mais cruel do que o comentário alheio, nem nada mais difícil de combater. Quando as pessoas dizem coisas pelas suas costas, não há nada que você possa refutar ou negar, e os rumores continuam crescendo e crescendo, e ninguém pode detê-los. Eu estava certa de uma coisa: Mabel era incapaz de envenenar alguém. E eu não via por que a vida dela deveria ser arruinada e seu lar transformado em um lugar insuportável só porque ela havia, provavelmente, feito alguma tolice.

"'Onde há fumaça, há fogo', comentei. 'Agora, Mabel, você precisa me dizer o que fez as pessoas começarem a desconfiar. Deve ter acontecido alguma coisa.'

"Mabel ficou muito incoerente e afirmou que não havia nada, absolutamente nada, exceto, é claro, que a morte de Geoffrey havia sido muito repentina. Ele parecia estar muito bem durante o jantar e adoecera violentamente durante a noite. O médico foi chamado, mas o pobre homem morreu poucos minutos depois da chegada dele. Pensou-se que sua morte havia sido o resultado da ingestão de cogumelos envenenados.

"'Bom', falei, 'suponho que uma morte repentina desse tipo possa despertar um falatório, mas não sem alguns fatos adicionais, decerto. Você havia brigado com Geoffrey ou algo do gênero?'

"Ela admitiu que havia brigado com ele na manhã anterior, durante o café da manhã.

"'E os criados ouviram, suponho?', perguntei.

"'Eles não estavam na sala.'

"'Não, minha querida', insisti, 'mas provavelmente estavam bem do outro lado da porta.'

"Eu conhecia o poder ressonante da voz estridente e histérica de Mabel muito bem. Geoffrey Denman também era um homem que costumava levantar a voz bem alto quando estava com raiva.

"'Qual foi o motivo da briga?', perguntei.

"'Ah, as coisas de sempre. Sempre eram as mesmas coisas, sempre. Alguma coisinha acontecia, e então Geoffrey ficava impossível, dizia coisas abomináveis, e eu lhe falava o que pensava dele.'

"'Havia muitas brigas, então?', perguntei.

"'Não por culpa minha...'

"'Minha querida', falei, 'não importa de quem era a culpa. Não é isso que estamos discutindo. Em um lugar como este, os assuntos privados de todos são mais ou menos de propriedade pública. Você e seu marido estavam sempre brigando. Tiveram uma briga particularmente terrível naquela manhã, e, na mesma noite, seu marido morreu súbita e misteriosamente. Isso é tudo ou há mais alguma coisa?'

"'Não sei o que a senhora quer dizer com mais alguma coisa', retrucou Mabel mal-humorada.

"'Exatamente o que eu disse, minha querida. Se você fez alguma bobagem, pelo amor de Deus, não guarde para si. Só quero fazer o que puder para ajudá-la.'

"'Nada nem ninguém pode me ajudar', respondeu Mabel, descontrolada, 'exceto a morte.'

"'Tenha um pouco mais de fé na Divina Providência, querida', pedi. 'Agora, Mabel, sei perfeitamente bem *que há* outra coisa que está me escondendo.'

"Sempre soube, mesmo quando ela era criança, quando não estava me contando toda a verdade. Demorou muito, mas finalmente consegui que ela me contasse. Ela tinha ido à farmácia naquela manhã e comprado um pouco de arsênico. Claro, ela teve que assinar um termo para isso. Obviamente, o farmacêutico deu com a língua nos dentes.

"'Quem é seu médico?', perguntei.

"'Dr. Rawlinson.'

"Eu o conhecia de vista. Mabel o havia mostrado para mim outro dia. Para dizer em uma linguagem perfeitamente clara, ele era o que eu descreveria como um velho trêmulo. Tenho experiência demais de vida para acreditar na infalibilidade dos médicos. Alguns deles são homens inteligentes e outros não, e, na maioria das vezes, nem os melhores sabem o que está acontecendo com você. Pessoalmente, não quero nem saber de médicos ou de seus remédios.

"Pensei na situação toda, coloquei meu chapéu e fui visitar Dr. Rawlinson. Era exatamente o que eu pensava dele, um bom senhor, gentil, vago e tão míope que chegava a ser lamentável, ligeiramente surdo e, além disso, melindroso e sensível ao último grau. Tornou-se imediatamente arrogante quando mencionei a morte de Geoffrey Denman, falou muito sobre vários tipos de fungos, comestíveis e venenosos. Ele havia interrogado a cozinheira, e ela admitira que um ou dois dos cogumelos cozidos estavam 'um pouco esquisitos', mas, como a loja os havia enviado, ela achou que deviam estar bons. Quanto mais ela pensava neles desde então, mais ela se convencia de que a aparência deles era incomum.

"'É claro que ela pensaria assim', falei. 'Eles começariam bem parecidos com cogumelos na aparência, e, no fim, seriam alaranjados com manchas roxas. Não há nada que as pessoas não consigam lembrar, se tentarem o bastante.'

"Concluí que Denman já não conseguia mais falar quando o médico chegou. Estava incapaz de engolir e morreu em poucos minutos. O médico parecia perfeitamente satisfeito com o atestado que havia dado. Mas eu não tinha certeza o quanto disso era obstinação e o quanto era crença genuína.

"Fui direto para casa e perguntei sem rodeios a Mabel por que ela havia comprado arsênico.

"'Alguma ideia deve ter passado em sua mente', insisti.

"Mabel começou a chorar. 'Eu queria acabar comigo mesma', gemeu ela. 'Estava muito infeliz. Pensei em acabar com tudo.'

"'Você ainda tem o arsênico?', perguntei.

"'Não, joguei fora.'

"Fiquei ali sentada, revirando as coisas na mente.

"'O que aconteceu quando ele adoeceu? Ele chamou você?'

"'Não!' Ela negou ela com a cabeça. 'Ele tocou a campainha violentamente. Deve ter tocado várias vezes. Por fim, Dorothy, a arrumadeira, ouviu e acordou a cozinheira, e elas desceram. Quando Dorothy o viu, ficou assustada. Ele estava balbuciando e delirando. Ela deixou a cozinheira com ele e veio correndo me buscar. Levantei-me e fui até ele. Claro que percebi de imediato que ele estava terrivelmente mal. Infelizmente, Brewster, que cuida do velho Mr. Denman, estava passando a noite fora, por isso não havia ninguém que soubesse o que fazer. Mandei Dorothy buscar o médico, e a cozinheira e eu ficamos com ele, mas, depois de alguns minutos, não aguentei, era terrível demais. Corri de volta para o meu quarto e tranquei a porta.'

"'Muito egoísta e cruel da sua parte', comentei. 'E, sem dúvida, essa sua conduta não ajudou em nada desde então, pode ter certeza disso. A cozinheira deve espalhado isso em todos os lugares. Ora, ora, que enrascada.'

"Em seguida, falei com as criadas. A cozinheira quis me falar sobre os cogumelos, mas eu a impedi. Estava cansada desses cogumelos. Em vez disso, questionei as duas muito detalhadamente sobre o estado de seu patrão naquela noite. As duas concordaram que ele parecia estar em grande agonia, que não engolia e só conseguia falar com voz estrangulada, e, quando falava, era apenas uma divagação, nada sensato.

"'O que ele disse quando estava divagando?', perguntei com curiosidade.

"'Algo sobre alguns peixes, não foi?', disse a cozinheira, voltando-se para a outra.

"Dorothy concordou.

"'Um monte de peixes', confirmou ela 'Alguma bobagem como essa. Logo percebi que ele não estava em seu juízo perfeito, pobre senhor.'

"Não parecia haver nenhum sentido a se discernir nisso. Como último recurso, fui ver Brewster, uma mulher esquelética de meia-idade, cerca de 50 anos.

"'É uma pena que eu não estivesse aqui naquela noite', disse ela. 'Ninguém parece ter tentado fazer nada por ele até o médico chegar.'

"'Suponho que ele estivesse delirando', falei, em dúvida. 'Mas isso não é um sintoma de envenenamento por ptomaína, é?'

"'Depende', disse Brewster.

"Perguntei a ela como seu paciente estava indo.

"Ela balançou a cabeça em negativa.

"'Ele não está nada bem', disse ela.

"'Fraco?'

"'Ah, não. Fisicamente ele é forte, a não ser por sua visão. Essa está falhando bastante. Talvez ele sobreviva a todos nós, mas sua mente está piorando muito rapidamente. Já havia dito a Mr. e Mrs. Denman que ele deveria estar em uma instituição, mas Mrs. Denman não quis saber disso de maneira alguma.'

"É verdade que Mabel sempre teve um coração generoso.

"Bom, isso foi tudo que ouvi. Pensei em todos os aspectos e, por fim, decidi que só havia uma coisa a ser feita. Em vista dos boatos que circulavam, era preciso pedir permissão para exumar o corpo, fazer uma autópsia adequada, e assim as línguas mentirosas seriam silenciadas de uma vez por todas. Mabel, é claro, fez um escândalo, principalmente por motivos sentimentais — perturbar o defunto em sua sepultura pacífica etc. —, mas fui firme.

"Não vou fazer prolongar muito essa parte da história. Fizemos o pedido, e realizaram a autópsia, ou seja lá como chamem, mas o resultado não foi tão satisfatório quanto poderia ter sido. Não havia nenhum traço de arsênico — isso era bom —, mas as palavras reais do relatório foram as seguintes: *não havia nada que provasse a causa mortis do falecido*.

"Então, vejam vocês, isso não nos livrou de todos os problemas. As pessoas continuaram falando — sobre venenos raros impossíveis de detectar e besteiras desse tipo. Visitei o patologista que realizou a autópsia e fiz-lhe várias perguntas, embora ele tenha tentado ao máximo não responder a maioria delas, mas descobri que ele considerava altamente improvável que os cogumelos envenenados fossem a causa da morte. Uma ideia fervilhava em minha mente e perguntei-lhe que veneno, se algum, poderia ter sido empregado para obter aquele resultado. Ele me deu uma longa explicação, cuja maior parte, devo admitir, não acompanhei, mas a conclusão foi a seguinte: a morte poderia ter acontecido devido a algum forte alcaloide vegetal.

"A ideia que tive foi esta: supondo que a marca da insanidade também estivesse no sangue de Geoffrey Denman, será que ele não poderia ter dado cabo de si mesmo? Ele havia, em certo período da vida, estudado medicina, e tinha um bom conhecimento dos venenos e seus efeitos.

"Não achei muito provável, mas foi a única coisa em que consegui pensar. E posso lhes dizer que eu estava quase perdendo o juízo. Sei que vocês, jovens modernos, vão rir, mas ouso confessar que, quando estou realmente em apuros, sempre faço uma prece, baixinho, em qualquer lugar que eu esteja, mesmo quando estou andando na rua ou em uma feira. E sempre recebo uma resposta. Pode ser alguma coisa insignificante, aparentemente sem conexão com o assunto, mas ela aparece. Eu tinha aquela escritura pregada na minha cama quando era menina, '*Pedi, e recebereis*'. Na manhã de que estou falando, eu estava andando pela rua do comércio e orava com fervor. Fechei os olhos e, quando os abri, o que vocês acham que foi a primeira coisa que vi?"

Cinco rostos com graus de interesse variados se voltaram para Miss Marple. Pode-se presumir com segurança, entretanto, que ninguém teria adivinhado a resposta certa à pergunta.

— Eu vi — disse Miss Marple de maneira retumbante — *a vitrine da peixaria*. Havia apenas uma coisa nela, *um hadoque fresco*.

Ela olhou em volta, triunfante.

— Ai, meu Deus! — disse Raymond West. — Uma resposta à oração... um hadoque fresco!

— Sim, Raymond — disse Miss Marple com seriedade —, e não há necessidade de blasfemar a respeito. A mão de Deus está em toda a parte. A primeira coisa que vi foram as manchas pretas atrás das guelras do peixe. Vocês sabem: diz a lenda que são marcas dos polegares de São Pedro, que pescou seu ancestral. E então, tudo fez sentido para mim. Eu precisava de fé, da fé sempre verdadeira de São Pedro. Liguei as duas coisas, fé... e peixes.

Sir Henry assoou o nariz com bastante pressa. Joyce mordeu o lábio.

— Agora, o que isso me trouxe à mente? É claro que tanto a cozinheira quanto a arrumadeira mencionaram o peixe como uma das coisas ditas pelo moribundo. Eu estava convencida, absolutamente convencida, de que havia alguma solução para o mistério nessas palavras. Voltei para casa determinada a resolver o problema.

Ela fez uma pausa.

— Já lhes ocorreu — continuou a velha senhora — o quanto nós nos baseamos no que é chamado, creio eu, de contexto? Há um lugar em Dartmoor chamado Grey Wethers. Se vocês estivessem conversando com um fazendeiro de lá e mencionassem Grey Wethers, ele provavelmente concluiria que vocês estavam falando sobre aqueles círculos de pedra do local, mas é possível que estivessem falando da atmosfera. Da mesma forma, se estivessem se referindo aos círculos de pedra, um estranho, ao ouvir um fragmento da conversa, poderia pensar que vocês se referiam ao clima. Portanto, quando repetimos uma conversa, normalmente não repetimos as palavras utilizadas, e sim usamos algumas outras palavras que nos parecem significar exatamente a mesma coisa.

"Conversei com a cozinheira e com Dorothy separadamente. Perguntei à cozinheira se ela tinha certeza de que seu patrão havia realmente mencionado um monte de peixes. Ela disse que sim.

"'Foram essas as palavras exatas?', perguntei, 'Ou ele mencionou algum tipo específico de peixe?'

"'Sim, é isso!', respondeu a cozinheira. 'Era um tipo particular de peixe, mas não me lembro qual agora. Um monte de... agora... qual era? Nenhum dos peixes que você manda para a mesa. Seria uma perca... ou pescada? Não. Não começava com P.'

"Dorothy também lembrou que seu patrão havia mencionado algum tipo especial de peixe. 'Era um peixe esquisito, com certeza', disse ela.

"'Uma pilha de... qual era mesmo?'

"'Ele disse monte ou pilha?', perguntei.

"'Acho que disse pilha. Mas eu realmente não tenho certeza... é tão difícil lembrar as palavras, não é, senhorita, especialmente quando parecem não fazer sentido. Mas agora, pensando nisso, tenho quase certeza de que era uma pilha, e o peixe começava com C, mas não era cherne nem cação.'

"A próxima parte é a que mais me faz sentir orgulho de mim mesma", disse Miss Marple, "porque, claro, não sei nada sobre drogas... considero-as desagradáveis e perigosas. Tenho uma antiga receita de chá de tanaceto da minha avó que vale mais que qualquer medicamento. Mas eu sabia que havia vários livros de medicina na casa, e em um deles havia um índice de remédios. Vejam só, minha hipótese era que Geoffrey havia tomado um determinado veneno e estava tentando dizer o nome dele.

"Bem, passei os olhos pela lista começando com M, a partir de Mo. Nada ali que parecesse provável, então segui para os P e quase imediatamente cheguei a... o que vocês acham?"

Ela olhou em volta, adiando seu momento de triunfo.

— Pilocarpina. Conseguem se colocar no lugar de um homem que, mal conseguindo falar, tentava empurrar essa palavra para fora? Como soaria para uma cozinheira que nunca tinha ouvido esse nome? Não daria a impressão de "pilha de carpinhas"?

— Meu Deus! — disse Sir Henry.

— Eu nunca teria pensado nisso — disse Dr. Pender.

— Muito interessante — disse Mr. Petherick. — Realmente muito interessante.

— Voltei-me rapidamente para a página indicada no índice. Li sobre a pilocarpina e seu efeito nos olhos e outras coisas que não pareciam ter qualquer relação com o caso, mas, finalmente, cheguei a uma frase muito significativa: *empregada com sucesso como um antídoto para envenenamento por atropina.*

"Nem consigo descrever a luz que surgiu sobre mim então. Nunca pensei que Geoffrey Denman fosse cometer suicídio. Não, essa nova solução não só era possível, mas eu tinha certeza absoluta de que era a correta, porque todas as peças se encaixavam logicamente."

— Não vou tentar adivinhar — disse Raymond. — Vá em frente, tia Jane, e conte-nos o que ficou tão surpreendentemente claro para você.

— Não sei nada de medicina, claro — disse Miss Marple —, mas por acaso sabia disso, porque quando minha visão estava piorando, o médico receitou colírio com sulfato de atropina. Subi direto para o quarto do velho Mr. Denman. Já cheguei sem rodeios.

"'Mr. Denman', falei, 'já eu sei de tudo. Por que o senhor envenenou seu filho?'

"Ele olhou para mim por um ou dois minutos — era um velho muito bonito, à sua maneira — e, em seguida, desatou a rir. Foi uma das risadas mais cruéis que já ouvi. Posso garantir que me deu arrepios. Eu só tinha ouvido algo parecido uma vez antes, quando a pobre Mrs. Jones enlouqueceu.

"'Isso mesmo', respondeu ele, 'acertei as contas com Geoffrey. Fui mais esperto do que ele. Ele ia me internar, não é? Me trancar em um asilo? Eu os ouvi falando sobre isso. Mabel é uma boa menina, Mabel me defendeu, mas eu sabia que ela não seria capaz de se levantar contra Geoffrey. No final, ele faria tudo do jeito dele, sempre foi assim. Mas dei um jeito nele, dei um jeito em meu filho adorável e amoroso! Rá, rá, rá! Eu fui até lá de fininho, no meio da noite. Foi bem fácil. Brewster tinha saído. Meu querido filho estava dormindo. Ele tinha um copo d'água ao lado da cama, sempre acordava no meio da noite e bebia. Joguei a água fora — rá, rá, rá! — e esvaziei o frasco de colírio no copo. Ele acordaria e tomaria tudo antes de saber o que era. Havia apenas uma colher de sopa cheia, mas seria o bastante. E foi o que aconteceu! Vieram me ver de manhã e me contaram com muita delicadeza. Temiam que me entristecesse. Rá! Rá! Rá! Rá! Rá!'

"Bom", disse Miss Marple, "esse é o fim da história. Claro, o pobre velho foi internado em um asilo. Não era realmente responsável pelo que havia feito, e todos ficaram sabendo a verdade, e sentiram pena de Mabel e não pouparam esforços para reparar as injustas suspeitas que levantaram. Mas, se Geoffrey não tivesse percebido o que havia engolido e tentado fazer com que pegassem o antídoto sem demora, talvez o caso nunca fosse resolvido. Acredito que haja sintomas bem definidos da atropina, como pupilas dilatadas e tudo mais, mas, é claro, como eu disse, Dr. Rawlinson era velho e muito míope, coitado. E, no mesmo livro de medicina, que continuei lendo, e cuja *maior parte* era, de fato, muito interessante, havia os sintomas de envenenamento por ptomaína e atropina, e eles não são tão diferentes assim. Mas posso garantir que nunca vi uma pilha de hadoque fresco sem pensar na marca do polegar de São Pedro."

Houve um longo silêncio.

— Minha cara amiga — disse Mr. Petherick. — Minha querida amiga, você é realmente incrível.

— Recomendarei à Scotland Yard que venha até a senhora em busca de conselhos — disse Sir Henry.

— Bom, em todo o caso, tia Jane — disse Raymond, — há uma coisa que a senhora não sabe.

— Ah, eu sei, sim, querido — disse Miss Marple. — Aconteceu um pouco antes do jantar, não foi? Quando você levou Joyce para admirar o pôr do sol. Aquele é um lugar muito especial. Ali perto da sebe de jasmim. Foi lá que o leiteiro perguntou a Annie se ele poderia correr os proclamas de casamento.

— Minha nossa, tia Jane — disse Raymond — não estrague todo o romance. Joyce e eu não somos como o leiteiro e Annie.

— É aí que você se engana, querido — disse Miss Marple. — Na verdade, as pessoas são todas muito parecidas. Mas, felizmente, talvez, elas não percebam isso.

O gerânio azul

Publicado originalmente em dezembro de 1929
em *The Christmas Story Teller.*

— Quando estive aqui no ano passado... — disse Sir Henry Clithering, e calou-se.

Sua anfitriã, Mrs. Bantry, olhou para ele com curiosidade.

O ex-comissário da Scotland Yard estava hospedado na casa de velhos amigos, Coronel Bantry e sua esposa, que moravam perto de St. Mary Mead.

Mrs. Bantry, com a caneta na mão, havia acabado de pedir seu conselho sobre quem ela deveria chamar para ser o sexto convidado do jantar daquela noite.

— Então? — disse Mrs. Bantry, encorajadora. — Quando você esteve aqui no ano passado...

— Diga-me — disse Sir Henry —, vocês conhecem Miss Marple?

Mrs. Bantry ficou surpresa. Era a última pergunta que ela esperava.

— Se conheço Miss Marple? Quem não a conhece? Uma típica velha dama da ficção. Muito querida, mas irremediavelmente antiquada. Quer dizer que gostaria que eu *a* chamasse para o jantar?

— Está surpresa?

— Um pouco, devo confessar. Eu jamais pensaria que você... mas talvez haja uma explicação?

— A explicação é bastante simples. Quando estive aqui no ano passado, adquirimos o hábito de discutir mistérios não resolvidos... éramos cinco ou seis... Raymond West, o romancista, foi quem começou. Cada um de nós apresentou uma história para a qual sabíamos a resposta, mas ninguém mais sabia. Era para ser um exercício das faculdades dedutivas, para ver quem conseguia chegar mais perto da verdade.

— E então?

— Como na velha história, mal percebemos que Miss Marple estava participando também, mas fomos muito educados quanto a isso... não queríamos ferir os sentimentos da querida senhora. E agora vem a cereja do bolo: ela ganhou de nós todas as vezes!

— Como?

— Garanto-lhe... sempre ia direto à verdade, como um pombo-correio voltando para casa.

— Mas que extraordinário! Ora, mas a querida Miss Marple quase nunca saiu de St. Mary Mead.

— Ah. Mas, de acordo com ela, isso lhe deu oportunidades ilimitadas de observar a natureza humana... sob o microscópio, por assim dizer.

— Presumo que haja alguma verdade nisso — admitiu Mrs. Bantry. — Seria uma forma de conhecer o lado mesquinho das pessoas, pelo menos. Mas não acho que tenhamos criminosos realmente empolgantes entre nós. Acho que devemos desafiá-la com a história de fantasmas de Arthur depois do jantar. Ficaria contente se ela encontrasse uma solução para ela.

— Não sabia que Arthur acreditava em fantasmas!

— Ah! Ele não acredita. E é isso que o preocupa tanto. E aconteceu com um amigo dele, George Pritchard... uma pessoa muito prosaica. É realmente bastante trágico para o pobre George. Ou esta história extraordinária é verdadeira, ou então...

— Ou então o quê?

Mrs. Bantry não respondeu. Depois de um ou dois minutos, ela disse, de um jeito vago:

— Sabe, gosto de George... todo mundo gosta. Não dá para acreditar que ele... mas as pessoas fazem coisas inacreditáveis.

Sir Henry assentiu. Ele sabia, melhor que Mrs. Bantry, as coisas inacreditáveis que as pessoas faziam.

Sendo assim, naquela noite, Mrs. Bantry olhou ao redor de sua mesa de jantar (tremendo um pouco ao fazê-lo, pois a sala de jantar, como a maioria das salas de jantar inglesas, era extremamente fria) e fixou seu olhar na senhora muito aprumada sentada à direita do marido. Miss Marple usava luvas de renda preta e um velho fichu de renda enrolado nos ombros; outra peça de renda adornava seus cabelos brancos. Ela estava conversando animadamente com Dr. Lloyd, médico já idoso, sobre o abrigo para necessitados e as falhas suspeitas da enfermeira distrital.

Mrs. Bantry voltou a ficar maravilhada. Ela até se perguntou se Sir Henry estava contando uma piada elaborada, mas não parecia haver sentido nisso. Incrível que o que ele havia dito pudesse ser realmente verdade.

Seu olhar seguiu adiante, e repousou afetuosamente sobre seu marido, corado e de ombros largos, enquanto ele conversava sobre cavalos com Jane Helier, a bela e popular atriz. Jane, mais bonita (se é que era possível) fora do palco do que sobre ele, arregalava seus enormes olhos azuis e murmurava em intervalos discretos:

— Sério?

— Ah, que chique!

— Que extraordinário!

Ela não sabia absolutamente nada sobre cavalos, e se importava menos ainda.

— Arthur — disse Mrs. Bantry —, você está entediando a coitada da Jane. Deixe os cavalos em paz e conte a ela sua história de fantasmas. Você sabe... George Pritchard.

— Hein, Dolly? Ora, mas eu não sei se...

— Sir Henry também quer ouvir. Estava contando a ele algo sobre o caso esta manhã. Seria interessante ouvir o que todos têm a dizer sobre o assunto.

— Ah, conte! — disse Jane. — Amo histórias de fantasmas.

— Bem... — hesitou Coronel Bantry. — Nunca acreditei muito no sobrenatural. Mas isso...

"Acho que nenhum de vocês conhece George Pritchard. É um grande homem. Sua esposa... bem, está morta agora, coitada. Vou apenas dizer o seguinte: ela não dava a George nenhuma trégua quando estava viva. Era parcialmente debilitada... acredito que realmente havia algo de errado com ela, mas, o que quer que fosse, ela tirava bastante proveito dessa condição. Ela era caprichosa, exigente, irracional. Reclamava da manhã até a noite. George tinha que atender a todos os seus pedidos, e tudo que ele fazia sempre estava errado, e ele era amaldiçoado por isso. A maioria dos homens, estou totalmente convencido, teria dado com uma machadinha na cabeça dela muito tempo antes. Hein, Dolly, não era assim mesmo?"

— Ela era uma mulher terrível — disse Mrs. Bantry com convicção. — Se George Pritchard a tivesse acertado com uma machadinha e houvesse qualquer mulher no júri, a absolvição dele seria triunfante.

— Não sei bem como o negócio todo começou. George foi um tanto vago quanto a isso. Acho que Mrs. Pritchard sempre teve um fraco por adivinhos, quiromantes, clarividentes... qualquer coisa desse tipo. George não se importava. Se ela se divertia com isso, muito que bem. Mas ele mesmo se recusava a participar de qualquer comoção, e essa era outra queixa.

"A sucessão de enfermeiras contratadas era frequente, e Mrs. Pritchard geralmente ficava insatisfeita com elas depois de algumas semanas. Uma jovem enfermeira gostava muito dessas coisas de adivinhação e, por um tempo, Mrs. Pritchard se afeiçoou muito a ela. Então, de repente, elas se desentenderam, e a mulher insistiu que a enfermeira fosse embora. Pediu que a enfermeira que estivera com ela antes voltasse, uma mulher mais velha, experiente e delicada ao lidar com pacientes neuróticos. A enfermeira Copling, de acordo com George, era boa gente, uma mulher sensata com quem se podia conversar. Ela aguentava os acessos de raiva e os ataques nervosos de Mrs. Pritchard com total indiferença.

"Mrs. Pritchard sempre almoçava no andar de cima, e era comum na hora do almoço que George e a enfermeira chegassem a algum acordo para o resto do dia. A rigor, a enfermeira saía das catorze às dezesseis horas, mas 'para agradar', como se diz, ela às vezes tirava sua folga depois do chá, caso George quisesse ficar livre durante a tarde. Nessa ocasião, ela mencionou que visitaria uma irmã em Golders Green e poderia demorar um pouco para voltar. George ficou arrasado, pois havia combinado de jogar uma partida de golfe. A enfermeira Copling, entretanto, o tranquilizou.

"'Nossa ausência nem será notada, Mr. Pritchard.' Um brilho apareceu em seus olhos. 'Mrs. Pritchard terá uma companhia mais empolgante do que a nossa.'

"'Quem?'

"'Espere um minuto.' Os olhos da enfermeira Copling brilhavam mais que nunca. 'Vou lhe dizer. *Zarida, a leitora psíquica do futuro.*'

"'Ai, Senhor!', gemeu George. 'Essa é nova, não é?'

"'Novíssima. Acredito que minha antecessora, a enfermeira Carstairs, a recomendou. Mrs. Pritchard ainda não esteve com ela. Ela me pediu para escrever para ela, marcando uma consulta para esta tarde.'

"'Bem, de qualquer forma, vou jogar meu golfe', disse George, e partiu agradecido a Zarida, a leitora do futuro.

"Ao voltar para casa, ele encontrou Mrs. Pritchard em estado de grande agitação. Ela estava, como sempre, deitada em seu divã, e tinha em mãos um frasco de sais aromáticos, que cheirava em intervalos frequentes.

"'George!', exclamou ela. 'O que eu disse a você sobre esta casa? No momento em que entrei nela, *senti que* havia algo errado! Não lhe disse isso na hora?'

"Reprimindo seu desejo de responder: 'Você sempre diz', George falou: 'Não, não me lembro disso.'

"'Você nunca se lembra de nada que tenha a ver comigo. Os homens são todos extraordinariamente insensíveis, mas, francamente, acredito que você seja ainda mais cruel que a maioria.'

"'Ah, deixe disso, Mary, querida, isso não é justo.'

"'Bem, como estava dizendo a você, essa mulher *soube* de pronto! Ela... ela realmente empalideceu... se é que você me entende... assim que colocou os pés nesta casa disse: 'Há maldade aqui... maldade e perigo. Eu sinto.'

"Sendo muito imprudente, George riu.

"'Pelo jeito você fez seu dinheiro render bastante esta tarde.'

"A mulher dele fechou os olhos e deu uma longa fungada no frasco de sais.

"'Como você me odeia! Zombaria e riria se eu estivesse morrendo.'

"George protestou e, depois de um minuto ou dois, ela continuou.

"'Você pode rir, mas vou lhe contar tudo. Sem dúvida, esta casa é perigosa para mim, foi o que a mulher disse.'

"O sentimento de gratidão de George para com Zarida mudou. Sabia que sua esposa seria perfeitamente capaz de insistir em se mudar para uma nova casa se o capricho a dominasse.

"'O que mais ela disse?', perguntou ele.

"'Ela não pôde me contar muito. Ficou tão perturbada. Mas uma coisa ela disse. Eu tinha algumas violetas em um copo. Ela apontou para elas e gritou:'

"'Leve isso embora! Sem flores azuis, nunca tenha flores azuis aqui. *Flores azuis são fatais para você, lembre-se disso.*'"

"'E você sabe', acrescentou Mrs. Pritchard, 'sempre disse que o azul é uma cor repelente para mim. Sinto uma espécie de alerta instintivo natural contra ela.'

"George era sábio demais para comentar que nunca a tinha ouvido falar sobre aquilo. Em vez disso, perguntou como era a misteriosa Zarida. Mrs. Pritchard começou com gosto uma descrição.

"'Cabelos castanhos enrolados em coques sobre as orelhas... olhos semicerrados, rodeados por pálpebras escuras... um véu preto sobre a boca e o queixo... e falava em uma espécie de voz cantada com um sotaque estrangeiro acentuado... espanhol, eu acho...'

"'Nada que fuja do padrão', disse George com alegria.

"A esposa dele imediatamente fechou os olhos.

"'Sinto-me extremamente enjoada', disse ela. 'Chame a enfermeira. Crueldade me deixa transtornada, você sabe muito bem.'

"Dois dias depois, a enfermeira Copling procurou George com uma expressão séria.

"'Vá ver Mrs. Pritchard, por favor. Ela recebeu uma carta que a aborreceu profundamente.'

"Ele encontrou a esposa com a carta na mão. Ela a estendeu para ele.

"'Leia', disse ela.

"George leu. Estava escrita em um papel muito perfumado, em letras grandes e pretas.

"*Eu vi o futuro. Esteja avisada antes que seja tarde demais. Cuidado com a Lua Cheia. A prímula azul significa aviso; a malva-silvestre azul significa perigo; o gerânio azul significa morte...*

"Quase estourando de vontade de rir, George cruzou olhares com a enfermeira Copling. Ela fez um rápido gesto de advertência. Ele disse, meio sem jeito: 'A mulher provavelmente está tentando assustar você, Mary. De qualquer forma, não existem prímulas nem gerânios azuis'.

· OS TREZE PROBLEMAS ·

"Mas Mrs. Pritchard começou a chorar e dizer que seus dias estavam contados. A enfermeira Copling saiu com George para o patamar da escada.

"'Tudo uma tolice idiota', explodiu ele.

"'Suponho que seja.'

"Algo no tom da enfermeira o surpreendeu, e ele a olhou espantado.

"'Certamente, enfermeira, a senhora não acredita...'

"'Não, não, Mr. Pritchard. Não acredito em previsão do futuro... isso é um absurdo. O que me intriga é o *significado* disso. Os adivinhos geralmente se aproveitam de qualquer situação. Mas essa mulher parece estar assustando Mrs. Pritchard sem nenhuma vantagem para ela. Não consigo enxergar o motivo. Tem outra coisa...'

"'Tem?'

"'Mrs. Pritchard disse que algo em Zarida lhe pareceu vagamente familiar.'

"'E?'

"'Bom, não gosto disso, Mr. Pritchard, só isso.'

"'Não sabia que era tão supersticiosa, enfermeira.'

"'Não sou supersticiosa, mas sei quando uma coisa é suspeita.'

"Foi cerca de quatro dias depois disso que ocorreu o primeiro incidente. Para explicar a vocês, terei de descrever como era quarto de Mrs. Pritchard..."

— É melhor me deixar fazer isso — interrompeu Mrs. Bantry. — Era forrado com um daqueles papéis de parede novos, com aplicações de flores em uma espécie de borda herbácea. O efeito é quase como estar em um jardim, embora, é claro, as flores estejam todas erradas. Quero dizer, elas simplesmente não poderiam florescer todas ao mesmo tempo...

— Não deixe que a paixão pela precisão da horticultura distraia você, Dolly — disse o marido. — Todos sabemos que você é uma entusiasta da jardinagem.

— Ora, mas *é* um absurdo — protestou Mrs. Bantry. — Ter campânulas, narcisos, tremoceiros, malvas e ásteres-italianas, todas agrupadas.

— Muito pouco científico, disse Sir Henry. — Mas, continuando a história.

— Bem, entre essas flores aglomeradas havia prímulas, amontoados de prímulas amarelas, cor-de-rosa e...ah, vá em frente, Arthur, a história é sua...

Coronel Bantry seguiu com o relato.

— Certa manhã, Mrs. Pritchard tocou a campainha violentamente. A criadagem veio correndo... pensando que ela estava *in extremis*. De jeito nenhum. Ela estava extremamente agitada, apontando para o papel de parede. E, sem sombra de dúvidas, havia *uma prímula azul* no meio das outras. . .

— Ah! — disse Miss Helier. — Que assustador!

— A questão era: a prímula azul não havia estado lá desde sempre? Essa foi a sugestão de George e da enfermeira. Mas Mrs. Pritchard não a aceitava, de modo algum. Ela nunca havia notado a flor até aquela manhã, e na noite anterior tinha sido lua cheia. Ela ficou muito consternada com isso.

— Encontrei George Pritchard naquele mesmo dia, e ele me contou a respeito — disse Mrs. Bantry. — Fui visitar Mrs. Pritchard e fiz o possível para minimizar a coisa toda, mas sem sucesso. Saí de lá muito preocupada, e lembro que encontrei Jean Instow e lhe contei sobre isso. Jean é uma garota esquisita. Ela perguntou: "Então, ela está realmente perturbada com isso?". Disse a ela que achava perfeitamente capaz que a mulher morresse de tanto medo. Ela era, de verdade, anormalmente supersticiosa.

"Lembro-me de que Jean me surpreendeu bastante com o que disse em seguida. Ela disse: 'Bem, isso talvez seja bom, não é?', e o fez com tanta frieza, em um tom tão indiferente, que fiquei realmente... em choque. Claro, sei que isso é comum hoje em dia... ser brutal e franca... mas nunca me acostumo. Jean sorriu estranhamente para mim e disse: 'Você pode não gostar que eu diga isso, mas é verdade. Para que serve a vida de Mrs. Pritchard para ela? Para nada, e é um inferno para George Pritchard. Sua esposa morrer de medo seria a melhor coisa que poderia acontecer com ele.' Eu disse: 'George é muito bom para ela, sempre.' E ela disse: 'Sim, ele merece uma recompensa, coitadinho. George Pritchard é um homem muito atraente. A última enfermeira comentou isso, a bonita, qual era o sobrenome dela? Carstairs. Essa foi a causa da briga entre ela e Mrs. P.'

"Bem, não gostei de ouvir Jean dizer isso. Claro que já havia imaginado que...

Mrs. Bantry fez uma pausa significativa.

— Sim, querida — disse Miss Marple placidamente. — É apenas natural. Miss Instow é uma garota bonita? Suponho que ela jogue golfe?

— Sim. Ela é boa em todos os jogos. E é bonita, atraente, com cabelos muito loiros, pele saudável e olhos azuis firmes e agradáveis. É claro que sempre achamos que ela e George Pritchard, quero dizer, se as coisas fossem diferentes, combinariam muito bem um com o outro.

— E eram amigos? — perguntou Miss Marple.

— Ah, sim. Grandes amigos.

— Você acha, Dolly — disse Coronel Bantry em tom de reclamação —, que eu poderia continuar minha história?

— Arthur — disse Mrs. Bantry, resignada — quer voltar aos seus fantasmas.

— O próprio George me contou o resto da história — continuou o coronel. — Não há dúvida de que Mrs. Pritchard piorou muito no final do mês seguinte. Ela marcou em um calendário o dia em que a lua estaria cheia e, naquela noite, chamou a enfermeira e, em seguida, George para seu quarto e os fez examinar o papel de parede com cuidado. Havia malvas-silvestres cor-de-rosa e vermelhas, mas nenhuma azul entre elas. Então, quando George saiu do quarto, ela trancou a porta...

— E, pela manhã, havia uma grande malva-silvestre azul — disse Mrs. Helier, exultante.

— Exato — disse Coronel Bantry. — Ou, pelo menos, quase isso. Uma flor de malva-silvestre logo acima de sua cabeça havia ficado azul. Isso espantou George, que, claro, quanto mais espantado ficava, mais se recusava a levar a coisa a sério. Ele insistia que a coisa toda era algum tipo de brincadeira. Ignorou a prova da porta trancada e o fato de que Mrs. Pritchard havia descoberto a mudança antes que alguém, até mesmo a enfermeira Copling, entrasse.

"A situação abalou George, e o deixou irracional. Sua esposa queria sair da casa, e ele não a deixaria. Estava inclinado a acreditar no sobrenatural pela primeira vez, mas não admitiria isso. Geralmente ele cedia à esposa, mas desta vez não o faria. Ele disse que Mary não devia fazer papel de boba. A coisa toda era uma bobagem infernal.

"E assim o mês seguinte passou. Mrs. Pritchard protestou menos do que se poderia imaginar. Acho que era supersticiosa o bastante para acreditar que não poderia escapar de seu destino. Ela repetia várias vezes: 'A prímula azul... aviso. A malva-silvestre azul... perigo. O gerânio azul... *morte*.' E ficava deitada olhando para o aglomerado de gerânios rosados mais próximo de sua cama.

"A coisa toda parecia ter saído do controle. Até a enfermeira contagiou-se. Ela procurou George dois dias antes da lua cheia e implorou para que ele levasse Mrs. Pritchard embora. George ficou com raiva.

"'Se todas as flores daquela maldita parede se transformassem em demônios azuis, ainda assim não poderiam matar ninguém!', ele gritou.

"'Poderiam. As pessoas também morrem de colapso.'

"'Bobagem', George disse.

"George sempre foi um pouco teimoso. É impossível convencê-lo de algo. Acredito que tinha uma ideia secreta de que sua esposa operava a mudança sozinha, e que era tudo um plano histérico e mórbido dela.

"Bem, a noite fatal chegou. Mrs. Pritchard trancou a porta como de costume. Estava muito calma, em um estado de espírito quase elevado. A enfermeira ficou preocupada com seu humor, quis dar-lhe um estimulante, uma injeção de estricnina, mas Mrs. Pritchard recusou. De certa forma, acredito, ela estava se divertindo. George disse que estava."

— Acho que é bem possível — disse Mrs. Bantry. — Devia haver um tipo estranho de fascinação em tudo isso.

— Não houve nenhum toque violento da campainha na manhã seguinte. Mrs. Pritchard geralmente acordava por volta das oito. Quando, às 8h30, não houve nenhum sinal dela, a enfermeira bateu com força na porta. Sem obter resposta, ela foi buscar George e insistiu para que a porta fosse arrombada. E assim foi feito, com a ajuda de um cinzel.

"Um olhar para a figura imóvel na cama foi o suficiente para a enfermeira Copling saber. Ela mandou George telefonar para o médico, mas era tarde demais. Mrs. Pritchard, disse ele, devia estar morta havia pelo menos oito horas. Seus sais aromáticos estavam ao lado de sua mão na cama, *e na parede ao lado dela, um dos gerânios rosados estava agora de um azul profundo e brilhante.*"

— Terrível — disse Miss Helier com um calafrio.

Sir Henry estava carrancudo.

— Nenhum detalhe adicional?

Coronel Bantry fez que não com a cabeça, mas Mrs. Bantry falou rapidamente.

— O gás.

— O que tem o gás? — perguntou Sir Henry.

— Quando o médico chegou, sentiu um leve cheiro de gás e, realmente, encontrou o anel de gás da lareira ligeiramente aberto, mas tão pouco que não faria diferença.

— Mr. Pritchard e a enfermeira não notaram assim que entraram?

— A enfermeira disse que sentiu um leve odor. George disse que não percebeu gás, mas que algo o fez se sentir muito estranho e acabrunhado, porém ele atribuiu isso ao choque... provavelmente com razão. De qualquer forma, não havia possibilidade de envenenamento por gás. O cheiro era quase imperceptível.

— E esse é o fim da história?

— Não, não é. De uma forma ou de outra, correram boatos. Os criados, vejam, haviam escutado coisas... ouviram, por exemplo, Mrs. Pritchard dizer ao marido que ele a odiava e zombaria se ela estivesse morrendo. E observações mais recentes. Certo dia, ela havia dito, sobre a recusa do marido em deixá-la sair de casa: "Muito bem, quando estiver morta, espero que todos saibam que você me matou". E, por azar, no dia anterior, ele havia preparado um herbicida para as passagens do jardim. Um dos criados mais jovens o havia visto, e depois o viu levando um copo de leite quente para a esposa.

"O rumor espalhou-se e cresceu. O médico deu um atestado, não sei exatamente em que termos, choque, síncope, insuficiência cardíaca, provavelmente alguns termos médicos que não significam muita coisa. No entanto, a pobre senhora não passou um mês em seu túmulo antes que uma ordem de exumação fosse solicitada e concedida.

— E o resultado da autópsia não foi conclusivo, eu bem me lembro — disse Sir Henry com seriedade. — Pela primeira vez, um caso de fumaça sem fogo.

— A situação toda é realmente muito curiosa — disse Mrs. Bantry. — Aquela vidente, por exemplo... Zarida. No endereço que ela forneceu, ninguém nunca havia escutado falar de tal pessoa!

— Ela apareceu do nada — disse Mr. Bantry. — E então desapareceu completamente. Do *nada*!

— E mais — continuou Mrs. Bantry —, a pequena enfermeira Carstairs, que supostamente a havia recomendado, nunca tinha ouvido falar dela.

Eles se entreolharam.

— É uma história misteriosa — disse Dr. Lloyd. — Pode-se fazer suposições, mas adivinhar...

Ele balançou a cabeça.

— Mr. Pritchard casou-se com Miss Instow? — perguntou Miss Marple com voz gentil.

— Por que a pergunta? — indagou Sir Henry.

Miss Marple arregalou os gentis olhos azuis.

— Parece-me muito importante — disse ela. — Casaram-se?

Coronel Bantry negou com a cabeça.

— Bom... Esperávamos que fossem se casar, mas já faz dezoito meses. Acredito que nem mesmo se vejam muito.

— Isso é importante — disse Miss Marple. — Muito importante.

— Então, a senhora pensa igual a mim — disse Mrs. Bantry. — Você acha que...

— Ora, Dolly — interrompeu o marido. — O que vai dizer é injustificável. Não se pode acusar as pessoas sem uma mísera prova.

— Não seja tão... tão valoroso, Arthur. Os homens sempre têm medo de dizer *qualquer coisa*. A conversa é entre nós. É que tenho uma hipótese fantasiosa de que, possivelmente, apenas *possivelmente*... Jean Instow tenha se disfarçado de cartomante. Veja bem, ela pode ter feito isso por brincadeira. Nem por um minuto penso que quisesse fazer mal, mas, se fez isso, e se Mrs. Pritchard foi tola o suficiente para morrer de medo... bem, foi isso que Miss Marple quis dizer, não foi?

— Não, querida, não exatamente — disse Miss Marple. — Veja, se eu fosse matar alguém, o que, claro, eu nem sonharia em fazer por um minuto, porque seria muito perverso e, além disso, não gosto de matar... nem mesmo vespas, embora saiba que preciso fazê-lo, e tenho certeza de que o jardineiro faz isso da forma mais humana possível. Deixe-me ver, o que eu estava dizendo?

— Se você desejasse matar alguém — avisou Sir Henry.

— Ah, sim. Bem, se eu o fizesse, não ficaria satisfeita em confiar em um *susto*. Sei que se lê sobre pessoas morrendo disso, mas me parece uma coisa muito incerta e, na verdade, as pessoas mais nervosas são muito mais corajosas do que se pensa. Gostaria de algo definitivo e certo, e desenvolveria um plano minucioso.

— Miss Marple — disse Sir Henry —, a senhora me assusta. Espero que nunca deseje me matar. Seus planos seriam bons demais.

Miss Marple olhou para ele com ar de censura.

— Achei que tinha deixado claro que nunca pensaria em tamanha maldade — disse ela. — Não, estava tentando me colocar no lugar de... certa pessoa.

— A senhora está falando de George Pritchard? — perguntou Coronel Bantry. — Nunca vou acreditar que George tenha feito isso, embora, veja bem, até a enfermeira acredite. Fui visitá-la cerca de um mês depois, na época da exumação. Ela não sabia como havia sido, e, na verdade, não quis dizer nada, mas estava claro o suficiente que ela acreditava que George era de alguma forma responsável pela morte da esposa. Estava convencida disso.

— Bem — disse Dr. Lloyd —, talvez ela não estivesse tão errada. E, lembre-se, uma enfermeira geralmente *sabe*. Ela pode não dizer, não ter nenhuma prova, mas *sabe*.

Sir Henry inclinou-se para a frente.

— Vamos lá, Miss Marple — disse ele de forma persuasiva. — A senhora está perdida em um devaneio. Não vai nos contar tudo sobre isso?

Miss Marple se assustou e enrubesceu.

— Perdão — disse ela. — Só estava pensando em nossa enfermeira distrital. Um problema muito difícil.

— Mais difícil que o problema do gerânio azul?

— Na verdade, o mais importante são as prímulas — disse Miss Marple. — Quer dizer, Mrs. Bantry disse que eram amarelas e cor-de-rosa. Se foi uma prímula cor-de-rosa que ficou azul, claro, isso se encaixa perfeitamente. Mas se por acaso foi uma amarela...

— Era cor-de-rosa — comentou Mrs. Bantry.

Ela olhou fixamente. Todos olharam para Miss Marple.

— Então, isso parece resolver tudo — disse Miss Marple. Ela balançou a cabeça com pesar. — E a temporada das vespas e tudo o mais. E, claro, o gás.

— Isso lembra à senhora, suponho eu, incontáveis tragédias de vilarejo? — disse Sir Henry.

— Tragédias, não — disse Miss Marple. — E, com certeza, nada de criminoso. Mas me lembra um pouco os problemas que estamos tendo com a enfermeira distrital. Afinal, enfermeiras são seres humanos e, tendo de ser tão corretas em seu comportamento, usar aqueles colarinhos desconfortáveis e ficar tão atreladas à família... bem, é possível imaginar que, às vezes, coisas acontecem.

Um raio de luz iluminou Sir Henry.

— A senhora está falando da enfermeira Carstairs?

— Ah, não. Não a enfermeira Carstairs. A enfermeira *Copling*. Veja, ela já estivera lá antes e era apaixonada pelo Mr. Pritchard, que vocês dizem ser um homem atraente. Ouso dizer, coitadinha, que ela pensava que... bem, não precisamos entrar em detalhes. Acho que ela não sabia sobre Mrs. Instow e, claro, depois, quando descobriu, isso a deixou contra ele, e ela tentou fazer todo o mal que podia. Claro que a carta realmente a delatou, não é?

— Que carta?

— Bem, ela escreveu para a vidente a pedido de Mrs. Pritchard, e a vidente foi até lá, aparentemente em resposta à carta. Mais tarde, porém, se descobriu que nunca houve tal pessoa naquele endereço. Isso mostra que a enfermeira Copling estava envolvida. Ela apenas fingiu escrever, então, o que poderia ser mais provável do que *ela* ser a própria vidente?

— Nunca entendi o sentido da carta — disse Sir Henry.

— Esse é um ponto muito importante, claro.

— Um passo bastante ousado — disse Miss Marple —, porque Mrs. Pritchard poderia tê-la reconhecido, apesar do disfarce... embora, é claro, se ela tivesse reconhecido, a enfermeira poderia fingir que era uma brincadeira.

— O que a senhora quis dizer — disse Sir Henry — quando falou que, se fosse uma certa pessoa, não ficaria satisfeita em confiar em um susto?

— Não se poderia ter *certeza* desse jeito — disse Miss Marple. — Acho que os avisos e as flores azuis eram, se posso usar um termo militar... — ela riu, constrangida — *apenas camuflagem.*

— E a situação real?

— Eu sei — disse Miss Marple em tom de desculpas — que estou com as vespas em mente. Coitadinhas, destruídas aos milhares... e geralmente em um belo dia de verão. Mas me lembro de ter pensado, quando vi o jardineiro sacudindo o cianureto de potássio em uma garrafa com água, como aquilo cheirava a sais aromáticos. E, se fosse colocado em um frasco de sais aromáticos e trocado pelo frasco verdadeiro... bom, a pobre senhora tinha o hábito de usar seus sais. De fato, você disse que eles foram encontrados ao lado da mão dela. Então, é claro, enquanto Mr. Pritchard fosse telefonar para o médico, a enfermeira trocaria os frascos de volta, e apenas ligaria o gás um pouco para mascarar qualquer cheiro de amêndoas e no caso de alguém se sentir enjoado. Além disso, sempre ouvi dizer que o cianeto não deixa vestígios se esperar tempo suficiente. Claro que posso estar errada, e poderia haver no frasco algo totalmente diferente, mas isso realmente não importa, certo?

Miss Marple fez uma pausa, um pouco sem fôlego.

Jane Helier inclinou-se para a frente e disse:

— Mas o gerânio azul e as outras flores?

— As enfermeiras sempre têm papel tornassol, não é? — perguntou Miss Marple, — Para... bem, para exames. Não é um assunto muito agradável. Não vamos insistir nisso. Eu mesma prestei serviços como enfermeira por um tempo. — Ela ficou delicadamente corada. — O azul fica vermelho com ácidos, e o vermelho fica azul com álcalis. Tão fácil colar um pouco de tornassol vermelho sobre uma flor vermelha... perto da cama, é claro. E, então, enquanto a pobre senhora usava seus sais aromáticos, os fortes vapores de amônia o deixavam azul. Realmente muito engenhoso. Claro, o gerânio não estava azul assim que eles entraram no quarto, e ninguém o notou até mais tarde. Imagino que, quando a enfermeira trocou os frascos, ela tenha mantido o sal amoníaco contra o papel de parede por um minuto.

— É como se a senhora tivesse estado lá, Miss Marple — disse Sir Henry.

— O que me preocupa — disse Miss Marple —, é o pobre Mr. Pritchard e aquela bela garota, Miss Instow. Provavelmente os dois desconfiam um do outro e se mantêm separados... e a vida é muito curta.

Ela balançou a cabeça.

— Não precisa se preocupar — tranquilizou Sir Henry. — Na verdade, tenho uma carta na manga. Uma enfermeira foi presa sob a acusação de assassinar uma paciente idosa que lhe havia deixado uma herança. Foi feito com cianureto de potássio em substituição a sais aromáticos. A enfermeira Copling tentou o mesmo truque novamente. Miss Instow e Mr. Pritchard não precisam ter dúvidas quanto à verdade.

— Ora, isso não é maravilhoso? — exclamou Miss Marple. — Não me refiro ao novo assassinato, claro. Isso é muito triste, mostra quanta maldade existe no mundo e que, se você ceder uma vez... o que me lembra que eu *preciso* terminar minha conversinha com Dr. Lloyd sobre a enfermeira do vilarejo.

A acompanhante

Publicado originalmente no Reino Unido em 1930,
com o título "The Resurrection of Amy Durrant",
e na *Story-Teller* e *Companions in Pictorial Review*
nos Estados Unidos.

— E então, Dr. Lloyd? — disse Miss Helier. — O senhor não conhece nenhuma história assustadora?

Ela sorriu para ele — o sorriso que todas as noites enfeitiçava o público do teatro. Jane Helier às vezes era chamada de "a mulher mais bonita da Inglaterra", e seus colegas de profissão invejosos tinham o hábito de dizer uns aos outros: "É claro que Jane não é uma *artista*. Ela *não sabe* atuar... se é que você me entende. São aqueles olhos!".

E aqueles "olhos" estavam naquele minuto fixados cheios de sedução no velho médico solteirão e grisalho que, nos últimos cinco anos, havia tratado as doenças do vilarejo de St. Mary Mead.

Com um gesto inconsciente, o médico puxou para baixo o colete (que nos últimos tempos estava desconfortavelmente apertado) e quebrou a cabeça com pressa para não decepcionar a adorável criatura que se dirigia a ele com tanta confiança.

— Sinto — disse Jane, em devaneios — que gostaria de mergulhar no crime esta noite.

— Esplêndido — disse Coronel Bantry, o anfitrião. — Esplêndido, esplêndido. — E deu uma risada militar alta e calorosa. — Hein, Dolly?

Sua esposa, lembrada às pressas das exigências da vida social (ela estava mentalmente planejando as flores que plantaria na primavera), concordou com entusiasmo.

— Claro que é esplêndido — respondeu com sinceridade, mas de forma vaga. — Sempre pensei assim.

— Sempre, minha querida? — disse a velha Miss Marple, e seus olhos brilharam de leve.

— Não entramos muito no veio sinistro... e menos ainda no criminal, em St. Mary Mead, como a senhora bem sabe, Mrs. Helier — disse Dr. Lloyd.

— O senhor me surpreende — disse Sir Henry Clithering. O ex-comissário da Scotland Yard voltou-se para Miss Marple. — Sempre entendi por meio de nossa amiga aqui que St. Mary Mead é um verdadeiro viveiro de crime e perversão.

— Ah, Sir Henry! — protestou Miss Marple, um rubor surgindo em suas bochechas. — Tenho certeza de que nunca disse nada parecido. A única coisa que disse foi que a natureza humana é praticamente a mesma em um vilarejo ou em qualquer outro lugar, mas em um vilarejo temos oportunidades e tempo livre para observá-la de perto.

— Mas o senhor nem sempre morou aqui — disse Jane Helier, ainda se dirigindo ao médico. — O senhor já esteve em todos os tipos de lugares estranhos em todo o mundo... lugares onde as coisas acontecem!

— Sim, é verdade — disse Dr. Lloyd, ainda pensando desesperadamente. — Sim, claro... Sim... Ah! Já sei!

Ele recostou-se com um suspiro de alívio.

— Já se passaram alguns anos... quase me esqueci. Mas os fatos foram realmente muito estranhos... muito estranhos mesmo. E a coincidência final que colocou a pista em minhas mãos também foi estranha.

Miss Helier aproximou um pouco mais sua cadeira à dele, passou batom e esperou ansiosa. Os outros também se voltaram para ele, interessados.

— Não sei se algum de vocês conhece as Ilhas Canárias — começou o médico.

— Devem ser maravilhosas — disse Jane Helier. — Elas ficam nos Mares do Sul, não é? Ou no Mediterrâneo?

— Estive por lá a caminho da África do Sul — disse o coronel. — O Pico do Teide, em Tenerife, é um belo local para se admirar o pôr do sol.

— O incidente que estou descrevendo aconteceu na ilha de Grã Canária, não em Tenerife. Já se passaram muitos anos. Tive um problema de saúde e fui forçado a abandonar meu consultório na Inglaterra e ir para o exterior. Fiquei em Las Palmas, que é a principal cidade de Grã Canária. De muitas maneiras, aproveitei muito a vida por lá. O clima era ameno e ensolarado, excelente para banhos de mar (e sou um banhista entusiasta), e a vida litorânea do porto me atraiu. Navios de todo o mundo aportam em Las Palmas. Eu costumava caminhar ao longo do quebra-mar todas as manhãs, com muito mais interesse do que qualquer mulher poderia ter em uma rua repleta de lojas de chapéus.

"Como já disse, navios de todo o mundo aportam em Las Palmas. Às vezes, eles ficam algumas horas, às vezes um ou dois dias. No hotel principal da cidade, o Metropole, é possível ver pessoas de todas as raças e nacionalidades... são aves migratórias. Mesmo as pessoas a caminho de Tenerife costumam ir para lá e ficar alguns dias antes de cruzar para a outra ilha.

"Minha história começa ali, no Hotel Metropole, em uma noite de quinta-feira, no mês de janeiro. Tinham organizado um baile no hotel, e eu e um amigo estávamos sentados em uma mesinha assistindo à cena. Havia uma boa quantidade de ingleses e também de outras nacionalidades, mas quase todos os que estavam dançando eram espanhóis, e quando a orquestra começou a tocar tango, meia dúzia de casais dessa nacionalidade foi para a pista. Todos dançavam bem, e nós olhávamos e admirávamos. Uma mulher em particular despertou nossa vívida admiração. Alta, bela e sinuosa, ela se movia com a graça de um leopardo parcialmente domesticado. Algo de perigoso emanava daquela mulher. Disse isso ao meu amigo, e ele concordou.

"'Mulheres assim', disse ele, 'têm de ter uma história. A vida não passa por elas em vão.'

"'A beleza talvez seja uma posse perigosa', comentei.

"'Não é só beleza', ele insistiu. 'Há algo mais. Olhe para ela novamente. Coisas estão fadadas a acontecer com aquela mulher, ou por causa dela. Como eu disse, a vida não passará em vão por ela. Eventos estranhos e emocionantes a cercarão. Basta olhar para ela para saber disso.'

"Ele fez uma pausa e acrescentou com um sorriso:

"'Assim como basta olhar para aquelas duas mulheres ali e saber que nada de extraordinário poderia acontecer a qualquer uma delas! São criadas para uma existência segura e sem intercorrências.'

"Segui seu olhar. As duas mulheres a que se referia eram viajantes que acabavam de chegar... um barco da Holland Lloyd havia ancorado no porto naquela noite, e os passageiros estavam começando a aparecer.

"Ao olhar para elas, entendi imediatamente o que meu amigo queria dizer. Eram duas inglesas... do tipo de viajante inglesa absolutamente simpática que se encontra no exterior. A idade delas, devo dizer, era por volta dos 40 anos. Uma era loira e um pouco, só um pouco, rechonchuda demais. A outra tinha cabelos escuros e era levemente... de novo, apenas levemente, magricela. Estavam, como se diz, bem conservadas, vestidas discretamente em conjuntos de tweed bem cortados e sem nenhuma maquiagem. Tinham aquele ar de serena segurança que é um direito de nascença das mulheres inglesas bem-educadas. Não havia nada de notável em nenhuma das duas. Eram como milhares de suas iguais. Sem dúvida, veriam o que quisessem ver, orientadas pelos guias de viagem Baedeker, e ficariam cegas para tudo o mais. Usariam a biblioteca inglesa e frequentariam a Igreja Anglicana em qualquer lugar que estivessem, e era bem provável que uma ou as duas desenhassem um pouco das paisagens. E, como meu amigo disse, nada de excitante ou notável

132

jamais aconteceria a qualquer uma delas, embora pudessem viajar meio mundo. Olhei delas de volta para nossa sinuosa espanhola com seus olhos fumegantes semicerrados e sorri."

— Coitadinhas — disse Jane Helier com um suspiro. — Mas acho mesmo que é uma grande tolice as pessoas não tirarem o máximo de si mesmas. Aquela mulher em Bond Street, Valentine, é realmente maravilhosa. Audrey Denman frequenta a casa dela... vocês a viram em *O degrau abaixo*? Como a jovem estudante do primeiro ato, está realmente maravilhosa. E, no entanto, Audrey tem 50 anos, acho que é isso mesmo. Na verdade, eu bem sei que ela realmente está perto dos 60.

— Continue — disse Mrs. Bantry a Dr. Lloyd. — Adoro histórias sobre sinuosas dançarinas espanholas. Fazem-me esquecer de como estou velha e gorda.

— Sinto muito — disse Dr. Lloyd, desculpando-se. — Mas, vejam, na verdade, essa história não é sobre a espanhola.

— Não é?

— Não. Acontece que meu amigo e eu estávamos errados. Nada de excitante aconteceu à beldade espanhola. Ela se casou com o funcionário de uma agência de exportações e, quando saí da ilha, tinha cinco filhos e estava engordando muito.

— Exatamente como aquela filha de Israel Peters — comentou Miss Marple. — Aquela que foi para o teatro, e tinha pernas tão bonitas que lhe deram o principal papel masculino na pantomima. Todo mundo dizia que ela logo iria se meter em apuros, mas ela se casou com um caixeiro-viajante e se deu esplendidamente bem.

— O paralelo do vilarejo — murmurou Sir Henry baixinho.

— Não — continuou o médico. — Minha história é sobre as duas inglesas.

— Aconteceu alguma coisa com elas? — sussurrou Miss Helier.

— Algo aconteceu com elas... e no dia seguinte, ainda por cima.

— Sim? — disse Mrs. Bantry incentivadora.

· OS TREZE PROBLEMAS ·

133

— Só por curiosidade, quando estava indo embora naquela noite, dei uma olhada no registro do hotel. Encontrei os nomes com bastante facilidade. Miss Mary Barton e Miss Amy Durrant, de Little Paddocks, Caughton Weir, Condado de Buckinghamshire. Não podia imaginar então que logo encontraria as donas daqueles nomes novamente... e em circunstâncias trágicas.

"No dia seguinte, combinei de fazer um piquenique com alguns amigos. A ideia era atravessar a ilha de carro, levando nosso almoço, até um lugar chamado (pelo que me lembro... já faz muito tempo) Las Nieves, uma baía bem protegida onde poderíamos nos banhar se quiséssemos. Seguimos exatamente essa programação, só que atrasamos um pouco a saída, de modo que paramos no caminho e fizemos o piquenique, seguindo depois para Las Nieves para um banho antes do chá.

"Ao nos aproximarmos da praia, imediatamente percebemos uma grande comoção. Toda a população do vilarejo parecia estar reunida ali. Assim que nos viram, correram em direção ao carro e começaram a explicar animadamente. Como nosso espanhol não era muito bom, demorei alguns minutos para entender, mas finalmente consegui.

"Duas loucas inglesas haviam entrado no mar para um mergulho, e uma delas havia nadado para longe demais e se metido em dificuldades. A outra tinha ido atrás dela e tentado trazê-la para a costa, mas suas forças falharam, e ela também teria se afogado não fosse um homem em um barco que remou até o local e trouxe de volta à praia a salvadora e a vítima... esta última já sem possibilidade de ajuda.

"Assim que me inteirei das coisas, abri caminho na multidão e corri até a praia. Não reconheci as duas mulheres, a princípio. A figura rechonchuda em um maiô preto de tecido elástico e touca de borracha verde justa não despertou em mim nenhum reconhecimento quando ergueu os olhos ansiosamente. Estava ajoelhada ao lado do corpo da amiga, fazendo tentativas um tanto amadorísticas de respiração boca a boca. Quando lhe disse que era médico, ela deu um suspiro de alívio e ordenei-lhe que fosse imediatamente a uma das cabanas para colocar roupas secas. Uma das senhoras do meu grupo de amigos foi com ela. Eu mesmo trabalhei inutilmente no corpo da afogada, em vão. A vida estava claramente extinta e, ao final, desisti, relutante.

"Juntei-me aos outros na cabana de pescador e ali tive que dar a triste notícia. A sobrevivente estava vestida agora com suas roupas, e eu imediatamente a reconheci como uma das duas mulheres que haviam chegado na noite anterior. Ela recebeu a triste notícia com bastante calma, e evidentemente foi o horror de tudo aquilo que a atingiu mais do que qualquer grande sentimento pessoal.

"'Pobre Amy', disse ela. 'Pobre, pobre Amy. Ela estava tão ansiosa para tomar banhos de mar aqui. E era uma boa nadadora também. Não consigo entender. O que acha que pode ter sido, doutor?'

"'Possivelmente câimbra. Pode me dizer exatamente o que aconteceu?'

"'Estávamos nadando fazia algum tempo... uns vinte minutos, talvez. Então, pensei em voltar, mas Amy disse que nadaria mais um pouco. Ela fez isso mas, de repente, ouvi seu chamado e percebi que ela estava pedindo socorro. Nadei até ela o mais rápido que pude. Ela ainda estava boiando quando a alcancei, mas ela me agarrou descontroladamente, e nós duas afundamos. Se aquele homem não tivesse ido até nós em seu barco, eu também teria me afogado.'

"'Isso acontece com bastante frequência', comentei. 'Salvar alguém de um afogamento não é uma tarefa fácil.'

"'Isso é tão horrível', continuou Miss Barton. 'Chegamos ontem e estávamos encantadas com o sol e com nossas pequenas férias. E agora esta... esta terrível tragédia acontece.'

"Pedi-lhe então detalhes sobre a mulher morta, explicando que faria tudo o que pudesse por ela, mas que as autoridades espanholas exigiriam informações completas. Isso ela me deu prontamente.

"A falecida, Miss Amy Durrant, era sua acompanhante, e havia chegado até ela cerca de cinco meses antes. Elas se davam muito bem, mas Miss Durrant falava muito pouco sobre suas origens. Havia ficado órfã em tenra idade, foi criada por um tio e ganhava a vida sozinha desde os 21 anos."

— E assim foi — continuou o médico.

Ele fez uma pausa e disse novamente, mas desta vez com um tom decisivo.

— E assim foi.

— Não entendo — disse Jane Helier. — É só isso? Quer dizer, é muito trágico, suponho, mas não é... bem, não é o que eu chamo de *assustador*.

— Acho que há mais para contar... — disse Sir Henry.

— Sim — disse Dr. Lloyd —, tem mais sim. Vejam, bem naquela época, algo estranho aconteceu. Claro, fiz perguntas aos pescadores sobre o que tinham visto. Eles foram testemunhas oculares. E uma mulher contou uma história bastante engraçada. Não dei atenção na hora, mas me lembrei depois. Ela insistiu, vejam só, que Miss Durrant não estava em apuros quando gritou. A outra nadou até ela e, de acordo com essa mulher, deliberadamente segurou a cabeça de Miss Durrant sob a água. Não dei, como já disse, muita atenção. Era uma história fantasiosa, e essas coisas parecem tão diferentes vistas da praia. Miss Barton pode ter tentado fazer a amiga perder a consciência, percebendo que, agarrando-a em pânico, ela acabaria afogando as duas. Veja, de acordo com a história da espanhola, parecia que... bem, que Miss Barton estava deliberadamente tentando afogar sua acompanhante.

"Como disse, dei pouca atenção a essa história na época. Lembrei dela mais tarde. Nossa grande dificuldade foi descobrir alguma coisa sobre essa mulher, Amy Durrant. Ela parecia não ter nenhum parente. Miss Barton e eu examinamos juntos os pertences dela. Encontramos um endereço e escrevemos para lá, mas descobrimos que era simplesmente um quarto que ela havia alugado para guardar suas coisas. A senhoria não sabia de nada, só a vira quando ela reservou o quarto. Miss Durrant havia comentado na época que sempre gostou de ter um lugar que pudesse chamar de seu, ao qual pudesse voltar a qualquer momento. Havia uma ou duas belas peças de mobília antiga e alguns exemplares encadernados de reproduções de quadros da Royal Academy of Arts, além de um baú cheio de retalhos comprados em liquidação, mas nenhum pertence pessoal. Ela havia mencionado à senhoria que seu pai e sua mãe morreram na Índia quando ela era criança, e que ela fora criada por um tio que era clérigo, mas ela não disse se ele era irmão de seu pai ou de sua mãe, então seu sobrenome não era uma pista.

"Não era exatamente misterioso, apenas insatisfatório. Deve haver muitas mulheres solitárias, orgulhosas e reticentes, exatamente nessa posição. Havia algumas fotos entre seus pertences em Las Palmas... um tanto velhas e desbotadas, e tinham sido cortadas para caber nas molduras em que estavam, de modo que não constava o nome do fotógrafo nelas. Havia também uma velha fotografia feita por um daguerreótipo, cuja imagem poderia ser sua mãe, ou, mais provavelmente, de sua avó.

"Miss Barton tinha duas referências com ela. Uma ela havia esquecido, o outro nome ela se lembrou depois de algum esforço. Provou ser o de uma senhora que agora estava no exterior, na Austrália. Escrevemos para ela. Sua resposta, é claro, demorou muito a chegar, e posso dizer que, quando chegou, não foi de grande ajuda. Disse que Mrs. Durrant tinha estado com ela como acompanhante, que tinha sido muito eficiente e era uma mulher muito encantadora, mas que não sabia nada sobre seus assuntos particulares ou relacionamentos.

"Então foi isso. Como eu disse, nada incomum, de fato. Foram apenas as duas coisas juntas que despertaram minha inquietação. Essa Amy Durrant de quem ninguém sabia nada e a estranha história da espanhola. Sim, e acrescentarei uma terceira coisa: quando me inclinei sobre o corpo pela primeira vez e Mrs. Barton se afastou em direção às cabanas, ela olhou para trás. Olhou para trás com uma expressão em seu rosto que só posso descrever como de ansiedade extrema... uma espécie de incerteza aflita que ficou gravada em meu cérebro.

"Não me pareceu fora do normal na época. Atribuí isso à sua terrível angústia por causa da amiga. Mas, vejam bem, depois percebi que elas não eram assim tão íntimas. Não havia nenhuma amizade profunda entre elas, nem houve grande pesar. Miss Barton gostava de Amy Durrant e ficou chocada com a sua morte... só isso.

"Mas então por que essa ansiedade terrível e extrema? Essa era a pergunta que sempre voltava para mim. Não estava enganado a respeito daquele olhar. E, quase contra minha vontade, uma resposta começou a se formar em minha mente. Supondo que a história da espanhola fosse verdadeira, supondo que Mary Barton intencionalmente e a sangue-frio tivesse tentado afogar Amy Durrant. Ela consegue mantê-la debaixo d'água enquanto finge estar salvando-a. Ela é resgatada por um barco. Elas estão em uma praia deserta, longe de tudo. E então eu apareço... a última coisa que ela espera. Um médico! E um médico inglês! Ela sabe muito bem que pessoas que ficaram debaixo d'água por muito mais tempo do que Amy Durrant já foram reanimadas pela respiração boca a boca. Mas ela tem um papel para interpretar... e tem que se afastar, me deixando sozinho com a vítima. E quando se vira para dar uma última olhada, uma ansiedade terrível e extrema aparece em seu rosto. Será que Amy Durrant *vai voltar à vida e contar o que sabe*?"

— Ah! — disse Jane Helier. — Estou entusiasmada agora.

— Sob esse aspecto, toda a situação parecia mais sinistra, e a personalidade de Amy Durrant tornou-se mais misteriosa. Quem foi Amy Durrant? Por que ela, uma insignificante acompanhante paga, teria sido assassinada por sua empregadora? Que história havia por trás daquele passeio fatal para a praia? Ela havia começado a trabalhar para Mary Barton apenas alguns meses antes. Mary Barton a trouxera para o exterior e, no mesmo dia após o desembarque, ocorreu a tragédia. E eram ambas inglesas simpáticas, comuns e refinadas! A coisa toda era irreal, e eu disse isso a mim mesmo. Estava deixando minha imaginação correr solta.

— O senhor não fez nada, então? — perguntou Miss Helier.

— Minha querida jovem, o que eu poderia fazer? Não havia provas. A maioria das testemunhas oculares contou a mesma história que Miss Barton. Eu havia construído minhas próprias suspeitas a partir de uma expressão fugaz que eu possivelmente poderia ter imaginado. A única coisa que pude fazer, e fiz, foi tomar providências para que fossem feitas as mais amplas investigações a respeito dos parentes de Amy Durrant. Quando estive na Inglaterra logo em seguida, cheguei até mesmo a encontrar a senhoria do quarto dela, com os resultados que contei a vocês.

— Mas você sentiu que havia algo errado... — disse Miss Marple.

Dr. Lloyd concordou com a cabeça.

— Metade do tempo, tive vergonha de mim mesmo por pensar assim. Quem era eu para suspeitar que aquela senhora inglesa simpática e de maneiras agradáveis estivesse cometendo um crime hediondo, a sangue-frio? Empenhei-me em ser o mais cordial possível com ela durante o curto período em que permaneceu na ilha. Ajudei-a com as autoridades espanholas. Fiz tudo o que podia como inglês para ajudar uma compatriota em um país estrangeiro; no entanto, estou convencido de que ela sabia que eu suspeitava e não gostava dela.

— Quanto tempo ela ficou por lá? — perguntou Miss Marple.

— Acho que cerca de quinze dias. Miss Durrant foi enterrada lá, e cerca de dez dias depois a outra pegou um barco de volta para a Inglaterra. O choque a aborreceu tanto que ela sentiu que não poderia passar o inverno lá como havia planejado. Foi o que ela disse.

— Ela parecia estar perturbada? — perguntou Miss Marple. O médico hesitou.

— Bem, não sei dizer se sua aparência foi afetada — disse ele com cautela.

— Ela não engordou, por exemplo? — perguntou Miss Marple.

— Sabe, é curioso a senhora estar dizendo isso. Agora que volto a pensar, creio que a senhora está certa. Ela... sim, parecia, de alguma maneira, estar ganhando peso.

— Que horrível — disse Jane Helier com um estremecimento. — É como... é como engordar com o sangue da vítima.

— E, no entanto, por outro lado, posso estar cometendo uma injustiça — continuou Dr. Lloyd. — Ela certamente disse algo antes de partir que apontou em uma direção totalmente diferente. Pode haver, e creio que haja, consciências que funcionam muito lentamente... que levam algum tempo para despertar para a enormidade do ato cometido.

"Foi na noite anterior à sua partida das Canárias. Ela me pediu para ir vê-la e me agradeceu muito calorosamente por tudo que fiz para ajudá-la. Eu, é claro, minimizei o assunto, disse que só fizera o que era natural nas circunstâncias, e assim por diante. Houve uma pausa depois disso e, de repente, ela me fez uma pergunta.

"'O senhor acha', ela perguntou, 'que existe justificativa para alguém fazer justiça com as próprias mãos?'

"Respondi que essa era uma pergunta bastante difícil, mas, de modo geral, achava que não. A lei era a lei e tínhamos que cumpri-la.

"'Mesmo quando a lei é impotente?'

"'Não entendo o que quer dizer.'

"'É difícil explicar, mas pode-se fazer algo que é considerado definitivamente errado, considerado até mesmo um crime, por uma razão boa e suficiente.'

"Respondi secamente que possivelmente vários criminosos haviam pensado isso em seu tempo, e ela se encolheu.

"'Mas isso é horrível', murmurou ela. 'Horrível.'

"E então, com uma mudança no tom de voz, ela me pediu que lhe desse algo para fazê-la dormir. Não conseguia dormir direito desde... ela hesitou... desde aquele choque terrível.

"'Tem certeza de que é isso? Não há nada preocupando a senhora? Não há nada em sua cabeça?'

"'Em minha cabeça? O que deveria estar em minha cabeça?'

"Ela falou de um jeito feroz e desconfiado.

"'Às vezes, a preocupação é causa de insônia', falei, tranquilamente.

"Ela pareceu ruminar por um momento.

"'O senhor quer dizer preocupação com o futuro, ou preocupação com o passado, que não pode ser alterado?'

"'Tanto faz.'

"'Só que não adianta se preocupar com o passado. É impossível trazer de volta... Ah! De que adianta? Não se deve pensar sobre isso. Não se deve pensar.'

"Prescrevi a ela um remédio suave para dormir e me despedi. Enquanto ia embora, nem pensei nas palavras que ela havia proferido: 'É impossível trazer de volta...' O quê? Ou *quem*?

"Acho que aquela última conversa me preparou, de certa forma, para o que estava por vir. Eu não esperava, é claro, mas quando aconteceu, não fiquei surpreso. Porque, vejam, Mary Barton me pareceu o tempo todo uma mulher responsável... não uma pecadora fraca, mas uma mulher com convicções, que agiria de acordo com elas e que não cederia enquanto ainda acreditasse nelas. Imaginei que, na última conversa que tivemos, ela estava começando a duvidar de suas próprias convicções. Sei que suas palavras me sugeriram que ela estava sentindo um leve começo daquele terrível examinador de consciência... remorso.

"A situação ocorreu aconteceu na Cornualha, em um pequeno balneário, bastante deserto naquela estação do ano. Deve ter sido... deixe-me ver... final de março. Li sobre isso nos jornais. Uma senhora havia se hospedado em um pequeno hotel ali... uma tal Miss Barton. Ela era muito estranha e peculiar em seus modos. Isso foi notado por todos. À noite, ela andava para cima e para baixo em seu quarto, resmungando para si mesma, e não permitia que os outros hóspedes ao seu lado dormissem. Certo dia, ela visitou o vigário e disse-lhe que tinha uma comunicação da maior importância a fazer a ele. Ela havia, disse ela, cometido um crime. Então, em vez de continuar, ela se levantou abruptamente e disse que voltaria outro dia. O vigário imaginou que ela fosse um pouco transtornada, e não levou a sério sua autoacusação.

"Na manhã seguinte, ela sumiu de seu quarto. Um bilhete foi encontrado, endereçado ao investigador. Dizia o seguinte:

> Tentei falar com o vigário ontem, para confessar tudo, mas não consegui. Ela não me deixou. Só posso me redimir de uma maneira... uma vida por outra vida, e minha vida deve seguir o mesmo caminho que a dela. Também devo me afogar no fundo do mar. Acreditei que tinha bons motivos. Vejo agora que não era bem assim. Se desejo o perdão de Amy, devo ir até ela. Que ninguém seja culpado por minha morte...
>
> — Mary Barton.

"Suas roupas foram encontradas caídas na praia, em uma enseada isolada próxima, e parecia claro que ela havia se despido lá e nadado resolutamente para o mar, onde a corrente era conhecida por ser perigosa, capaz de arrastar qualquer um ao longo da costa.

"O corpo não foi encontrado, mas depois de um tempo foi concedida licença para presumir a morte. Ela era uma mulher rica, e seu espólio foi estimado em 100 mil libras. Como morreu intestada, tudo foi para seus parentes mais próximos... uma família de primos na Austrália. Os jornais fizeram referências discretas à tragédia nas Ilhas Canárias, propondo a teoria de que a morte de Miss Durrant havia perturbado o cérebro da amiga. No inquérito, o veredito usual foi dado: *suicídio por insanidade temporária.*

"E então a cortina cai sobre a tragédia de Amy Durrant e Mary Barton."

Houve uma longa pausa e então Jane Helier deu um grande suspiro.

— Ah, mas o senhor não deve parar por aí... logo na parte mais interessante. Prossiga!

— Mas, veja, Miss Helier, esta não é uma história em série. É a vida real, e a vida real para exatamente onde quer.

— Mas eu não quero — disse Jane. — Eu quero saber...

— É nessa hora que usamos nossos cérebros, Miss Helier — explicou Sir Henry. — Por que Mary Barton matou sua acompanhante? Esse é o problema que Dr. Lloyd nos colocou.

— Bom — disse Miss Helier —, ela pode tê-la matado por vários motivos. Digo... Ah, eu não sei... Ela pode ter ficado nervosa ou então com ciúmes, embora Dr. Lloyd não tenha mencionado nenhum homem, mas, ainda assim, no barco... bem, o senhor sabe o que todo mundo diz sobre barcos e viagens marítimas.

Miss Helier fez uma pausa, ligeiramente sem fôlego, e ficou claro para o grupo que o exterior da encantadora cabeça de Jane era nitidamente superior ao interior.

— Gostaria de ter vários palpites — disse Mrs. Bantry. — Mas suponho que devo me limitar a um. Bem, acho que o pai de Miss Barton ficou com todo o dinheiro que conseguiu arruinando o pai de Amy Durrant, então, Amy decidiu se vingar. Ah, não, fica tudo ao contrário. Que cansativo! Por que a patroa rica mata a humilde acompanhante? Já sei. Miss Barton tinha um irmão mais novo que se suicidou por amor a Amy Durrant. Miss Barton espera seu tempo. Amy empobrece. Miss B. a contrata como acompanhante, a leva para as Canárias e realiza sua vingança. Que tal?

— Excelente — disse Sir Henry. — Só que não sabemos se Miss Barton tinha um irmão mais novo.

— Isso nós deduzimos — disse Mrs. Bantry. — A menos que ela tivesse um irmão mais novo, não há motivo. Então, ela deve ter tido um irmão mais novo. Percebe, Watson?

— Está bem, Dolly — disse o marido. — Mas é apenas um palpite.

— Claro que é — disse Mrs. Bantry. — É tudo o que podemos fazer... palpitar. Não temos nenhuma pista. Vá em frente, querido, dê você mesmo um palpite.

— Minha nossa, não sei o que dizer. Mas acho que há alguma verdade na sugestão de Miss Helier de que elas brigaram por causa de um homem. Olhe só, Dolly, provavelmente foi algum pastor de igreja. As duas bordaram mantos para ele, ou algo assim, e ele usou o da tal Durrant primeiro. Pode ter certeza, foi algo assim. Veja como ela foi atrás de um pastor no final. Todas essas mulheres perdem a cabeça por causa de um clérigo bonito. Já ouvimos falar disso inúmeras vezes.

— Acho que devo tentar deixar minha explicação um pouco mais sutil — disse Sir Henry —, embora admita que seja apenas um palpite. Sugiro que Miss Barton sempre tenha sido mentalmente perturbada. Existem mais casos assim do que vocês imaginam. Sua loucura ficou mais forte, e ela passou a acreditar que era seu dever livrar o mundo de certas pessoas, possivelmente de mulheres desafortunadas, como são chamadas. Não se sabe muito sobre o passado de Miss Durrant. Então, muito provavelmente ela *tinha* um passado... um passado "desafortunado". Miss Barton fica sabendo disso e decide pelo extermínio. Mais tarde, a retidão de seu ato começa a perturbá-la, e ela é dominada pelo remorso. Seu fim mostra que ela estava completamente desequilibrada. Agora, diga que concorda comigo, Miss Marple.

— Receio que não, Sir Henry — disse Miss Marple, sorrindo como que se desculpando. — Acho que o fim dela mostra que foi uma mulher muito inteligente e esperta.

Jane Helier interrompeu com um gritinho.

— Ai! Fui tão tonta. Posso tentar de novo? Claro que deve ter sido isso. Chantagem! A acompanhante a estava chantageando. Só que não entendo por que Miss Marple diz que foi inteligente da parte dela se matar. Não consigo imaginar isso de jeito nenhum.

— Ah! — disse Sir Henry. — Veja bem, Miss Marple soube de um caso igual a este em St. Mary Mead.

— Você sempre zomba de mim, Sir Henry — disse Miss Marple em tom de censura. — Devo confessar que me lembra mesmo, mas só um pouquinho, a velha Mrs. Trout. Ela recebia a aposentadoria de três mulheres idosas que estavam mortas, em diferentes distritos.

— Parece um crime muito complicado e engenhoso — disse Sir Henry. — Mas não me parece que lance nenhuma luz sobre nosso problema atual.

— Claro que não — disse Miss Marple. — Não lançaria… para você. Mas algumas dessas famílias eram muito pobres, e a aposentadoria era uma grande bênção para os filhos. Sei que é difícil para alguém de fora entender. Mas o que eu realmente quero dizer é que a coisa toda funcionava pelo fato de uma senhora idosa ser tão parecida com qualquer outra.

— Hein? — disse Sir Henry, perplexo.

— Eu sempre explico as coisas tão mal. O que quero dizer é que, quando Dr. Lloyd descreveu as duas senhoras pela primeira vez, ele não sabia qual era qual, e acho que ninguém mais no hotel sabia. Saberiam, é claro, depois de um dia ou mais, mas no dia seguinte uma das duas se afogou, e se a que sobrou dissesse que era Mrs. Barton, acho que nunca ocorreria a ninguém que não poderia ser.

— Você acha… Ah! Entendi — disse Sir Henry lentamente.

— É a única maneira natural de pensar a respeito. A querida Mrs. Bantry disse assim agora há pouco: "Por que a patroa rica deve matar a humilde acompanhante?" É muito mais provável que tenha sido ao contrário. Quer dizer, é assim que as coisas acontecem.

145

— É isso? — disse Sir Henry. — Você me choca.

— Mas, claro — continuou Miss Marple —, ela teria de usar as roupas de Miss Barton, e provavelmente ficariam um pouco justas, então ficaria parecendo que ela tinha engordado. Por isso é que fiz essa pergunta. Um cavalheiro certamente pensaria que a senhora havia engordado, e não que as roupas teriam ficado menores, embora essa não seja a melhor maneira de dizer.

— Mas se Amy Durrant matou Mrs. Barton, o que ganhou com isso? — perguntou Mrs. Bantry. — Ela não conseguiria sustentar a mentira para sempre.

— Ela a manteve por cerca de mais um mês — observou Miss Marple. — E, durante esse tempo, imagino que tenha viajado, mantendo-se longe de qualquer pessoa que a conhecesse. Isso é o que eu quis dizer quando falei que uma senhora de certa idade se parece muito com qualquer outra. Suponho que a fotografia diferente em seu passaporte nunca tenha sido notada... vocês sabem como são os passaportes. E então, em março, ela desceu a este lugar na Cornualha e começou a agir estranhamente e a chamar a atenção para si mesma, de modo que, quando as pessoas encontrassem suas roupas na praia e lessem sua última carta, não pensariam na conclusão sensata.

— Que era? — perguntou Sir Henry.

— Não havia um *corpo* — disse Miss Marple com firmeza. — Isso é o que estaria evidente se não houvesse um monte de pistas falsas para desviar qualquer um da trilha, incluindo a sugestão de jogo sujo e remorso. Nenhum *corpo*. Esse era o fato realmente importante.

— Quer dizer... — disse Mrs. Bantry — quer dizer que não houve remorso? Que não houve... que ela não se afogou?

— Ela não! — disse Miss Marple. — É como Mrs. Trout outra vez. Mrs. Trout era muito boa em pistas falsas, mas ela encontrou um páreo em mim. E o remorso de Mrs. Barton não me convence. Afogar-se? Foi é para a Austrália, se é que sou boa de palpite.

— A senhora é, Miss Marple — disse Dr. Lloyd. — Sem dúvidas, é. Agora, de novo, me surpreendeu. Também fiquei muito surpreso naquele dia em Melbourne.

— Foi isso que o senhor chamou de uma coincidência final?

Dr. Lloyd concordou com a cabeça.

— Sim, foi um grande azar para Miss Barton, ou para Miss Amy Durrant, como quiser chamá-la. Virei médico de bordo por um tempo e, ao aportar em Melbourne, a primeira pessoa que vi ao caminhar pela rua foi a senhora que pensei ter visto morta afogada na Cornualha. Ela viu que o jogo estava encerrado no que me dizia respeito e fez algo muito ousado... me contou seu segredo. Uma mulher curiosa, totalmente desprovida, suponho, de qualquer noção de moral. Era a mais velha de uma família de nove pessoas, todas miseravelmente pobres. Pediram ajuda à prima rica na Inglaterra, mas não tiveram sucesso, pois Miss Barton havia brigado com seu pai. Precisavam desesperadamente de dinheiro, pois os três filhos mais novos eram adoentados e requeriam tratamento médico caro. Amy Barton parece ter decidido então colocar em prática seu plano de assassinato a sangue-frio. Ela partiu para a Inglaterra, trabalhando como babá em troca da passagem. Conseguiu um trabalho como acompanhante de Miss Barton, tornando-se Amy Durrant. Alugou um quarto e colocou alguns móveis nele para criar uma personalidade para si mesma. O afogamento foi uma inspiração repentina. Estava esperando alguma oportunidade se apresentar. Então, encenou a cena final do drama e voltou para a Austrália. No tempo devido, ela e seus irmãos e irmãs herdaram o dinheiro de Miss Barton como parentes mais próximos.

— Um crime muito ousado e perfeito — disse Sir Henry.

— Quase *o* crime perfeito. Se Miss Barton morresse nas Canárias, a suspeita poderia recair sobre Amy Durrant e sua ligação com a família Barton poderia ter sido descoberta, mas a mudança de identidade e o crime em duplicidade, como podem chamá-lo, efetivamente acabaram com essa possibilidade. Sim, quase o crime perfeito.

— O que aconteceu com ela? — perguntou Mrs. Bantry. — O que o senhor fez a respeito, Dr. Lloyd?

— Eu estava em uma posição muito curiosa, Mrs. Bantry. Evidências, como a lei entende, eu ainda tinha muito poucas. Além disso, havia certos sinais, claros para mim, como médico, de que, embora fosse forte e vigorosa na aparência, a senhora não ficaria por muito tempo neste mundo. Fui para casa com ela e conheci o restante da família... uma família encantadora, dedicada à irmã mais velha e sem a menor ideia de que ela talvez tivesse cometido um crime. Por que trazer tristeza a eles quando eu não poderia provar nada? A confissão da senhora não foi ouvida por ninguém além de mim. Deixei a natureza seguir seu curso. Miss Amy Barton morreu seis meses depois de nosso encontro. Muitas vezes me pergunto se ela foi alegre e impenitente até o fim.

— Certamente não — disse Mrs. Bantry.

— Imagino que sim — disse Miss Marple. — Mrs. Trout foi. Jane Helier estremeceu de leve.

— Bem... — disse ela. — É muito, muito emocionante. Não entendo muito bem quem afogou quem. E como essa Mrs. Trout se encaixa nisso?

— Ela não se encaixa, minha querida — disse Miss Marple. — Era apenas uma pessoa, não muito boa, aliás, no vilarejo.

— Ah! — disse Jane. — No vilarejo. Mas nada acontece em um vilarejo, não é? — Ela suspirou. — Tenho certeza de que eu não teria nenhuma inteligência se morasse em um vilarejo.

Os quatro suspeitos

Este conto foi publicado originalmente na coletânea
Os treze problemas, em 1932.

A conversa girava em torno de crimes não descobertos e impunes. Cada um por sua vez, deu sua opinião: Coronel Bantry, sua rechonchuda e amável esposa, Jane Helier, Dr. Lloyd e até a velha Miss Marple. A única pessoa que não havia falado era a que melhor se encaixava na opinião da maioria das pessoas para fazê-lo. Sir Henry Clithering, ex-comissário da Scotland Yard, estava sentado em silêncio, torcendo o bigode — ou melhor, alisando-o — e meio sorrindo, como se algum pensamento íntimo o divertisse.

— Sir Henry — disse Mrs. Bantry por fim. — Se não disser nada, vou gritar. Há muitos crimes que ficam impunes ou não?

— A senhora está pensando nas manchetes dos jornais, Mrs. Bantry. — *A Scotland Yard é a culpada novamente.* E uma lista de mistérios não resolvidos logo em seguida.

— Que constituem, imagino, uma porcentagem muito pequena do todo? — disse Dr. Lloyd.

— Sim, isso é verdade. As centenas de crimes que são resolvidos e os perpetradores punidos raramente são anunciados e louvados. Mas esse não é exatamente o ponto em questão, não é? Quando vocês falam de crimes *não descobertos* e crimes *não resolvidos*, estão falando de duas coisas diferentes. Na primeira categoria estão todos os crimes dos quais a Scotland Yard nunca ouve falar, os crimes que ninguém sabe que foram cometidos.

— Mas suponho que não haja muitos deles, certo? — perguntou Mrs. Bantry.

— Não há?

— Sir Henry! O senhor quer dizer que há muitos?

— Acho que deve haver um número muito grande — disse Miss Marple, pensativa.

A encantadora senhora, com seu ar sereno do velho mundo, fez sua declaração em um tom da maior placidez.

— Minha cara Miss Marple — disse Coronel Bantry.

— Claro — disse Miss Marple —, muitas pessoas são estúpidas. E pessoas estúpidas são descobertas, seja lá o que façam. Mas há um grande número de pessoas que não são estúpidas, e estremeço ao pensar no que poderiam fazer se não tivessem princípios fortemente enraizados.

— Sim — disse Sir Henry —, há muitas pessoas que não são estúpidas. Quantas vezes algum crime vem à tona simplesmente por causa de alguma trapalhada? E, toda vez, o autor do crime se pergunta: "Se eu não tivesse me atrapalhado, será que alguém jamais descobriria?".

— Mas isso é muito sério, Clithering — disse Coronel Bantry. — Muito sério, de fato.

— É?

— Como assim? É sério! Claro que é sério.

— O senhor diz que o crime fica impune. Mas fica mesmo? Fica sem punição pela lei, talvez, mas causa e efeito funcionam fora da lei. Dizer que todo crime traz sua própria punição é um clichê, mas, em minha opinião, nada poderia ser mais verdadeiro.

— Talvez, talvez — disse Coronel Bantry. — Mas isso não altera a seriedade... a... hum...seriedade... — Ele fez uma pausa, sem saber como continuar.

Sir Henry Clithering sorriu.

— Noventa e nove pessoas em cem, sem dúvida, pensam como o senhor — disse ele. — Mas, sabe, não é realmente a culpa que importa... é a inocência. Isso é o que ninguém percebe.

— Não entendo — disse Jane Helier.

— Eu entendo — disse Miss Marple. — Quando Mrs. Trent descobriu que faltava meia-coroa em sua bolsa, a pessoa mais afetada foi a criada, Mrs. Arthur. É claro que os Trent pensaram que era culpa dela, mas, como eram pessoas bondosas e sabiam que ela tinha uma família grande e um marido que bebia, bem... eles naturalmente não quiseram tomar medidas extremas. Mas passaram a se sentir desconfiados em relação a ela e não a deixavam mais tomando conta da casa quando saíam, o que fez uma grande diferença para ela, e outras pessoas começaram a desconfiar dela também. E então, de repente, descobriram que tinha sido a governanta. Mrs. Trent a flagrou através de uma porta refletida em um espelho. O mais puro acaso, embora prefira chamá-lo de Divina Providência. E isso, eu acho, é o que Sir Henry quer dizer. A maioria das pessoas estaria interessada apenas em quem pegou o dinheiro, e acabou sendo a pessoa mais improvável, exatamente como nas histórias de detetive! Mas a pessoa real para quem isso era um caso de vida ou morte era a pobre Mrs. Arthur, que não tinha feito nada. É isso que você quer dizer, não é, Sir Henry?

— Sim, Miss Marple, você entendeu exatamente o que quis dizer. Essa criada teve sorte no caso que você relata. Sua inocência foi provada. Mas algumas pessoas podem passar a vida inteira esmagadas pelo peso de uma suspeita realmente injustificada.

— Está pensando em algum caso específico, Sir Henry? — perguntou Mrs. Bantry astutamente.

— Na verdade, Mrs. Bantry, estou. Um caso muito curioso. Um caso em que acreditamos que um homicídio tenha sido cometido, mas sem possibilidade de prová-lo.

— Veneno, suponho — suspirou Jane. — Algo não rastreável.

Dr. Lloyd moveu-se, inquieto, e Sir Henry fez que não com a cabeça.

— Não, querida senhora. Não estou falando do veneno de flecha *secreto* dos indígenas sul-americanos! Eu bem que gostaria que fosse algo desse tipo. Estamos lidando com algo muito mais prosaico, tão prosaico, aliás, que não há esperança de levarmos a ação até seu autor. Um cavalheiro idoso que caiu escada abaixo e quebrou o pescoço, um daqueles acidentes lamentáveis que acontecem todos os dias.

— Mas o que realmente aconteceu?

— Quem sabe dizer? — Sir Henry deu de ombros. — Um empurrão por trás? Um pedaço de tecido ou barbante amarrado no topo da escada e cuidadosamente removido depois? Nunca saberemos.

— Mas você acha que... bem, que não foi um acidente? Ora, por quê? — perguntou o médico.

— É uma longa história, mas... bem, sim, temos quase certeza. Como eu disse, não há chance de culpar ninguém, as provas seriam muito frágeis. Mas há outro aspecto do caso, aquele de que eu estava falando. Veja, há quatro pessoas que poderiam ter cometido o crime. Uma é culpada, *mas as outras três são inocentes*. E, a menos que a verdade seja descoberta, as outras três permanecerão sob a terrível sombra da dúvida.

— Acho — disse Mrs. Bantry — que é melhor nos contar sua longa história.

— Não preciso alongá-la tanto, afinal — disse Sir Henry. — Posso, de qualquer forma, condensar o começo. Trata-se de uma sociedade secreta alemã, a Schwarze Hand parecida com a Camorra, ou, pelo menos, parecida com a ideia que a maioria das pessoas tem da Camorra. Um esquema de chantagem e intimidação. Começou repentinamente depois da guerra e se espalhou de forma surpreendente. Inúmeras pessoas foram vítimas dela. As autoridades não tiveram sucesso em lidar com ela, pois seus segredos eram zelosamente guardados e era quase impossível encontrar alguém que pudesse ser induzido a traí-la.

"Nunca se soube muito sobre a sociedade na Inglaterra, mas, na Alemanha, seus efeitos eram paralisantes. Por fim, foi dissolvida e dispersada pelos esforços de um homem, Dr. Rosen, que havia sido muito proeminente no trabalho do Serviço Secreto. Ele se tornou um membro, penetrou em seu círculo mais íntimo e foi, como eu disse, o instrumento para ocasionar a queda da sociedade secreta.

"Mas ele se tornou, em consequência, um homem visado, e foi aconselhado sabiamente a deixar a Alemanha, ao menos por um tempo. Ele veio para a Inglaterra, e recebemos cartas com informações sobre ele da polícia de Berlim. Chegou e fez uma entrevista pessoal comigo. Seu ponto de vista era apático e resignado. Não tinha dúvidas sobre o que o futuro reservava para ele.

"'Eles me pegarão, Sir Henry', disse ele. 'Não há dúvidas.' Ele era um homem grande com uma cabeça sã e uma voz muito profunda, com apenas uma leve entonação gutural que denunciava sua nacionalidade. 'Essa é uma conclusão anunciada. Não importa, estou preparado. Corri o risco quando assumi a tarefa. Fiz o que me propus a fazer. A organização nunca mais se reunirá. Mas há muitos membros dela em liberdade e eles se vingarão do único jeito que podem: tomando a minha vida. É apenas uma questão de tempo, mas anseio para que esse tempo seja o mais longo possível. Veja, estou coletando e editando um material muito interessante, o resultado do trabalho de minha vida. Gostaria, se possível, de poder concluir esse projeto.'

"Ele falava de maneira muito simples, com uma certa grandiosidade que não pude deixar de admirar. Disse a ele que tomaríamos todas as precauções, mas ele ignorou minhas palavras.

"'Algum dia, mais cedo ou mais tarde, vão me pegar' repetiu ele. 'Quando esse dia chegar, não se aflija. Não tenho dúvidas de que o senhor está fazendo todo o possível para impedir.'

"Então, ele começou a delinear seus planos, que eram bastante simples. Ele se propunha a se mudar para uma casa no campo, onde pudesse morar com tranquilidade e continuar seu trabalho. Por fim, selecionou uma vila em Somerset, King's Gnaton, que ficava a sete milhas de uma estação ferroviária e era intocada pela civilização como nenhuma outra. Ele comprou um chalé muito charmoso, mandou fazer várias melhorias e modificações, e se instalou ali com muita satisfação. Sua família consistia em sua sobrinha, Greta, um secretário, uma velha criada alemã que o servia fielmente havia quase quarenta anos, e um zelador e jardineiro natural de King's Gnaton."

— Os quatro suspeitos — disse Dr. Lloyd gentilmente.

— Exato. Os quatro suspeitos. Não há muito mais a dizer. A vida continuou pacificamente em King's Gnaton por cinco meses, então veio a queda. Dr. Rosen caiu da escada uma manhã e foi encontrado morto cerca de meia hora depois. Na hora provável do acidente, Gertrud estava na cozinha com a porta fechada e não ouviu nada... é o que *ela* diz. Fräulein Greta estava no jardim plantando alguns bulbos... de novo, é o que *ela* diz. O jardineiro, Dobbs, estava no pequeno galpão de jardinagem fazendo um lanche... é o que *ele* diz; e o secretário havia saído para dar um passeio, e, mais uma vez, há apenas sua própria palavra na defesa disso. Ninguém tem álibi, ninguém pode corroborar a história de outra pessoa. Mas uma coisa é certa. Ninguém de fora poderia ter feito isso, pois um estranho na pequena aldeia de King's Gnaton, sem dúvida, seria notado. As portas dos fundos e da frente estavam trancadas, cada membro da casa tinha sua própria chave. Então, vocês entendem, sobram esses quatro. E, no entanto, cada um parece estar acima de qualquer suspeita. Greta, filha do próprio irmão da vítima. Gertrud, com quarenta anos de serviço fiel. Dobbs, que nunca saiu de King's Gnaton. E Charles Templeton, o secretário...

— Sim — disse Coronel Bantry —, e quanto a ele? Ele parece a pessoa suspeita para mim. O que sabe sobre ele?

— Foi o que eu sabia sobre ele que o afastou completamente do tribunal, ao menos na época — disse Sir Henry gravemente. — Veja bem, Charles Templeton era um dos meus homens.

— Ah! — disse Coronel Bantry, consideravelmente surpreso.

— Sim. Queria ter alguém no local e, ao mesmo tempo, não queria causar falatório na aldeia. Rosen realmente precisava de um secretário. Deixei Templeton encarregado. Ele é um cavalheiro, fala alemão fluentemente e é um sujeito muito hábil.

— Mas, então, de quem você suspeita? — perguntou Mrs. Bantry em tom perplexo. — Todos parecem tão... bem, impossíveis.

— Sim, parecem. Mas pode-se olhar para a questão de outro ângulo. Fräulein Greta era sua sobrinha e uma garota muito adorável, mas a guerra nos mostrou repetidamente que um irmão pode se voltar contra a irmã, ou um pai contra o filho e assim por diante, e as mais adoráveis e gentis das meninas já fizeram coisas inacreditáveis. A mesma coisa se aplica a Gertrud, e quem sabe que outras forças podem estar atuando em seu caso. Uma briga, talvez, com seu patrão, um ressentimento crescente ainda mais duradouro por causa dos longos anos de fidelidade em seu passado. As mulheres idosas dessa classe podem ser incrivelmente amargas às vezes. E Dobbs? Ele fica de fora porque não tinha ligação com a família? O dinheiro pode fazer muitas coisas. De alguma maneira, Dobbs poderia ter sido abordado e comprado.

"Uma coisa parece certa: alguma mensagem ou ordem deve ter vindo de fora. Caso contrário, por que a imunidade durante cinco meses? Não, os agentes da sociedade deviam estar trabalhando. Ainda sem ter certeza da perfídia de Rosen, eles esperaram até que a traição fosse rastreada até ele, sem qualquer alternativa possível. E, então, deixadas de lado todas as dúvidas, devem ter enviado sua mensagem ao espião infiltrado — a mensagem que dizia: 'Mate'."

— Que desagradável! — disse Jane Helier, e estremeceu.

— Mas como a mensagem chegou? Esse foi o ponto que tentei elucidar... a única esperança de resolver meu problema. Uma dessas quatro pessoas deve ter sido abordada ou contactada de alguma forma. Não houve demora... eu sabia disso... assim que a ordem viesse, ela seria cumprida. Era uma peculiaridade da Schwarze Hand.

"Examinei a questão, de uma maneira que provavelmente vai parecer aos senhores ridiculamente meticulosa. Quem tinha ido ao chalé naquela manhã? Não deixei ninguém de fora. Aqui está a lista."

Ele tirou um envelope do bolso e selecionou um papel de seu conteúdo.

— *O açougueiro*, levando pescoço de carneiro. Investigado e considerado inocente.

"*O ajudante do dono da mercearia*, levando um pacote de amido de milho, duas libras de açúcar, uma libra de manteiga e uma libra de café. Também investigado e considerado inocente.

"*O carteiro*, levando duas circulares para Fräulein Rosen, uma carta local para Gertrud, três cartas para Dr. Rosen, uma com carimbo estrangeiro, e duas cartas para Mr. Templeton, uma delas também com carimbo estrangeiro."

Sir Henry fez uma pausa e tirou um maço de documentos do envelope.

— Pode ser do interesse dos senhores ver esses papéis. Eles me foram entregues por várias pessoas envolvidas, ou recolhidos na cesta de lixo. Nem preciso dizer que foram examinados por especialistas em busca de tinta invisível etc. Nem adianta levantar esse tipo de possibilidade.

Todos aglomeraram-se para olhar. Os catálogos eram, respectivamente, de um viveirista e de uma importante loja de peles de Londres. As duas contas endereçadas a Dr. Rosen eram de uma loja local de sementes para o jardim e de uma papelaria de Londres. A carta endereçada a ele dizia o seguinte:

Meu caro Rosen — Acabei de voltar da casa de Mabel Lawrence. Vi Olivia outro dia. Ela e Rebecca Mayhew acabaram de voltar de Tsingtau. São da Elite, mas não posso dizer que as invejo pela viagem. Mande-me notícias suas em breve. Como eu disse antes: cuidado com uma certa pessoa. Você sabe de quem estou falando, embora você não concorde.
Atenciosamente, Georgine.

— A correspondência de Mr. Templeton consistia nesta conta, que, como vocês veem, é uma cobrança apresentada por seu alfaiate, e uma carta de um amigo na Alemanha — continuou Sir Henry. — Esta última, infelizmente, ele rasgou enquanto dava sua caminhada. Finalmente, temos a carta recebida por Gertrud.

Cara Mrs. Swartz, — Esperamo saber se a senhora pode comparecer no encontro sexta de noite, o vigário diz que espera que a senhora venha — todos são bem-vindo. A resseita do presunto ficou muito boa, obrigada, senhora. Espero que esteje bem e nos vemos na sexta.

Atenciosamente, Emma Greene.

Dr. Lloyd abriu um sorrisinho e Mrs. Bantry também.

— Acho que essa última carta pode ser retirada do tribunal — disse Dr. Lloyd.

— Pensei o mesmo — disse Sir Henry —, mas tomei o cuidado de verificar se havia mesmo uma Mrs. Greene e uma reunião dos membros da igreja. Todo cuidado é pouco, sabem.

— Isso é o que nossa amiga Miss Marple sempre diz — disse Dr. Lloyd, sorrindo. — Está perdida em devaneios, Miss Marple. Em que está pensando?

Miss Marple se assustou.

— Tão estúpido da minha parte — disse ela. — Só estava me perguntando por que a palavra Elite na carta de Dr. Rosen foi escrita com E maiúsculo.

Mrs. Bantry tomou a carta.

— É mesmo — disse ela. — *Ah!*

— Sim, querida — disse Miss Marple. — Achei que você notaria!

— Há um aviso definitivo nessa carta — disse Coronel Bantry. — Essa foi a primeira coisa que me chamou a atenção. Noto mais do que vocês pensam. Sim, um aviso definitivo… contra quem?

— Há um ponto bastante curioso nessa carta — disse Sir Henry. — De acordo com Templeton, Dr. Rosen abriu a carta no café da manhã e jogou-a para ele do outro lado da mesa, dizendo que nunca havia ouvido falar do camarada.

— Mas não era um camarada — disse Jane Helier. — Estava assinado "Georgine".

— É difícil dizer qual é — disse Dr. Lloyd. — Pode ser Georgey, mas certamente se parece mais com Georgine. Só que me parece que é letra de homem.

— Sabe, isso é interessante — disse Coronel Bantry. —
Ele jogar a carta sobre a mesa desse jeito e fingir que não
sabia de nada. Queria ver a reação de alguém. De quem? Da
garota? Ou do homem?

— Ou mesmo da cozinheira? — sugeriu Mrs. Bantry. —
Ela poderia estar na sala, levando o café da manhã. Mas o
que eu não entendo é... é muito peculiar...

Ela releu a carta, franzindo a testa. Miss Marple aproximou-se dela. O dedo de Miss Marple esticou-se e tocou a folha de papel. Elas murmuraram juntas.

— Mas por que o secretário rasgou a outra carta? — perguntou Jane Helier de repente. — Parece... ah! Não sei... parece esquisito. Por que ele receberia cartas da Alemanha?
Embora, é claro, se ele está acima de qualquer suspeita, como
o senhor diz...

— Mas Sir Henry não disse isso — comentou Miss Marple
rapidamente, erguendo os olhos de sua conversa murmurada
com Mrs. Bantry. — Ele disse *quatro* suspeitos. Isso mostra que
ele inclui Mr. Templeton. Estou certa, não estou, Sir Henry?

— Sim, Miss Marple. Aprendi uma coisa por meio de uma
experiência amarga. Nunca diga a si mesmo que *alguém* está
acima de qualquer suspeita. Acabei de lhe dar os motivos
pelos quais três dessas pessoas podem, afinal, ser culpa-
das, por mais improvável que pareça. Naquela época, não
apliquei o mesmo processo a Charles Templeton. Mas finalmente cheguei a esse ponto ao seguir a regra que acabei de mencionar. E fui forçado a reconhecer isso: que todo
exército, toda marinha e toda força policial tem um certo
número de traidores em suas patentes, por mais que odie-
mos admitir a ideia. E examinei friamente o caso contra
Charles Templeton.

"Fiz as mesmas perguntas que Miss Helier acabou de fazer. Por que apenas ele, em toda a casa, não poderia apresentar a carta que recebera... uma carta, aliás, com um carimbo alemão? Por que ele receberia cartas da Alemanha?

"A última pergunta era inocente, e, na verdade, eu perguntei para ele. Sua resposta veio de forma simples o bastante. A irmã de sua mãe era casada com um alemão. A carta era de uma prima alemã. Então, soube de algo que não sabia antes... que Charles Templeton tinha relações com pessoas na Alemanha. E isso o colocou definitivamente na lista de suspeitos, com certeza. Ele é um dos meus, um rapaz de quem sempre gostei e em quem confiei, mas, pela justiça comum e imparcial, devo admitir que ele encabeça essa lista.

"Mas aí está... não sei! Não *sei*... e, muito provavelmente, nunca saberei. Não se trata de punir um assassino. É uma questão que me parece cem vezes mais importante. É a ruína, talvez, de toda a carreira de um homem honrado... por causa da suspeita, uma suspeita que não ouso desconsiderar.

Miss Marple tossiu e disse suavemente:

— Então, Sir Henry, se o entendi bem, é apenas nesse jovem Mr. Templeton em quem o senhor está pensando tanto?

— Sim, de certo modo. Em teoria, deveria ser o mesmo para todos os quatro, mas não é realmente o caso. Dobbs, por exemplo: a suspeita pode se associar a ele em minha mente, mas não afetará de fato sua carreira. Jamais passou na cabeça de ninguém no vilarejo que a morte do velho Dr. Rosen foi algo além de um acidente. Gertrud foi um pouco mais afetada. Deve fazer, por exemplo, uma diferença na atitude de Fräulein Rosen em relação a ela. Mas isso, possivelmente, não é de grande importância para ela.

"Quanto a Greta Rosen, bem, chegamos ao cerne da questão. Greta é uma garota muito bonita, e Charles Templeton é um jovem bem apessoado, e por cinco meses conviveram sem distrações externas. O inevitável aconteceu. Eles se apaixonaram, mesmo que não chegassem ao ponto de admitir o fato em palavras.

"E, então, a catástrofe aconteceu. Já haviam se passado três meses, e um ou dois dias depois da minha volta Greta Rosen veio me procurar. Ela tinha vendido o chalé e estava voltando para a Alemanha, depois de finalmente ter resolvido os assuntos do tio. Veio falar comigo pessoalmente, embora soubesse que eu tinha me aposentado, pois, na verdade, ela queria me ver por um assunto pessoal. Ela hesitou um pouco, mas finalmente tudo se revelou. O que eu achava? Aquela carta com o carimbo alemão, ela estava preocupada a respeito... a que Charles rasgou. Estava tudo certo? Seguramente, *devia* estar tudo certo. Claro que ela acreditava na história dele, mas... ah! Se ela *soubesse*! Se ela pudesse saber com certeza...

"Entendem? O mesmo sentimento: o desejo de confiar... mas a horrível suspeita à espreita, afastada de forma resoluta para o fundo da mente, mas persistente, mesmo assim. Falei com ela com franqueza absoluta e lhe pedi que fizesse o mesmo. Perguntei se tinha algum afeto por Charles, e ele por ela.

"'Acho que sim', disse ela. 'Ah, sim, sei que sim. Estávamos tão felizes. Cada dia passava tão alegremente. Nós sabíamos... nós dois sabíamos. Não havia pressa... tínhamos todo o tempo do mundo. Algum dia ele me diria que me amava, e eu deveria dizer o mesmo a ele... Ah! Mas, o senhor pode adivinhar! Agora tudo mudou. Uma nuvem escura se interpôs entre nós... estamos constrangidos, quando nos encontramos não sabemos o que dizer. Talvez ele esteja sentindo o mesmo em relação a mim... Cada um de nós está dizendo a si mesmo: 'Se eu tivesse *certeza*!'. É por isso que, Sir Henry, imploro que me diga: 'Pode ter certeza, quem quer que tenha matado seu tio, não foi Charles Templeton!' Diga para mim! Ah, diga para mim! Eu imploro... imploro!'

"E, que maldição", disse Sir Henry, baixando o punho com um estrondo sobre a mesa, "eu não poderia dizer isso a ela. Aqueles dois vão se afastar cada vez mais, com a suspeita de um fantasma entre eles, um fantasma que não pode ser extinto."

Ele recostou-se na cadeira, seu rosto parecia cansado e cinzento. Balançou a cabeça uma ou duas vezes, desanimado.

— E não há mais nada a fazer, a menos que... — Ele endireitou-se novamente, e um sorrisinho brincalhão cruzou seu rosto. — A menos que Miss Marple possa nos ajudar. Não pode, Miss Marple? Tenho a sensação de que a carta talvez seja sua pista, sabe? Aquela sobre a reunião dos membros da igreja. Ela não lembra à senhora alguma coisa ou alguém que deixa tudo perfeitamente claro? Não consegue fazer algo para ajudar dois jovens indefesos que querem ser felizes?

Por trás da brincadeira, havia algo sério em seu apelo. Ele havia, fazia tempo, passado a ter uma opinião muito elevada sobre os poderes mentais da frágil e antiquada senhorinha. Olhou para ela com algo muito parecido com esperança em seus olhos.

Miss Marple tossiu e alisou suas rendas.

— Lembra-me um pouco Annie Poultny — admitiu ela. — Naturalmente, a carta é perfeitamente clara, tanto para Mrs. Bantry quanto para mim. Não me refiro à carta dos membros da igreja, mas à outra. O senhor, morando tanto tempo em Londres e não sendo jardineiro, Sir Henry, provavelmente não teria notado.

— Hein? — perguntou Sir Henry. — Notado o quê?

Mrs. Bantry estendeu a mão e selecionou um catálogo. Ela o abriu e leu em voz alta com gosto:

— Mabel Lawrence. Vermelho puro, uma flor maravilhosamente fina, de caule excepcionalmente longo e rígido. Excelente para cortar e decorar jardins. Uma novidade de beleza marcante.

"Olivia. Flor bonita em forma de crisântemo, de distinta cor arroxeada.

"Rebecca Mayhew. Branco puro, altamente decorativa.

"Tsingtau. Brilhante, vermelho-alaranjado, planta de jardim vistosa e flor de corte duradouro.

— Elite… Com E maiúsculo, vocês se lembram — murmurou Miss Marple. — Elite. Tons de rosa e amarelo, uma flor enorme de forma perfeita.

Mrs. Bantry jogou o catálogo no chão e disse com uma força explosiva imensa:

— *Dálias*!

— E as letras iniciais formam a palavra "MORTE" — explicou Miss Marple.

— Mas a carta chegou ao próprio Dr. Rosen — contestou Sir Henry.

— Essa foi a parte inteligente da coisa — disse Miss Marple. — Isso e o aviso nela. O que ele faria, recebendo uma carta de alguém que ele não conhecia, cheia de nomes que não conhecia? Ora, claro, passaria para o secretário dele.

— Então, afinal...

— *Ah, não!* — disse Miss Marple. — *Não foi* o secretário. Ora, isso é o que deixa tão claro que *não foi* ele. Ele nunca teria deixado aquela carta ser encontrada se assim fosse. E, da mesma forma, ele nunca teria destruído uma carta para si mesmo com um selo alemão nela. Realmente, a inocência dele é, se me permitem usar a palavra, *reluzente.*

— Então, quem...

— Bem, parece quase certo... tão certo quanto qualquer coisa pode ser neste mundo. Havia outra pessoa à mesa do café da manhã e ela, muito naturalmente, dadas as circunstâncias, estendeu a mão para pegar a carta e lê-la. E foi isso. Você se lembra que ela recebeu um catálogo de jardinagem na mesma correspondência...

— Greta Rosen — disse Sir Henry lentamente. — Então, a visita que ela me fez...

— Cavalheiros nunca enxergam além dessas coisas — disse Miss Marple. — E temo que muitas vezes pensem que nós, mulheres velhas, somos... bem, malévolas, por vermos as coisas como vemos. Mas aí está. Sabe-se muito sobre o próprio sexo, infelizmente. Não tenho dúvidas de que havia uma barreira entre eles. O jovem sentiu uma repulsa repentina e inexplicável. Ele suspeitou, puramente por instinto, e não conseguiu esconder a desconfiança. E acho, na verdade, que a visita que você recebeu da garota foi pura *maldade*. Ela estava segura, mas se esforçou para jogar suas suspeitas definitivamente no pobre Mr. Templeton. Você não tinha tanta certeza sobre ele até depois da visita dela.

— Mas tenho certeza de que isso não foi por nada que ela disse... — começou Sir Henry.

— Cavalheiros — disse Miss Marple calmamente — nunca enxergam além dessas coisas.

— E aquela garota... — Ele parou. — Ela comete um assassinato a sangue-frio e sai impune!

— Ah! Não, Sir Henry — disse Miss Marple. — Não sai impune. Nem você nem eu acreditamos nisso. Lembre-se do que disse há pouco. Não, Greta Rosen não escapará da punição. Para começar, ela deve estar ligada a um grupo muito estranho de pessoas, chantagistas e terroristas, associados que não lhe farão bem e provavelmente a levarão a um fim miserável. Como disse, não se deve desperdiçar pensamentos com os culpados, os inocentes é que importam. Mr. Templeton, que, ouso dizer, vai se casar com a tal prima alemã; o fato de ter rasgado a carta dela parece... bem, parece *suspeito*... usando a palavra em um sentido bem diferente daquele que usamos a noite toda. Um pouco como se tivesse medo de que a outra garota percebesse ou pedisse para ver. Sim, acho que devia haver algum romance ali. E há Dobbs... embora, como você disse, eu ache que isso não terá muita importância para ele. Seu lanchinho da manhã provavelmente é tudo em que pensa. E tem a pobre Gertrud... aquela que me lembrou Annie Poultny. Pobre Annie Poultny. Cinquenta anos de serviço fiel e suspeita de fugir com o testamento de Miss Lamb, embora nada pudesse ser provado. Quase partiu o coração fiel da pobre criatura, e, então, depois que ela morreu, o documento reapareceu na gaveta secreta do carrinho de chá onde a velha Mrs. Lamb o colocara por segurança. Mas era tarde demais para a pobre Annie.

"É isso que me preocupa tanto naquela pobre senhora alemã. Quando envelhecemos, ficamos amargurado com muita facilidade. Tive muito mais pena dela que de Mr. Templeton, que é jovem, bonito e, evidentemente, popular com as moças. Você escreverá para ela, não é, Sir Henry, e dirá a ela de uma vez que sua inocência está comprovada além de qualquer dúvida? Seu querido velho patrão morto, e ela sem dúvida está ruminando e achando que estão suspeitando dela... Ai! Não aguento nem pensar!"

— Vou escrever, Miss Marple — disse Sir Henry. Ele olhou para ela com curiosidade. — Sabe, nunca vou entendê-la muito bem. Seu ponto de vista é sempre diferente do que eu esperava.

— Meu ponto de vista, infelizmente, é muito trivial — disse Miss Marple, humildemente. — Quase nunca saio de St. Mary Mead.

— E, ainda assim, você resolveu o que pode ser chamado de um mistério internacional — disse Sir Henry. — Pois você o resolveu, sim. Estou convencido disso.

Miss Marple enrubesceu, mas procurou se conter.

— Fui, eu acho, bem-educada para o padrão da minha época. Minha irmã e eu tínhamos uma preceptora alemã... uma Fräulein. Uma criatura muito sentimental. Ela nos ensinou a linguagem das flores... um estudo esquecido hoje em dia, mas muito encantador. Uma tulipa amarela, por exemplo, significa amor impossível, enquanto uma áster-da-china significa "morro de ciúmes aos seus pés". A carta foi assinada por Georgine, que, se me lembro bem, quer dizer Dália em alemão, e isso, evidente, deixa tudo perfeitamente claro. Gostaria de poder lembrar o significado de Dália, mas, infelizmente, isso me escapa. Minha memória não é o que era antigamente.

— De qualquer forma, não significa morte.

— Não, de fato. Horrível, não é? Existem coisas muito tristes no mundo.

— Existem — disse Mrs. Bantry com um suspiro. — É uma sorte ter flores e amigos.

— Ela nos coloca por último, vejam vocês — disse Dr. Lloyd.

— Um homem costumava me enviar orquídeas roxas todas as noites no teatro — disse Jane, sonhadora.

— "Aguardo seus favores"... é o que isso significa — disse Miss Marple com entusiasmo.

Sir Henry tossiu de maneira peculiar e desviou a cabeça. Miss Marple soltou uma exclamação repentina.

— Lembrei-me. Dálias significam "traição e deturpação".

— Maravilhoso — disse Sir Henry. — Absolutamente maravilhoso.

E ele suspirou.

Uma tragédia de Natal

Este conto foi publicado originalmente na coletânea
Os treze problemas, em 1932.

— Tenho uma reclamação a fazer — disse Sir Henry Clithering. Seus olhos brilhavam suavemente enquanto ele olhava para o grupo reunido. Coronel Bantry, com as pernas esticadas, observava carrancudo a lareira como se ela fosse um soldado delinquente em revista, sua esposa examinava disfarçadamente um catálogo de bulbos que chegara pelo último correio, Dr. Lloyd olhava com franca admiração para Jane Helier, e a bela jovem atriz, por sua vez, contemplava, pensativa, as suas unhas pintadas com esmalte cor-de-rosa. Apenas aquela senhora solteirona, Miss Marple, estava sentada alinhada, e seus olhos azuis desbotados encontraram, cintilantes, os de Sir Henry.

— Uma reclamação? — murmurou ela.

— Uma reclamação muito séria. Somos um grupo de seis, três representantes de cada sexo, e protesto em nome dos homens oprimidos. Tivemos três histórias contadas esta noite, e contadas por três homens! Protesto que as senhoras não fizeram sua justa parcela.

— Ah! — disse Mrs. Bantry com indignação. — Com certeza fizemos, sim. Nós ouvimos com a apreciação mais inteligente. Mostramos a verdadeira atitude feminina... não queremos nos colocar no centro das atenções!

— É uma excelente desculpa — disse Sir Henry —, mas não vai adiantar. E há um precedente muito bom nas *Mil e uma noites*! Portanto, vá em frente, Sherazade.

— Eu? — perguntou Mrs. Bantry. — Mas nada tenho para contar. Nunca estive rodeada de sangue ou mistério.

— Não faço questão de sangue — disse Sir Henry. — Mas tenho certeza de que uma de vocês três tem um mistério de estimação. Vamos lá, Miss Marple, a "Curiosa Coincidência da Faxineira" ou o "Mistério do Encontro das Mães". Não deixe St. Mary Mead me decepcionar.

Miss Marple fez que não com a cabeça.

— Nada que seja do seu interesse, Sir Henry. Temos nossos pequenos mistérios, claro. Houve aquela porção de camarões limpos que desapareceu de forma incompreensível, mas isso não interessaria a vocês, pois tudo acabou sendo muito trivial, embora tenha lançado uma luz considerável sobre a natureza humana.

— Você me ensinou a adorar a natureza humana — disse Sir Henry solenemente.

— E você, Miss Helier? — perguntou Coronel Bantry. — Deve ter tido experiências interessantes.

— Sim, de fato — disse Dr. Lloyd.

— Eu? — disse Jane. — Vocês querem dizer… querem que eu conte algo que aconteceu comigo?

— Ou com um de seus amigos — emendou Sir Henry.

— Ah! — disse Jane, distraída. — Acho que nunca aconteceu nada comigo… quero dizer, não esse tipo de coisa. Flores, é claro, e mensagens esquisitas, mas os homens são assim mesmo, não é? Não acho que… — Ela fez uma pausa e parecia perdida em pensamentos.

— Vejo que teremos de ouvir aquele épico dos camarões — disse Sir Henry. — Pois bem, Miss Marple.

— Você gosta tanto de sua piada, Sir Henry. Os camarões são apenas uma bobagem, mas agora que estou pensando, me lembro, *sim*, de um incidente. Pelo menos não exatamente um incidente, algo muito mais sério… uma tragédia. E eu estava, de certa forma, envolvida, e, pelo que fiz, nunca tive nenhum arrependimento… não, nenhum arrependimento. Mas isso não aconteceu em St. Mary Mead.

— Fico decepcionado — disse Sir Henry. — Mas farei um esforço para lidar com isso. Sabia que não deveríamos confiar em você em vão.

Ele se arrumou na posição de um ouvinte. Miss Marple ficou ligeiramente rosada.

— Espero ser capaz de contar corretamente — disse ela, ansiosa. — Temo ter uma tendência a ficar *divagando*. Afasto-me do assunto em questão... totalmente sem saber que estou fazendo isso. E é tão difícil lembrar cada fato em sua ordem adequada. Todos vocês precisam ter paciência se eu contar mal a minha história. Aconteceu há muito tempo.

"Como disse, não teve relação com St. Mary Mead. Na verdade, tinha a ver com termas..."

— Quer dizer um terminal? — perguntou Jane, com os olhos arregalados.

— Você é jovem demais para conhecer termas, querida — disse Mrs. Bantry, e explicou. Seu marido acrescentou sua parcela:

— Lugares bestiais... absolutamente bestiais! Tinha que me levantar cedo e beber água com um gosto horrível. Muitas mulheres idosas sentadas sem fazer nada. Fofoca maldosa. Deus, quando penso...

— Ora, Arthur — disse Mrs. Bantry placidamente. — Você sabe que a água lhe fez todo o bem do mundo.

— Muitas velhas encostadas falando sobre escândalos — grunhiu Coronel Bantry.

— Temo que seja verdade — disse Miss Marple. — Eu mesma...

— Minha cara Miss Marple — exclamou o coronel, horrorizado. — Não quis dizer nem por um momento...

Com as bochechas rosadas e um pequeno gesto de mão, Miss Marple o deteve.

— Mas é *verdade*, Coronel Bantry. E gostaria de dizer uma coisa. Deixe-me relembrar meus pensamentos. Sim. Falar sobre escândalos, como o senhor diz, bem, isso é feito com frequência, de fato. E as pessoas são muito hostis a respeito disso... especialmente os jovens. Meu sobrinho, que escreve livros... e livros muito inteligentes, acredito... já disse coisas muito ácidas sobre adivinhar o caráter das pessoas sem qualquer tipo de prova... e como isso é *perverso* e tudo mais. Mas o que digo é que esses jovens nunca param para *pensar*. Não examinam realmente os fatos. Certamente, todo o cerne da questão é este: *quantas vezes a fofoca*, como vocês chamam, *é verdade*! E acho que se, como eu disse, eles realmente examinassem os fatos, descobririam que esse é o caso nove em cada dez vezes! É exatamente isso que deixa as pessoas tão irritadas.

— O palpite inspirado — disse Sir Henry.

— Não, não é isso, absolutamente! É realmente uma questão de prática e experiência. Um egiptólogo, pelo que ouvi, se você mostrar a ele um daqueles besourinhos curiosos, pode dizer pela aparência do inseto de que data antes de Cristo ele é, ou se é uma imitação vinda de Birmingham. E ele nem sempre sabe definir uma regra para isso. Ele apenas *sabe*. Ele passou a vida lidando com essas coisas.

"E é isso que estou tentando dizer (muito mal, eu sei). As mulheres que meu sobrinho diz serem "supérfluas" têm muito tempo disponível, e seu principal interesse geralmente são *pessoas*. E então, vocês entendem, elas se tornam o que se poderia chamar de *especialistas*. Agora, os jovens de hoje... falam com muita liberdade sobre coisas que não eram sequer mencionadas em minha juventude, mas, por outro lado, suas mentes são terrivelmente inocentes. Acreditam em tudo e todos. E, se tentamos avisá-los, muito gentilmente, eles dizem que temos uma mente vitoriana... que, eles dizem, é como uma *fossa*.

— Afinal — disse Sir Henry — o que há de errado com uma fossa?

— Exatamente — disse Miss Marple, ansiosa. — É a coisa mais necessária em qualquer casa, mas, claro, não é algo romântico. Devo confessar que tenho meus *sentimentos*, como todo mundo, e algumas vezes fui cruelmente ferida por comentários impensados. Sei que os cavalheiros não se interessam por assuntos domésticos, mas devo apenas mencionar minha empregada Ethel, uma moça muito bonita e prestativa em todos os sentidos. Percebi, assim que a vi, que ela era do mesmo tipo que Annie Webb e a filha da pobre Mrs. Bruitt. Se a oportunidade surgisse, a diferença entre *meu* e *seu* não significaria nada para ela. Então, a dispensei no fim do mês e lhe dei uma referência por escrito dizendo que era honesta e sóbria, mas, em particular, adverti a velha Mrs. Edwards para não a empregar, e meu sobrinho, Raymond, ficou extremamente zangado e disse que nunca tinha visto algo tão perverso — sim, *perverso*. Bem, ela foi trabalhar para Lady Ashton, a quem não senti obrigação de avisar. E o que aconteceu? Toda a renda das roupas de baixo foi roubada e dois broches de diamante sumiram... e a garota partiu no meio da noite e nunca mais se ouviu falar dela!

Miss Marple fez uma pausa, respirou fundo e continuou.

— Vocês vão dizer que isso não tem nada a ver com o que aconteceu nas Termas e Spa de Keston, mas de certa forma tem, sim. Isso explica por que não tive dúvidas em minha mente, no primeiro momento em que vi os Sanders juntos, de que ele pretendia acabar com ela.

— Hein? — disse Sir Henry, inclinando-se para a frente.

Miss Marple voltou o rosto plácido para ele.

— Como disse, Sir Henry, não tive dúvidas em minha mente. Mr. Sanders era um homem grande, bonito, de rosto rosado, muito cordial em seus modos e popular entre todos. E ninguém poderia ser mais agradável com sua esposa do que ele. Mas eu sabia! Ele pretendia acabar com ela.

— Minha querida Miss Marple...

— Sim, eu sei. Isso é o que meu sobrinho, Raymond West, diria. Ele me diria que eu não tinha prova nenhuma. Mas me lembro de Walter Hones, que cuidava daquele campo de críquete, o Green Man. Caminhando para casa com sua esposa uma noite, ela caiu no rio, e *ele* ficou com o dinheiro do seguro! E uma ou duas outras pessoas que andam impunes até hoje... uma delas, aliás, de nosso círculo social. Foi para a Suíça passar as férias de verão escalando com a esposa. Avisei-a para não ir. A pobrezinha não ficou zangada comigo como poderia ter ficado, apenas riu. Pareceu-lhe engraçado que uma velha estranha como eu dissesse tais coisas sobre seu Harry. Ora, ora, houve um acidente, e Harry está casado com outra mulher agora. Mas o que eu poderia *fazer*? Eu *sabia*, mas não havia nenhuma prova.

— Ah! Miss Marple — exclamou Mrs. Bantry. — A senhora realmente não quer dizer...

— Minha querida, essas coisas são muito comuns... muito comuns mesmo. E os cavalheiros ficam especialmente tentados, por serem muito mais fortes. Tão fácil, se parecer um acidente. Como já disse, soube imediatamente com os Sanders. Aconteceu em um bonde. Estava cheio embaixo, então, tive que sentar no andar de cima. Nós três nos levantamos para descer, e Mr. Sanders perdeu o equilíbrio e caiu bem contra sua esposa, jogando-a de cabeça escada abaixo. Felizmente, o condutor era um rapaz muito forte e a segurou.

— Mas, com certeza, deve ter sido um acidente.

— Claro que foi um acidente... nada poderia parecer mais acidental! Mas Mr. Sanders tinha trabalhado na Marinha Mercante, pelo que me disse, e um homem que consegue manter o equilíbrio em um barco inclinado não perde o equilíbrio em cima de um bonde se uma velha como eu não perde. Nem venha me dizer!

— De qualquer forma, podemos supor que a senhora já tinha seu veredicto, Miss Marple — comentou Sir Henry. — Decidiu tudo ali mesmo.

A velha senhora assentiu.

— Tive certeza suficiente, e outro incidente ao atravessar a rua não muito tempo depois me deixou ainda mais segura.

Agora, eu lhe pergunto, o que eu poderia fazer, Sir Henry? Ali estava uma mulher casada, feliz e contente, que em breve seria assassinada.

— Minha cara, a senhora me espanta.

— Isso porque, como a maioria das pessoas hoje em dia, você não enfrenta os fatos. Prefere pensar que tal coisa não poderia acontecer. Mas era isso mesmo, e eu sabia. Mas estava tão limitada! Não poderia, por exemplo, ir à polícia. E advertir a jovem, pelo que pude ver, seria inútil. Ela era devotada ao homem. Eu apenas fiz questão de descobrir o máximo que pudesse sobre eles. Tivemos muitas oportunidades de tricotar em frente à lareira. Mrs. Sanders (Gladys, era o nome dela) estava sempre muito disposta a falar. Parece que não estavam casados há muito tempo. O marido dela estava para receber alguns bens, mas, no momento, eles estavam em apuros. Na verdade, estavam vivendo dos pequenos rendimentos dela. Já se ouviu essa história antes. Ela lamentou o fato de não poder tocar no capital. Parece que alguém, em algum lugar, tinha algum bom senso! Mas o dinheiro dela iria para seu testamento, eu descobri isso. E ela e o marido fizeram testamentos em favor um do outro logo depois do casamento. Muito tocante. Claro, quando os negócios de Jack dessem certo... Por ora, esse era o fardo a se aguentar, e, enquanto isso, eles estavam realmente muito quebrados... na verdade, estavam em um quarto no último andar, entre os criados, tão perigoso em caso de incêndio, embora, por acaso, houvesse uma escada de incêndio do lado de fora da janela. Perguntei cuidadosamente se havia uma sacada... coisas perigosas, sacadas. Um empurrão... vocês sabem!

"Fiz ela prometer não sair na varanda, disse que havia tido um sonho. Isso a impressionou — às vezes pode-se fazer muito com a superstição. Ela era uma garota com a pele um tanto desbotada e cabelos bagunçados enrolados no pescoço. Muito crédula. Repetiu o que eu dissera ao marido e, uma ou duas vezes, percebi que ele me olhava com curiosidade. *Ele* não era crédulo, e sabia que eu estava naquele bonde.

"Mas eu estava muito preocupada, terrivelmente preocupada, porque não conseguia ver como contorná-lo. Eu poderia evitar que qualquer coisa acontecesse nas Termas, apenas dizendo algumas palavras para mostrar a ele que eu suspeitava. Mas isso significava apenas adiar o plano para mais tarde. Não, comecei a acreditar que a única política possível era uma ousada... a de, de uma forma ou de outra, armar uma armadilha para ele. Se pudesse induzi-lo a atentar contra a vida dela da maneira que eu escolhesse... bem, ele seria desmascarado, e ela forçada a enfrentar a verdade, por mais chocante que fosse."

— A senhora me espanta — disse Dr. Lloyd. — Que plano concebível a senhora poderia ter adotado?

— Eu encontraria um, sem problemas — disse Miss Marple. — Mas o homem era muito inteligente para mim. Ele não esperou. Achou que eu poderia suspeitar, então, atacou antes que eu pudesse ter certeza. Sabia que eu suspeitaria de um acidente. Então, cometeu o assassinato.

Um pequeno sobressalto percorreu o círculo. Miss Marple acenou com a cabeça e apertou os lábios severamente.

— Receio ter contado isso de forma bastante abrupta. Tentarei contar exatamente o que aconteceu. Sempre me senti muito amargurada com isso... me parece que deveria, de alguma forma, ter impedido. Mas, sem dúvida, a Divina Providência sabia melhor. Fiz o que pude em todos os casos.

"Havia o que eu só posso descrever como uma sensação estranhamente pesada no ar. Parecia haver algo ruim pairando sobre todos nós. Uma sensação de infortúnio. Para começar, foi George, o porteiro. Trabalhava lá havia anos e conhecia todo mundo. Bronquite e pneumonia, e faleceu depois de quatro dias. Terrivelmente triste. Um verdadeiro golpe para todos. E quatro dias antes do Natal, ainda por cima. E, então, uma das camareiras, uma garota tão boa, um dedo séptico, morreu em 24 horas.

"Eu estava na sala de estar com Mrs. Trollope e a velha Mrs. Carpenter, e ela estava sendo realmente macabra, saboreando tudo isso, sabem?

"'Guardem minhas palavras', disse ela. *'Este não é o fim.* Conhecem o ditado? *O que acontece duas vezes acontece uma terceira.* Já vi isso várias vezes. Haverá outra morte. Sem dúvida. E não teremos que esperar muito. *O que acontece duas vezes acontece uma terceira.'*

"Quando ela disse as últimas palavras, balançando a cabeça e batendo as agulhas de tricô, por acaso olhei para cima e lá estava Mr. Sanders parado à porta. Por um minuto, ele foi pego desprevenido, e eu vi a expressão em seu rosto tão clara quanto evidente. Acreditarei até o dia da minha morte que foram as palavras da macabra Mrs. Carpenter que colocaram tudo em sua cabeça. Vi a mente dele trabalhando.

"Ele entrou na sala sorrindo com seu jeito agradável.

— Precisam de alguma compra de Natal, senhoras? — perguntou ele. — Estou indo para Keston em breve.

Ele ficou por ali mais um ou dois minutos, rindo e conversando, e depois saiu. Como disse a vocês, fiquei perturbada e disse de imediato:

"'Onde está Mrs. Sanders? Alguém sabe?'

"Mrs. Trollope disse que ela tinha saído para visitar uns amigos, os Mortimer, para jogar bridge, e isso acalmou minha mente no momento. Mas eu ainda estava muito preocupada e sem saber o que fazer. Cerca de meia hora depois, subi para meu quarto. Encontrei Dr. Coles, meu médico, ali, descendo as escadas enquanto eu subia, e como por acaso queria consultá-lo sobre meu reumatismo, levei-o comigo para o meu quarto na mesma hora. Ele mencionou (confidencialmente) a morte da pobre menina Mary. O gerente não queria que a notícia se espalhasse, disse ele, então me pediu para guardar segredo. Claro que não disse a ele que não havíamos discutido nada além daquilo na última hora, desde que a pobre garota deu seu último suspiro.

Essas coisas são sempre sabidas de imediato, e um homem com a experiência dele deveria saber disso muito bem, mas Dr. Coles sempre foi um sujeito simples e insuspeito que acreditava no que queria acreditar, e foi isso que me assustou um minuto depois. Ele disse ao sair que Sanders lhe havia pedido para dar uma olhada em sua esposa. Parecia que ela tinha estado se sentindo mal ultimamente... indigestão, essas coisas.

"Ora, naquele mesmo dia, Gladys Sanders me disse que estava com a digestão maravilhosa, e grata por isso.

"Percebem? Todas as minhas suspeitas sobre aquele homem voltaram cem vezes mais fortes. Estava preparando o caminho... para quê? Dr. Coles partiu antes que eu pudesse decidir se devia falar com ele ou não, embora, na verdade, se eu tivesse falado, não saberia o que dizer. Quando saí do meu quarto, o próprio homem, Sanders, desceu as escadas, vindo do andar de cima. Ele estava vestido para sair e me perguntou de novo se poderia fazer alguma coisa por mim na cidade. Tudo o que eu podia fazer era ser civilizada com ele! Fui direto para a sala e pedi chá. Eram 17h30, lembro-me.

"Estou muito ansiosa para contar claramente o que aconteceu a seguir. Eu ainda estava na sala às 18h45 quando Mr. Sanders chegou de volta. Havia dois cavalheiros com ele, e todos os três tendiam à animação. Mr. Sanders deixou seus dois amigos e veio direto para onde eu estava sentada com Miss Trollope. Ele explicou que queria nosso conselho sobre um presente de Natal que daria à sua esposa. Era uma bolsa de festa.

"'E, sabem, senhoras', disse ele. 'Sou apenas um marinheiro rude. O que sei sobre essas coisas? Enviaram-me três modelos para escolher, e quero uma opinião especializada sobre elas.'

"Dissemos, claro, que teríamos muito prazer em ajudá-lo, e ele perguntou se nos importávamos em subir, pois sua esposa poderia chegar a qualquer minuto se levasse as coisas para baixo. Então, subimos com ele. Jamais esquecerei o que aconteceu a seguir, posso sentir meus dedinhos formigando.

"Mr. Sanders abriu a porta do quarto e acendeu a luz. Não sei qual de nós viu primeiro...

"*Mrs. Sanders estava deitada no chão, de bruços — morta.*

"Fui até ela primeiro. Ajoelhei-me, peguei sua mão e senti o pulso, mas foi inútil, o próprio braço estava frio e rígido. Perto de sua cabeça havia uma meia cheia de areia, a arma com a qual ela havia sido abatida. Miss Trollope, criatura boba, gemia perto da porta, segurando a cabeça. Sanders começou a gritar 'minha mulher, minha mulher' e correu até ela. Eu o impedi de tocá-la. Veja, eu tinha certeza no momento que era ele quem tinha feito aquilo, e poderia haver algo que ele queria tirar ou esconder.

"'Nada deve ser tocado', comentei. 'Controle-se, Mr. Sanders. Miss Trollope, por favor, desça e traga o gerente.'

"Fiquei lá, ajoelhada ao lado do corpo. Não deixaria Sanders sozinho com ela. E, no entanto, fui forçada a admitir que, se o homem estava fingindo, estava fazendo maravilhosamente bem. Parecia atordoado, confuso e assustado demais.

"O gerente veio até nós em um instante. Ele fez uma rápida inspeção do quarto e, em seguida, nos expulsou e trancou a porta, cuja chave ele guardou. Então, ele saiu e telefonou para a polícia. Pareceu que um século havia se passado até eles chegarem (soubemos depois que a linha estava quebrada). O gerente teve que mandar um mensageiro até a delegacia, e as Termas ficavam bem fora da cidade, à beira do pântano, e Mrs. Carpenter nos provocou muito seriamente. Ela estava muito satisfeita, pois sua profecia de *o que acontece duas vezes acontece uma terceira* havia se tornado realidade tão rapidamente. Sanders, pelo que ouvi, vagava pela propriedade, segurando a cabeça, gemendo e exibindo todos os sinais de tristeza.

"No entanto, a polícia finalmente chegou. Eles subiram com o gerente e Mr. Sanders. Mais tarde, mandaram me buscar.

Subi. O inspetor estava lá, sentado à mesa, escrevendo. Era um homem de aparência inteligente e gostei dele.

"'Miss Jane Marple?', ele disse.

"'Sim.'

"'Pelo que sei, a senhora estava presente quando o corpo da falecida foi encontrado?'

"Disse que sim e descrevi exatamente o que tinha acontecido. Acho que foi um alívio para o pobre homem encontrar alguém que pudesse responder às suas perguntas de forma coerente, já que antes precisou lidar com Sanders e Emily Trollope, que, suponho, estava completamente desmoralizada — claro que estava, criatura tola! Lembro-me de minha querida mãe me ensinar que uma dama sempre deve ser capaz de se controlar em público, por mais que ceda em particular."

— Uma máxima admirável — disse Sir Henry com seriedade.

— Quando terminei, o inspetor disse: "Obrigado, senhora. Agora, infelizmente, devo pedir-lhe apenas que veja o corpo mais uma vez. É exatamente nessa posição que estava quando a senhora entrou no quarto? Não foi mexido de forma alguma?"

"Expliquei que havia impedido Mr. Sanders de fazê-lo, e o inspetor acenou com a cabeça em aprovação.

"'O cavalheiro parece terrivelmente chateado', observou ele.

"'Sim, ele parece...', respondi.

"Não acredito que tenha colocado ênfase especial no 'parece', mas o inspetor olhou para mim com bastante atenção.

"'Então, podemos presumir que o corpo está exatamente como estava quando foi encontrado?', ele disse.

"'Exceto pelo chapéu, sim', respondi.

"O inspetor ergueu os olhos de repente.

"'O que quer dizer com... chapéu?

"Expliquei que o chapéu estava na cabeça da pobre Gladys, mas agora estava caído ao lado dela. Claro que pensei que a polícia tivesse feito isso. O inspetor, porém, negou enfaticamente.

Nada havia, ainda, sido movido ou tocado. Ele encarou a pobre figura debruçada com uma carranca perplexa. Gladys estava vestida com suas roupas de frio... um grande casaco de tweed vermelho-escuro com gola de pele cinza. O chapéu, uma peça barata de feltro vermelho, estava bem perto de sua cabeça.

"O inspetor ficou alguns minutos em silêncio, franzindo a testa. Então, uma ideia o atingiu.

"'A senhora consegue, por acaso, lembrar, se havia brincos nas orelhas, ou se a falecida costumava usar brincos?'

"Bem, felizmente, tenho o hábito de observar de perto. Lembrei-me que havia um brilho perolado logo abaixo da aba do chapéu, embora eu não tivesse prestado atenção na hora. Consegui responder afirmativamente à primeira pergunta.

"'Então, está tudo resolvido. A caixa de joias da senhora foi saqueada, não que ela tivesse algo de muito valor, pelo que entendo, e os anéis foram tirados de seus dedos. O assassino deve ter esquecido os brincos e voltou para buscá-los depois que o assassinato foi descoberto. Um freguês de sangue-frio! Ou talvez...' Ele olhou ao redor da sala e disse lentamente, 'Ele pode ter estado escondido aqui nesta sala, o tempo todo.'

"Mas descartei essa ideia. Eu mesma, expliquei, tinha olhado debaixo da cama. E o gerente havia aberto as portas do guarda-roupa. Não havia nenhum outro lugar onde um homem pudesse se esconder. É verdade que o armário de chapéus estava trancado no meio do guarda-roupa, mas, como era apenas um nicho superficial com prateleiras, ninguém poderia estar escondido ali.

"O inspetor concordou balançando a cabeça devagar enquanto eu explicava tudo isso.

"'Acreditarei em sua palavra, senhora', disse ele. 'Nesse caso, como disse antes, o ladrão deve ter voltado. Um freguês de sangue-frio.'

"'Mas o gerente trancou a porta e pegou a chave!'

"'Isso não quer dizer nada. A varanda e a escada de incêndio... é por onde o ladrão veio. Ora, muito provavelmente, foram vocês que interromperam seu trabalho. Ele escapou pela janela e, quando todos vocês saíram, ele voltou e terminou o trabalho.'

"'Tem certeza', perguntei, 'de que havia mesmo um ladrão?'

"Ele disse secamente:

"'Bem, é o que parece, não é?'

"Mas algo em seu tom me satisfez. Senti que ele não levaria muito a sério Mr. Sanders no papel do viúvo enlutado.

"Bem, admito francamente. Estava absolutamente sob a influência do que acredito que nossos vizinhos, os franceses, chamam de *idée fixe*. Sabia que aquele homem, Sanders, pretendia que sua esposa morresse. O que não considerei foi aquela coisa estranha e fantástica, a coincidência. Minhas opiniões sobre Mr. Sanders eram — tinha certeza — absolutamente corretas e *verdadeiras*. O homem era um canalha. Mas, embora seus ataques hipócritas de enlutado não tivessem me enganado por um minuto, me lembro de ter sentido na época que sua *surpresa* e *perplexidade* eram maravilhosamente bem-feitas. Pareciam absolutamente *naturais*... se entendem o que quero dizer. Devo admitir que, depois de minha conversa com o inspetor, um curioso sentimento de dúvida se apoderou de mim. Porque se Sanders tinha feito aquela coisa horrível, eu não conseguia imaginar nenhuma razão concebível para ele voltar sorrateiramente pela escada de incêndio e tirar os brincos das orelhas da esposa. Não teria sido uma coisa *sensata* a se fazer, e Sanders era um homem muito sensato, é por isso que sempre achei que era tão perigoso."

Miss Marple olhou para o grupo.

— Percebem, talvez, aonde estou chegando? É, muitas vezes, o inesperado que acontece neste mundo. Eu estava tão *certa*, e acho que foi isso que me cegou. O resultado foi um choque para mim. *Pois foi provado, sem qualquer dúvida possível, que Mr. Sanders não poderia ter cometido o crime...*

182

Um suspiro surpreso veio de Mrs. Bantry. Miss Marple voltou-se para ela.

— Eu sei, minha querida, não era isso que esperava quando comecei esta história. Também não foi o que eu esperava. Mas fatos são fatos, e, se for provado que alguém está errado, devemos apenas ser humildes e recomeçar. Eu sabia que Mr. Sanders era um assassino de coração, e nunca aconteceu nada que abalasse essa minha firme convicção.

"E agora, imagino, vocês gostariam de ouvir os fatos reais. Mrs. Sanders, como sabem, passou a tarde jogando bridge com alguns amigos, os Mortimer. Ela os deixou por volta das 18h15. Da casa dos amigos até as Termas, eram cerca de quinze minutos de caminhada, até menos, se os passos fossem rápidos. Ela deve ter chegado por volta das 18h30. Ninguém a viu chegar, então, deve ter entrado pela porta lateral e foi às pressas diretamente para o quarto. Lá, se trocou (o casaco e a saia ocre que havia usado na festa do bridge estavam pendurados no armário) e evidentemente estava se aprontando para sair de novo quando ocorreu o golpe. Muito possivelmente, disseram, ela não viu quem a golpeou. O saco de areia, pelo que sei, é uma arma muito eficiente. Parece que quem a atacou estava escondido no quarto, possivelmente em um dos grandes armários do guarda-roupa... aquele que ela não abriu.

"Agora, quanto aos movimentos de Mr. Sanders. Ele saiu, como eu disse, por volta das 17h30... ou um pouco depois. Ele fez compras em algumas lojas e por volta das dezoito horas entrou no Grand Spa Hotel, onde encontrou dois amigos, os mesmos com quem voltou às Termas mais tarde. Eles jogaram bilhar e, suponho, tomaram muitos uísques com soda juntos. Esses dois homens (Hitchcock e Spender, eram seus nomes) estiveram com ele o tempo todo a partir das dezoito horas. Eles caminharam de volta para as Termas com ele, e ele só os deixou para falar comigo e com Miss Trollope. Isso, como disse a vocês, foi por volta de 18h45, momento em que sua esposa já devia estar morta.

"Devo dizer que conversei pessoalmente com os dois amigos dele. Não gostei deles. Não eram homens agradáveis nem cavalheirescos, mas, uma coisa eu tive certeza: falaram a verdade absoluta quando disseram que Sanders estivera o tempo todo em companhia deles.

"Surgiu apenas um outro pequeno ponto. Parece que, durante o jogo de bridge, Mrs. Sanders foi chamada ao telefone. Um senhor de sobrenome Littleworth queria falar com ela. Ela parecia ao mesmo tempo animada e satisfeita com alguma coisa, e sem querer cometeu um ou dois erros graves. Ela partiu um pouco mais cedo do que esperavam.

"Mr. Sanders foi questionado se reconhecia o nome de Littleworth como sendo um dos amigos de sua esposa, mas ele declarou que nunca tinha ouvido falar de ninguém com esse nome. E para mim isso parece corroborado pela atitude de sua esposa, ela também parecia não conhecer o nome de Littleworth. Mesmo assim, ela voltou do telefonema sorrindo e corando, então, parece que, quem quer que fosse, não havia dado seu nome verdadeiro, e isso por si só tem um aspecto suspeito, não é?

"De qualquer forma, esse é o problema que sobrou. A história do ladrão, que parece improvável, ou a teoria alternativa de que Mrs. Sanders estava se preparando para sair e encontrar alguém. Esse alguém foi ao quarto dela pela escada de incêndio? Houve um desentendimento? Ou ele a atacou traiçoeiramente?"

Miss Marple parou.

— Então? — perguntou Sir Henry. — Qual é a resposta?

— Imagino se algum de vocês conseguiria adivinhar.

— Nunca sou boa em adivinhar — disse Mrs. Bantry. — É uma pena que Sanders tivesse um álibi tão maravilhoso, mas se a satisfez, deve ter ficado tudo bem.

Jane Helier moveu sua linda cabeça e fez uma pergunta.

— Por que — disse ela — o armário de chapéus estava trancado?

— Como você é inteligente, minha querida — disse Miss Marple, radiante. — Foi exatamente o que imaginei. Embora a explicação fosse bastante simples. Nele havia um par de chinelos bordados e alguns lenços de bolso que a pobre moça estava bordando para dar ao marido no Natal. Por isso ela havia trancado o armário. A chave foi encontrada na bolsa dela.

— Ah! — disse Jane. — Então não é nada muito interessante, afinal.

— Ah! Mas é — disse Miss Marple. — É exatamente o fato mais interessante, a única coisa que fez todos os planos do assassino darem errado.

Todos olharam para a velha senhora.

— Por dois dias, não percebi — disse Miss Marple. — Fiquei intrigada, cada vez mais intrigada... e, de repente, lá estava, tudo claro. Procurei o inspetor, pedi-lhe que tentasse algo, e ele o fez.

— O que pediu que ele tentasse?

— *Pedi a ele para colocar aquele chapéu na cabeça da pobre garota...* e é claro que ele não conseguiu. Não cabia. *Não era o chapéu dela, percebem?*

Mrs. Bantry ficou olhando.

— Mas estava na cabeça dela inicialmente?

— Não na cabeça *dela*...

Miss Marple parou por um momento para absorver as palavras e continuou.

— Presumimos que era o corpo da pobre Gladys ali, mas nunca olhamos para o rosto. Ela estava de bruços, lembre-se, e o chapéu escondia tudo.

— Mas ela *foi* morta?

— Sim, depois. No momento em que estávamos ligando para a polícia, Gladys Sanders estava viva e bem.

— A senhora quer dizer que era alguém fingindo ser ela? Mas certamente quando a tocou...

— Era um cadáver, com certeza — disse Miss Marple com seriedade.

— Mas, que maldição — disse Coronel Bantry —, não se encontram cadáveres assim tão facilmente. O que eles fizeram depois com o... o primeiro cadáver?

— Ele o devolveu para o quarto — disse Miss Marple. — Uma ideia perversa, mas muito inteligente. Foi nossa conversa na sala de visitas que a colocou em sua cabeça. O corpo da pobre Mary, a camareira... por que não o usar? Lembre-se, o quarto dos Sanders ficava entre os aposentos dos empregados. O quarto de Mary ficava a duas portas de distância. Os coveiros só chegariam depois de escurecer... ele contava com isso. Ele carregou o corpo ao longo da varanda (estava escuro às cinco da tarde), vestiu-o com um dos vestidos de sua esposa e seu grande casaco vermelho. E, então, encontrou o armário de chapéus trancado! Só havia uma coisa a fazer, foi buscar um dos chapéus da própria pobre menina. Ninguém notaria. Pôs o saco de areia ao lado dela. Então, saiu para criar seu álibi.

"Ele telefonou para a esposa, chamando a si mesmo de Mr. Littleworth. Não sei o que disse a ela... era uma garota crédula, como eu disse há pouco. Mas ele fez com que ela deixasse a partida de bridge mais cedo e não voltasse para as Termas, e combinou com ela um encontro com ele no terreno das Termas perto da saída de incêndio às dezenove horas. Ele provavelmente lhe disse que tinha alguma surpresa para ela.

"Ele retorna às Termas com seus amigos e faz um arranjo para que Miss Trollope e eu descubramos o crime com ele. Ele até finge virar o corpo... e eu o impeço! Em seguida, a polícia é chamada, e ele cambaleia para o jardim.

"Ninguém pediu a ele um álibi *depois* do crime. Ele encontra sua esposa, sobe com ela pela escada de incêndio e eles entram no quarto. Talvez ele já tenha contado a ela alguma história sobre o corpo. Ela se inclina sobre ele, e ele pega o saco de areia e ataca... Puxa vida! Fico enjoada só de pensar nisso, mesmo agora! Então, rapidamente, ele tira o casaco e a saia dela, pendura-os e a veste com as roupas do outro corpo.

"*Mas o chapéu não cabe*. Os cabelos de Mary eram ondulados... Gladys Sanders, como disse, tinha um belo coque. Ele é forçado a deixá-lo ao lado do corpo e espera que ninguém perceba. Em seguida, carrega o corpo da pobre Mary de volta para o quarto dela e o arruma com decoro mais uma vez."

— Parece incrível — disse Dr. Lloyd. — Os riscos que ele correu. A polícia poderia ter chegado cedo demais.

— Vocês se lembram que a linha estava com problema — disse Miss Marple. — Isso foi uma amostra de *seu* trabalho. Ele não podia se dar ao luxo de ter a polícia no local tão cedo. Quando chegaram, passaram algum tempo no escritório do gerente antes de subirem para o quarto. Esse era o ponto mais fraco, a chance de que alguém notasse a diferença entre um corpo que estava morto há duas horas e um que estava morto há pouco mais de meia hora, mas ele contava com o fato de que as primeiras pessoas que descobriram o crime não teriam conhecimento especializado.

Dr. Lloyd concordou com a cabeça.

— O crime seria considerado cometido às cerca de 18h45, suponho — disse ele. — Na verdade, foi cometido às dezenove horas ou poucos minutos depois. Quando o cirurgião da polícia examinou o corpo, eram 19h30, no mínimo. Ele não teria como precisar.

— Eu que deveria ter percebido — disse Miss Marple. — Senti a mão da pobre garota e estava gelada. No entanto, pouco tempo depois, o inspetor falou como se o assassinato tivesse sido cometido pouco antes de chegarmos... e eu não vi nada!

— Acho que a senhora viu muitas coisas, Miss Marple — disse Sir Henry. — O caso foi antes do meu tempo. Nem me lembro de ter ouvido falar. O que aconteceu?

— Sanders foi enforcado — disse Miss Marple secamente. — E foi bem feito. Nunca me arrependi de minha parte em levar aquele homem à justiça. Não tenho paciência com os escrúpulos humanitários modernos sobre a pena capital.

Seu rosto severo se suavizou.

— Mas, muitas vezes, me censurei amargamente por não ter conseguido salvar a vida daquela pobre garota. Mas quem teria ouvido uma velha tirando conclusões precipitadas? Bom, bom... quem sabe? Talvez fosse melhor para ela morrer enquanto a vida ainda era feliz do que seria para ela viver, infeliz e desiludida, em um mundo que de repente pareceria horrível. Ela amava aquele canalha e confiava nele. Ela nunca soube quem ele era de verdade.

— Bom, então — disse Jane Helier —, ela estava bem. Relativamente bem. Eu espero... — Ela silenciou.

Miss Marple olhou para a famosa, bela e bem-sucedida Jane Helier e meneou a cabeça com suavidade.

— Entendo, minha querida — disse ela muito gentilmente. — Entendo.

A erva da morte

Originalmente publicado em 1930, na revista
The Story-Teller.

— Muito bem, Mrs. B. — disse Sir Henry Clithering, de um jeito incentivador.

Mrs. Bantry, sua anfitriã, olhou para ele com reprovação fria.

— Já lhe disse que *não* gosto de ser chamada de Mrs. B. Não é digno.

— Sherazade, então.

— E menos ainda, Sher... seja lá qual for o nome dela! Nunca consigo contar uma história direito, pergunte a Arthur caso não acredite em mim.

— Você é muito boa com os fatos, Dolly — disse Coronel Bantry —, mas ruim com os detalhes.

— É isso mesmo — disse a Mrs. Bantry. Ela jogou o catálogo de bulbos que segurava na mesa à sua frente. — Tenho ouvido todos vocês e não sei como fazem. "Ele disse, ela disse, você imaginou, eles pensaram, todo mundo insinuou"... bom, eu simplesmente não consigo, é isso! Além disso, não tenho história nenhuma para contar.

— Não podemos acreditar nisso, Mrs. Bantry — disse Dr. Lloyd. Ele balançou a cabeça grisalha em descrença zombeteira.

A velha Miss Marple disse com sua voz gentil:

— Com certeza, querida...

Mrs. Bantry continuou a negar obstinadamente a cabeça.

— Vocês não sabem como minha vida é banal. Com os empregados e a dificuldade de conseguir criadas para a copa, e as idas à cidade apenas para comprar roupas, e as visitas ao dentista e as viagens a Ascot (que Arthur odeia), e depois o jardim...

— Ah! — disse Dr. Lloyd. — O jardim. Todos sabemos onde está seu coração, Mrs. Bantry.

— Deve ser bom ter um jardim — disse Jane Helier, a bela e jovem atriz. — Isto é, se não precisasse cavar ou sujar as mãos. Sempre gostei muito de flores.

— O jardim — disse Sir Henry. — Não podemos tomar isso como um ponto de partida? Vamos lá, Mrs. B. O bulbo envenenado, os narcisos fatais, a erva da morte!

— É estranho que diga isso — disse Mrs. Bantry. — Você acabou de me lembrar. Arthur, você se lembra daquele negócio em Clodderham Court? Você sabe. O velho Sir Ambrose Bercy. Lembra-se de como o considerávamos um senhor charmoso e cortês?

— Ora, é claro. É, aquilo *foi* estranho mesmo. Vá em frente, Dolly.

— É melhor você contar, querido.

— Que bobagem. Vá em frente. Quem sabe do barco é o barqueiro. E já fiz minha parte agora há pouco.

Mrs. Bantry respirou fundo. Ela apertou as mãos, e seu rosto mostrou angústia mental completa. Ela falou de forma rápida e fluente.

— Bom, na verdade não há muito o que contar. A erva da morte... foi o que colocou isso na minha cabeça, embora em minha própria mente eu chame de *sálvia e cebolas*.

— Sálvia e cebolas? — perguntou Dr. Lloyd.

Mrs. Bantry assentiu.

— Foi assim que aconteceu, vejam bem — explicou ela. — Estávamos hospedados, Arthur e eu, com Sir Ambrose Bercy em Clodderham Court, e um dia, por engano (embora muito estupidamente, sempre pensei), muitas folhas de dedaleira foram colhidas junto com a sálvia. Os patos do jantar naquela noite estavam recheados com elas e todos passaram mal... e uma pobre garota, a protegida de Sir Ambrose, morreu disso.

Ela parou.

— Puxa vida — disse Miss Marple —, que tragédia.

— Não é mesmo?

— Bom — disse Sir Henry — e depois?

— Não houve nada depois — disse Mrs. Bantry —, isso é tudo.

Todos suspiraram. Embora avisados de antemão, eles não esperavam tanta brevidade.

— Mas, minha cara senhora — protestou Sir Henry —, não pode ser tudo. O que relatou é uma ocorrência trágica, mas não é, em nenhum sentido da palavra, um problema.

— Bem, é claro que há um pouco mais — disse Mrs. Bantry. — Mas, se eu contasse, saberiam o que era.

Ela olhou desafiadoramente ao redor do grupo e disse com tristeza:

— Eu disse que não conseguia enfeitar as coisas e fazê--las soar como uma história deveria.

— A-há! — disse Sir Henry. Ele se endireitou na cadeira e ajustou o monóculo. — Realmente, você sabe, Sherazade, isso é muito revigorante. Nossa engenhosidade está sendo desafiada. Não tenho muita certeza se não fez isso de propósito... para estimular nossa curiosidade. Algumas rodadas rápidas de perguntas podem ajudar, eu acho. Miss Marple, a senhora começa?

— Gostaria de saber algo sobre a cozinheira — disse Miss Marple. — Ela devia ser uma mulher muito estúpida ou, então, muito inexperiente.

— Ela era simplesmente muito estúpida — disse Mrs. Bantry. — Ela chorou muito depois e disse que as folhas foram colhidas e trazidas para ela como sálvia, e como ela poderia saber?

— Não era uma pessoa que pensava por si própria — disse Miss Marple.

— Provavelmente uma senhora idosa e, ouso dizer, uma ótima cozinheira?

— Ah! Excelente — disse Mrs. Bantry.

— Sua vez, Miss Helier — disse Sir Henry.

— Ah! O senhor quer dizer... de fazer uma pergunta?

Fez-se silêncio enquanto Jane ponderava. Por fim, ela disse, impotente:

— De verdade, não sei o que perguntar.

Seus lindos olhos fitavam Sir Henry suplicantes.

— Por que não *dramatis personae*, Miss Helier? — ele sugeriu, sorrindo.

Jane ainda parecia confusa.

— Personagens em ordem de aparição — disse Sir Henry gentilmente.

— Ah, sim — disse Jane. — Essa é uma boa ideia.

Mrs. Bantry começou rapidamente a listar as pessoas com os dedos.

— Sir Ambrose, Sylvia Keene (a garota que morreu), uma amiga dela que estava hospedada lá, Maud Wye, uma daquelas garotas feias, de cabelos escuros, que conseguem causar uma impressão de alguma forma... nunca sei como fazem isso. Um Mr. Curle, que estava lá para discutir livros com Sir Ambrose, sabem, livros raros... coisas estranhas em latim, todos pergaminhos bolorentos. Jerry Lorimer... uma espécie de vizinho. A residência dele, Fairlies, juntava-se à propriedade de Sir Ambrose. E Mrs. Carpenter, uma daquelas felinas de meia-idade que sempre parecem conseguir se enfiar confortavelmente em algum lugar. Ela estava ali na qualidade de *dame de compagnie* de Sylvia, suponho.

— Se for minha vez — disse Sir Henry —, e suponho que seja, porque estou sentado ao lado de Miss Helier, quero várias informações. Quero um breve retrato verbal, por favor, Mrs. Bantry, de todos os mencionados.

— Ah! — Mrs. Bantry hesitou.

— Sir Ambrose, então — continuou Sir Henry. — Comece com ele. Como ele era?

— Ah! Ele era um senhor de aparência muito distinta... e não tão velho na verdade... não tinha mais de 60 anos, acredito. Mas era muito delicado, tinha um coração fraco, não podia subir escadas. Precisou mandar instalar um elevador, e isso o fazia parecer mais velho do que realmente era. Modos muito encantadores, *cortês*... essa é a palavra que melhor o descreve. Nunca era visto irritado ou chateado. Tinha lindos cabelos brancos e uma voz especialmente charmosa.

— Bom — disse Sir Henry. — Consigo imaginar Sir Ambrose. Agora, a garota, Sylvia... como disse que era o nome dela?

— Sylvia Keene. Ela era bonita, realmente *muito* bonita. Cabelos loiros, sabe, e uma pele adorável. Talvez, não muito inteligente. Na verdade, bastante imbecil.

— Ah! Ora essa, Dolly — protestou o marido.

— Arthur, é claro, não pensaria assim — disse Mrs. Bantry secamente. — Mas ela *era* imbecil... ela realmente nunca dizia nada que valesse a pena ouvir.

— Uma das criaturas mais graciosas que já vi — disse Coronel Bantry calorosamente. — Jogando tênis, por exemplo... encantadora, simplesmente encantadora. E ela era muito espirituosa... uma menininha muito divertida. E tinha uma postura tão bonita. Aposto que todos os rapazes pensavam assim.

— É aí que você se engana — disse Mrs. Bantry. — A juventude, como tal, não tem charme para os jovens hoje em dia. São apenas velhos babões como você, Arthur, que ficam tagarelando sobre garotas.

— Ser jovem não é nada bom — disse Jane. — É preciso ter *SA*.

— O que é... — disse Miss Marple — *SA*?

— *Sex appeal* — disse Jane.

— Ah sim — disse Miss Marple. — O que na minha época costumavam chamar de "aquele olhar convidativo".

— Não é uma descrição ruim — disse Sir Henry. — A *dame de compagnie,* a senhora descreveu, creio eu, como uma felina, Mrs. Bantry?

— Não quis dizer *traiçoeira,* você sabe — disse Mrs. Bantry. — É bem diferente. Apenas uma pessoa grande, macia, dengosa e branca. Sempre muito doce. Assim era Adelaide Carpenter.

— Que idade tinha a mulher?

— Ah! Arrisco dizer quarenta e poucos. Ela estava lá há algum tempo... desde que Sylvia tinha 11 anos, acho. Uma pessoa com muito tato. Uma dessas viúvas deixadas em circunstâncias infelizes, com muitas relações aristocráticas, mas sem dinheiro disponível. Eu, pessoalmente, não gostava dela, mas nunca gostei de pessoas com mãos compridas e muito pálidas. E eu não gosto de gatos.

— Mr. Curle?

— Ah! Um daqueles homens idosos encurvados. Há tantos deles por aí, dificilmente se distinguiria um do outro. Ele mostrava entusiasmo ao falar sobre seus livros bolorentos, mas apenas nesses momentos. Não creio que Sir Ambrose o conhecesse muito bem.

— E o vizinho, Jerry?

— Um menino realmente encantador. Estava noivo de Sylvia. Foi o que deixou tudo tão triste.

— Agora me pergunto... — começou Miss Marple, e então parou.

— O quê?

— Nada, querida.

Sir Henry olhou para a velha com curiosidade. Então, ele disse baixinho:

— Então, esse jovem casal estava noivo. Estavam noivos havia muito tempo?

— Cerca de um ano. Sir Ambrose se opôs ao noivado, alegando que Sylvia era jovem demais. Mas, depois de um ano de compromisso, ele cedeu, e o casamento aconteceria muito em breve.

196 · AGATHA CHRISTIE ·

— Ah! A jovem tinha alguma propriedade?

— Quase nada... apenas cem ou duzentas libras por ano.

— Não há coelho nesse mato, Clithering — disse Coronel Bantry, rindo.

— É a vez do médico fazer uma pergunta — disse Sir Henry. — Estou satisfeito.

— Minha curiosidade é principalmente profissional — disse Dr. Lloyd. — Gostaria de saber quais evidências médicas foram fornecidas no inquérito... isto é, se nossa anfitriã se lembra, ou, naturalmente, se sabe.

— Eu sei por alto — disse Mrs. Bantry. — Foi envenenamento por digitalina, está correto?

Dr. Lloyd concordou com a cabeça.

— O princípio ativo da dedaleira, digitalis, atua no coração. Na verdade, é uma droga muito útil para alguns problemas cardíacos. Um caso muito curioso. Eu nunca teria acreditado que ingerir uma preparação de folhas de dedaleira pudesse resultar em morte. Essas histórias de ingerir folhas e frutos venenosos são muito exageradas. Poucas pessoas percebem que o princípio vital, ou alcaloide, deve ser extraído com muito cuidado e preparação.

— Mrs. MacArthur outro dia mandou alguns bulbos especiais para Mrs. Toomie — disse Miss Marple. — E a cozinheira de Mrs. Toomie os confundiu com cebolas, e todos os Toomie ficaram realmente muito doentes.

— Mas não morreram disso — disse Dr. Lloyd.

— Não. Não morreram disso — admitiu Miss Marple.

— Uma garota que conheci morreu de envenenamento por ptomaína — disse Jane Helier.

— Precisamos continuar investigando o crime — disse Sir Henry.

— Crime? — disse Jane, assustada. — Pensei que fosse um acidente.

— Se fosse um acidente — disse Sir Henry gentilmente —, não acho que Mrs. Bantry teria nos contado essa história.

Não, pelo que estou vendo, foi um acidente apenas na aparência... por trás disso há algo mais sinistro. Lembro-me de um caso... vários convidados de uma festa estavam conversando depois do jantar. As paredes eram adornadas com todos os tipos de armas antigas. Inteiramente como uma piada, um dos membros do grupo agarrou uma antiga pistola de montaria e apontou-a para outro homem, fingindo atirar. A pistola estava carregada e disparou, matando o homem. Nesse caso, tínhamos de averiguar, primeiro, quem preparara e carregara secretamente a pistola e, em segundo lugar, quem conduzira e dirigira a conversa para o resultado da brincadeira de mau gosto, pois o homem que disparara a pistola era inteiramente inocente!

"Parece-me que temos o mesmo problema aqui. Essas folhas de digitalis foram deliberadamente misturadas com a sálvia, sabendo qual seria o resultado. Já que eximimos a cozinheira... nós eximimos a cozinheira, certo? Se sim, surge a pergunta: Quem colheu as folhas e as deixou na cozinha?"

— Isso é fácil responder — disse Mrs. Bantry. — Pelo menos a última parte é. Foi a própria Sylvia quem levou as folhas para a cozinha. Fazia parte de seu trabalho diário colher coisas como salada ou ervas, cenouras jovens... tudo aquilo que os jardineiros nunca escolhem direito. Eles odeiam dar a você qualquer coisa nova e tenra... esperam que tudo amadureça e cresça bastante. Sylvia e Mrs. Carpenter costumavam cuidar de muitas dessas coisas sozinhas. E havia dedaleira crescendo entre a sálvia em um canteiro, então o erro foi bastante natural.

— Mas Sylvia realmente colheu as folhas sozinha?

— Isso ninguém nunca soube. Presume-se que sim.

— Suposições — disse Sir Henry — são coisas perigosas.

— Mas sei que Mrs. Carpenter não as colheu — disse Mrs. Bantry. — Porque, por acaso, ela estava caminhando comigo no terraço naquela manhã. Fizemos isso depois do café da manhã. Estava excepcionalmente agradável e quente para o início da primavera. Sylvia foi sozinha para o jardim, mas depois a vi caminhando de braços dados com Maud Wye.

— Então, eram boas amigas? — perguntou Miss Marple.

— Sim — disse Mrs. Bantry. Ela pareceu prestes a dizer algo mais, mas não o fez.

— Ela estava lá fazia muito tempo? — perguntou Miss Marple.

— Cerca de quinze dias — disse Mrs. Bantry.

Havia uma nota de afetação em sua voz.

— A senhora não gostava de Mrs. Wye? — sugeriu Sir Henry.

— Gostava. Aí é que está. Gostava, sim.

A questão em sua voz se tornou angustiante.

— A senhora está escondendo algo, Mrs. Bantry — disse Sir Henry em tom acusatório.

— Imaginei o mesmo — disse Miss Marple —, mas não quis perguntar.

— Em que momento a senhora imaginou isso?

— Quando nos disse que os jovens estavam noivos. Disse que era isso que deixava tudo tão triste. Mas, se entende o que quero dizer, sua voz não parecia certa quando disse isso... não foi convincente, sabe?

— Que pessoa terrível a senhora é — disse Mrs. Bantry.
— Sempre parece saber das coisas. Sim, estava pensando em algo. Mas realmente não sei se devo dizer ou não.

— Você deve dizer — disse Sir Henry. — Quaisquer que sejam seus escrúpulos, isso não deve ser omitido.

— Bem, era apenas isso — disse Mrs. Bantry. — Certa noite, na verdade, exatamente na véspera da tragédia, fui ao terraço antes do jantar. A janela da sala de estar estava aberta. E, por acaso, vi Jerry Lorimer e Maud Wye. Ele estava... bem... beijando-a. Claro que não sabia se era apenas uma espécie de caso fortuito, ou se... bem, quero dizer, seria impossível saber. Eu sabia que Sir Ambrose nunca havia gostado de verdade de Jerry Lorimer... então, talvez ele soubesse que ele era esse tipo de rapaz. Mas de uma coisa eu tenho certeza: aquela garota, Maud Wye, *realmente* gostava dele. Era preciso apenas vê-la olhando para ele quando estava desprevenida para saber. E acho que os dois formavam realmente um casal mais adequado do que ele e Sylvia.

— Vou fazer uma pergunta rapidamente, antes que Miss Marple a faça — disse Sir Henry. — Quero saber se, depois da tragédia, Jerry Lorimer se casou com Maud Wye.

— Sim — disse Mrs. Bantry. — Casou. Seis meses depois.

— Ah! Sherazade, Sherazade — disse Sir Henry. — Só de pensar na maneira como você nos contou essa história no início! De fato, apenas um esqueleto... e agora, a quantidade de carne que estamos encontrando nele.

— Não fale de forma tão macabra — disse Mrs. Bantry. — E não use a palavra carne. Os vegetarianos sempre fazem isso. Eles dizem: "Eu nunca como carne", de uma forma que mata qualquer vontade de desfrutar um bifezinho. Mr. Curle era vegetariano. Costumava comer alguma coisa peculiar que parecia farelo no café da manhã. Esses homens idosos, curvados e com barbas, costumam ser cheios de frescuras. Também têm roupas íntimas diferentes.

— Que diabos, Dolly — disse o marido —, o que você sabe sobre as roupas íntimas de Mr. Curle?

— Nada — disse Mrs. Bantry com dignidade. — Só estava dando um palpite.

— Vou corrigir minha declaração anterior — disse Sir Henry. — Agora digo que as *dramatis personae* do seu problema são muito interessantes. Estou começando a enxergar todas elas... hein, Miss Marple?

— A natureza humana é sempre interessante, Sir Henry. E é curioso ver como certos tipos sempre tendem a agir exatamente da mesma maneira.

— Duas mulheres e um homem — disse Sir Henry. — O velho triângulo humano eterno. Essa é a base do nosso problema aqui? Imagino que sim.

Dr. Lloyd pigarreou.

— Estive pensando — disse ele com certa timidez. — A senhora disse, Mrs. Bantry, que também passou mal?

— Pois fiquei! Arthur também! Todo mundo passou mal!

— Aí está... todo mundo — disse o médico. — Percebe o que quero dizer? Na história que Sir Henry acabou de nos contar, um homem atirou em outro... ele não precisou atirar em toda a sala.

— Não entendo — disse Jane. — Quem atirou em quem?

— Estou dizendo que quem quer que tenha planejado essa coisa fez tudo de um jeito muito curioso, ou com uma crença cega no acaso, ou então com um desprezo absolutamente imprudente pela vida humana. Mal posso acreditar que exista um homem capaz de envenenar deliberadamente oito pessoas com o objetivo de acabar com apenas uma delas.

— Compreendo o que quer dizer — disse Sir Henry, pensativo. — Confesso que deveria ter pensado nisso.

— E ele não poderia ter se envenenado também? — perguntou Jane.

— Alguém faltou ao jantar naquela noite? — perguntou Miss Marple.

Mrs. Bantry fez que não com a cabeça.

— Todo mundo estava lá.

— Exceto Mr. Lorimer, suponho, minha querida. Ele não estava hospedado na casa, certo?

— Não, mas estava jantando lá naquela noite — disse Mrs. Bantry.

— Ah! — disse Miss Marple com uma voz diferente. — Isso faz toda a diferença do mundo.

Ela franziu a testa irritada para si mesma.

—- Como fui estúpida — murmurou ela. — Muito estúpida, de fato.

— Confesso que seu ponto me preocupa, Lloyd — disse Sir Henry. — Como garantir que a menina, e apenas a menina, recebesse uma dose fatal?

— Não tem como — disse o médico. — Isso me leva ao ponto que vou dizer. *Supondo que a garota não fosse a vítima pretendida de fato?*

— Como?

— Em todos os casos de intoxicação alimentar, o resultado é muito incerto. Várias pessoas compartilham um mesmo prato. O que acontece? Um ou dois ficam ligeiramente doentes, outros dois, digamos, ficam gravemente indispostos, e um morre. É assim que as coisas são... não há certeza em lugar nenhum. Mas há casos em que outro fator pode interferir. Digitalina é um medicamento que atua diretamente no coração... como já disse, é prescrito em certos casos. *Bem, havia uma pessoa naquela casa que sofria de um problema cardíaco.* Suponha que esse homem fosse a vítima escolhida? O que não seria fatal para o resto, *seria* fatal para ele... ou assim o assassino razoavelmente poderia supor. O fato de as coisas terem acontecido de maneira diferente é apenas uma prova do que eu estava dizendo há pouco... a incerteza e a falta de confiabilidade dos efeitos das drogas em seres humanos.

— Sir Ambrose — disse Sir Henry —, o senhor acha que *ele* era a pessoa visada? Sim, sim... e a morte da garota foi um erro.

— Quem receberia o dinheiro dele quando ele morresse? — perguntou Jane.

— Uma pergunta muito sensata, Miss Helier. Uma das primeiras que seriam feitas em minha antiga profissão. — disse Sir Henry.

— Sir Ambrose tinha um filho — disse Mrs. Bantry bem devagar. — Eles haviam brigado muitos anos antes. O rapaz era difícil, eu acho. Ainda assim, não cabia a Sir Ambrose deserdá-lo... Clodderham Court estava envolvida. Martin Bercy era o próximo na linha de sucessão do título e da propriedade. Havia, no entanto, muitos outros bens que Sir Ambrose poderia deixar como quisesse, e que deixou para sua protegida, Sylvia. Sei disso porque Sir Ambrose morreu menos de um ano depois dos acontecimentos que estou lhes relatando e não se deu ao trabalho de fazer um novo testamento depois da morte de Sylvia. Acho que o dinheiro foi para a Coroa, ou talvez tenha sido para o filho dele, já que era o parente mais próximo, não me lembro bem.

— Portanto, era apenas do interesse de um filho que não estava lá e da própria menina que morreu acabar com ele — disse Sir Henry, pensativo. — Não parece um caminho muito promissor.

— A outra mulher não recebeu nada? — perguntou Jane. — Aquela que Mrs. Bantry chamou de felina.

— Ela não foi mencionada no testamento — disse Mrs. Bantry.

— Miss Marple, a senhora não está prestando atenção — disse Sir Henry. — Está em algum lugar distante.

— Estava pensando no velho Mr. Badger, o farmacêutico — disse Miss Marple. — Ele tinha uma governanta muito jovem... jovem o suficiente para ser não apenas sua filha, mas sua neta. Não disse uma palavra a ninguém, e sua família, muitos sobrinhos e sobrinhas, estava cheia de expectativas. E quando ele morreu, acreditam que ele estava secretamente casado com ela havia dois anos? Claro que Mr. Badger era farmacêutico, e também um velho muito rude, e Sir Ambrose Bercy era um cavalheiro muito cortês, é o que diz Mrs. Bantry, mas, apesar de tudo, a natureza humana é praticamente igual em todos os lugares.

Houve uma pausa. Sir Henry olhou fixamente para Miss Marple, que o olhou de volta com olhos azuis gentis e intrigados. Jane Helier quebrou o silêncio.

— Essa Mrs. Carpenter era bonita? — perguntou ela.

— Sim, de uma forma muito discreta. Nada surpreendente.

— Tinha uma voz muito simpática — disse Coronel Bantry.

— Ronronava, isso sim — disse Mrs. Bantry. — Ronronava!

— Um dia você também será chamada de felina, Dolly.

— Posso ser malévola no meu círculo familiar — disse Mrs. Bantry. — Não gosto muito de mulheres, de qualquer modo, e você sabe disso. Gosto de homens e flores.

— Excelente gosto — disse Sir Henry. — Principalmente por colocar os homens em primeiro lugar.

— Isso foi tato — disse Mrs. Bantry. — Bem, e quanto ao meu probleminha? Fui bastante justa, eu acho. Arthur, não acha que fui justa?

— Sim, minha querida. Não acho que haverá nenhuma investigação sobre a corrida pelos administradores do Jockey Club.

— Primeiro você — disse Mrs. Bantry, apontando o dedo para Sir Henry.

— Serei prolixo. Porque, veja bem, eu realmente não tenho nenhum sentimento de certeza sobre o assunto. Primeiramente, Sir Ambrose. Bem, ele não tentaria cometer suicídio de maneira tão original... e, por outro lado, certamente não tinha nada a ganhar com a morte de sua protegida. Tiremos Sir Ambrose. Mr. Curle. Nenhum motivo para a morte da garota. Se Sir Ambrose fosse a vítima pretendida, possivelmente poderia roubar um ou dois manuscritos raros dos quais ninguém mais sentiria falta. Muito pouco e muito improvável. Portanto, acho que, apesar das suspeitas de Mrs. Bantry quanto à roupa íntima do homem, Mr. Curle pode ser inocentado. Miss Wye. Motivo para a morte de Sir Ambrose... nenhum. Motivo muito forte para a morte de Sylvia. Ela queria o noivo de Sylvia e o queria muito... pelo que conta Mrs. Bantry. Ela estava com Sylvia naquela manhã no jardim, então, teve a oportunidade de colher as folhas. Não, não podemos dispensar Miss Wye tão facilmente. O jovem Lorimer. Ele tem um motivo em ambos os casos. Se ele se livra de sua noiva, pode se casar com a outra garota. Mesmo assim, parece um pouco drástico matá-la... o que é um noivado rompido hoje em dia? Se Sir Ambrose morre, ele se casa com uma garota rica em vez de uma pobre. Isso pode ser importante ou não... depende de sua posição financeira. Se eu descobrir que o patrimônio dele estava pesadamente hipotecado e que Mrs. Bantry deliberadamente ocultou esse fato de nós, considerarei trapaça. Por fim, Mrs. Carpenter. Sabe, suspeito de Mrs. Carpenter. Para começar, aquelas mãos brancas e seu excelente álibi na hora em que as ervas foram colhidas... sempre desconfio dos álibis. E tenho outro motivo para suspeitar dela, que vou guardar para mim. Mesmo assim, de modo geral, se eu devo apostar, aposto em Miss Maude Wye, porque há mais provas contra ela do que qualquer outra pessoa.

— Próximo — disse Mrs. Bantry, apontando para Dr. Lloyd.

— Acho que está errado, Clithering, em se ater à teoria de que a morte da garota foi intencional. Estou convencido de que o assassino pretendia matar Sir Ambrose. Não creio que o jovem Lorimer tivesse o conhecimento necessário. Estou inclinado a acreditar que Mrs. Carpenter foi a parte culpada. Ela estava havia muito tempo com a família, sabia tudo sobre o estado de saúde de Sir Ambrose e poderia facilmente fazer com que essa garota Sylvia (que, você mesmo disse, era bastante imbecil) colhesse as folhas certas. Motivo, confesso, não vejo, mas arrisco a suposição de que Sir Ambrose tenha certa vez feito um testamento no qual ela foi mencionada. É o melhor que posso fazer.

O dedo indicador de Mrs. Bantry apontou para Jane Helier.

— Não sei o que dizer — disse Jane — exceto o seguinte: por que a própria menina não pode ter feito isso? Afinal, ela levou as folhas para a cozinha. E a senhora diz que Sir Ambrose estava se manifestando contra o casamento dela... Se ele morresse, ela conseguiria o dinheiro e poderia se casar imediatamente. Ela devia saber tanto da saúde de Sir Ambrose quanto Mrs. Carpenter.

O dedo de Mrs. Bantry virou-se lentamente para Miss Marple.

— Muito bem, professorinha — disse ela.

— Sir Henry deixou tudo muito claro, muito claro, de fato — disse Miss Marple. — E Dr. Lloyd teve muita razão no que disse. Entre eles, parecem ter deixado as coisas muito claras. Só que acho que Dr. Lloyd não percebeu um aspecto do que disse. Vejam, não sendo o médico de Sir Ambrose, ele não poderia saber exatamente que tipo de problema cardíaco Sir Ambrose tinha, certo?

— Não entendo bem o que quer dizer, Miss Marple — disse Dr. Lloyd.

— Você está presumindo... não está? Que Sir Ambrose tinha o tipo de coração que a digitalina afetaria adversamente? Mas não há nada que prove que ele tinha esse problema. Poderia ser justamente o contrário.

— O contrário?

— Sim, você disse que ela costumava ser prescrita para problemas cardíacos.

— Mesmo assim, Miss Marple, não vejo a que isso leva.

— Bom, isso significaria que ele teria a digitalina em sua posse naturalmente, sem ter que dar satisfações. O que estou tentando dizer (sempre me expresso tão mal) é o seguinte: suponha que você queira envenenar alguém com uma dose fatal de digitalina. A maneira mais simples e fácil não seria fazer com que todos fossem envenenados... na verdade, por folhas de digitalis? Não seria fatal para mais ninguém, é claro, mas ninguém ficaria surpreso com uma vítima porque, como disse Dr. Lloyd, essas coisas são muito incertas. Provavelmente ninguém perguntaria se, na verdade, a menina havia recebido uma dose fatal de infusão de digitalis ou algo do gênero. Ele pode ter colocado em um coquetel, ou no café dela, ou mesmo feito ela beber simplesmente como um tônico.

— Está querendo dizer que Sir Ambrose envenenou sua protegida, a garota encantadora que ele amava?

— Isso mesmo — disse Miss Marple. — Como Mr. Badger e sua jovem governanta. Não me digam que é um absurdo um homem de 60 anos se apaixonar por uma moça de vinte.

Acontece todos os dias... e ouso dizer que, com um velho autocrata como Sir Ambrose, a paixão pode tê-lo tomado de um jeito estranho. Essas coisas às vezes viram loucura. Ele não suportava a ideia de ela se casar... fez o possível para se opor a isso e falhou. Seu ciúme louco cresceu tanto que ele preferiu matá-la a deixá-la se casar com o jovem Lorimer. Ele deve ter pensado nisso algum tempo antes, porque a semente de dedaleira teria que ser semeada entre a sálvia. Ele próprio a colheria quando chegasse a hora e a enviaria para a cozinha. É horrível pensar nisso, mas acho que devemos ter a visão mais misericordiosa possível. Os cavalheiros dessa idade às vezes são muito peculiares no que diz respeito às meninas. Nosso último organista, por exemplo... mas não devo falar em escândalo.

— Mrs. Bantry — disse Sir Henry. — Foi isso mesmo?

Mrs. Bantry assentiu.

— Sim. Eu não fazia ideia... nunca sonhei que a coisa fosse algo além de um acidente. Então, após a morte de Sir Ambrose, recebi uma carta. Ele havia deixado instruções para enviá-la a mim. Contou-me a verdade nela. Não sei por quê, mas ele e eu sempre nos demos muito bem.

No silêncio momentâneo, ela pareceu sentir uma crítica emudecida e continuou apressadamente:

— Vocês acham que estou traindo a confiança do homem, mas não é verdade. Mudei todos os nomes. Ele não se chamava Sir Ambrose Bercy. Não viram como Arthur me olhou embasbacado quando lhe disse esse nome? A princípio, ele não entendeu. Mudei tudo. É como se costuma dizer nas revistas e no início dos livros: "Todos os personagens desta história são puramente fictícios". Vocês nunca saberão quem eles realmente são.

O caso no bangalô

Publicado originalmente em 1930
na revista *The Story-Teller*.

— Pensei em algo — disse Jane Helier.

Seu belo rosto iluminou-se com o sorriso confiante de uma criança que espera aprovação. Foi um sorriso como o que emocionava o público todas as noites em Londres, e que fazia a fortuna dos fotógrafos.

— Aconteceu — continuou ela com cuidado — com uma amiga minha.

Todos fizeram ruídos encorajadores, mas ligeiramente hipócritas. Coronel Bantry, Mrs. Bantry, Sir Henry Clithering, Dr. Lloyd e a velha Miss Marple estavam todos convencidos de que a "amiga" de Jane era ela própria. Ela seria incapaz de se lembrar ou se interessar por qualquer coisa que afetasse outra pessoa.

— Minha amiga — continuou Jane —, não vou mencionar o nome dela, era uma atriz… uma atriz muito conhecida.

Ninguém expressou surpresa. Sir Henry Clithering pensou consigo mesmo: "Agora me pergunto quantas frases levará até que ela se esqueça de continuar a ficção e diga 'eu' em vez de 'ela'".

— Minha amiga estava em turnê pelas províncias… isso foi um ou dois anos atrás. Acho melhor não dar o nome do lugar. Era uma cidade ribeirinha não muito longe de Londres. Chamarei de…

Ela fez uma pausa, suas sobrancelhas perplexas em reflexão. A invenção de até mesmo um nome simples parecia ser demais para ela. Sir Henry veio em seu socorro.

— Vamos chamá-la de Riverbury? — sugeriu ele com seriedade.

— Ah, sim, está ótimo. Riverbury, me lembrarei disso. Bom, como eu dizia, esta... minha amiga... estava em Riverbury com sua companhia, e uma coisa muito curiosa aconteceu.

Ela franziu as sobrancelhas novamente.

— É muito difícil — disse ela em tom de queixa — dizer exatamente o que se quer. A gente confunde as situações e diz as coisas erradas primeiro.

— Você está indo muito bem — disse Dr. Lloyd de modo encorajador. — Continue!

— Bom, uma coisa muito curiosa aconteceu. Minha amiga foi chamada à delegacia. E ela foi. Parecia que tinha havido um roubo em um bangalô à beira do rio... e haviam prendido um jovem rapaz, que contou uma história muito estranha. Então, mandaram chamá-la.

"Ela nunca tinha estado em uma delegacia de polícia antes, mas foram muito bonzinhos com ela, muito bonzinhos mesmo."

— Devem ter sido, tenho certeza — disse Sir Henry.

— O sargento, acho que foi um sargento... ou pode ter sido um inspetor... deu-lhe uma cadeira e explicou as coisas, e é claro que vi imediatamente que se tratava de algum engano...

"A-há", pensou Sir Henry. "Eu! Aí está. Foi bem o que pensei."

— Minha amiga disse isso — continuou Jane, serenamente inconsciente de sua autotraição. — Ela explicou que estava ensaiando com sua substituta no hotel e que nunca tinha ouvido falar desse tal Mr. Faulkener. E o sargento disse: "Miss Hel..."

Ela parou e corou.

— Miss Helman — sugeriu Sir Henry com uma piscadela.

— Sim, sim, pode ser. Obrigada. Ele disse: "Bom, Miss Helman, achei que pudesse ser algum engano, por saber que a senhorita estava no Bridge Hotel", e ele perguntou se eu teria alguma objeção em confrontar... ou então ser confrontada? Não consigo lembrar.

— Realmente, não importa — disse Sir Henry, tranquilizando-a.

— De qualquer forma, com o rapaz. Então, eu disse: "Claro que não". E eles o trouxeram e disseram: "Esta é Miss Helier", e... Ah! — Jane fez uma pausa, boquiaberta.

— Não se preocupe, minha querida — disse Miss Marple, consoladora. — Mais cedo ou mais tarde adivinharíamos, você sabe. E você não disse o nome do lugar ou nada que realmente importe.

— Bom... — disse Jane. — Queria contar como se tivesse acontecido com outra pessoa. Mas *é* difícil, não é! Quer dizer, a gente esquece.

Todos lhe asseguraram que era muito difícil e, tranquilizada, ela prosseguiu com sua narrativa um pouco confusa.

— Ele era um homem de boa aparência, de muito boa aparência. Jovem, com cabelos ruivos. Sua boca abriu-se um pouco quando ele me viu. E o sargento perguntou: "É esta a senhorita?". E ele disse: "Não, de fato não é. Que idiota eu fui". E eu sorri para ele e disse que não importava.

— Posso imaginar a cena — disse Sir Henry.

Jane Helier franziu a testa.

— Deixe-me ver... como seria melhor continuar?

— E se você nos disser do que se trata, querida? — disse Miss Marple, tão suavemente que ninguém poderia suspeitar de sua ironia. — Quero dizer, qual foi o erro do jovem, e sobre o roubo.

— Ah, sim — disse Jane. — Bom, vejam, esse jovem, Leslie Faulkener, era o nome dele, havia escrito uma peça. Ele havia escrito várias peças, na verdade, embora nenhuma delas jamais tivesse sido encenada. E ele havia enviado esta peça em particular para eu ler. Eu não sabia disso, porque, claro, centenas de peças são enviadas para mim, e eu mesma leio muito poucas delas... apenas aquelas sobre as quais já sei algo. De qualquer forma, lá estava ele, e parece que Mr. Faulkener havia recebido uma carta minha, só que na verdade não era minha... vocês entendem...

Ela fez uma pausa ansiosa, e eles garantiram que entendiam.

— Dizendo que eu tinha lido a peça e gostado muito e pedindo que ele viesse conversar comigo. E constava o endereço "O Bangalô, Riverbury". Então, Mr. Faulkener ficou extremamente satisfeito e foi até este lugar — O Bangalô. Uma criada abriu a porta, e ele perguntou por Miss Helier, e ela disse que ela estava ali sim, esperando por ele, e o conduziu até a sala de estar, e lá uma mulher foi até ele. E ele, naturalmente, pensou que fosse eu, o que parece estranho porque, afinal, ele já havia me visto atuar e minhas fotos são muito conhecidas, não são?

— Em toda a extensão da Inglaterra — disse Mrs. Bantry prontamente. — Mas muitas vezes há muitas diferenças entre uma fotografia e seu original, minha querida Jane. E há uma grande diferença entre atrás das luzes da ribalta e fora do palco. Não é toda atriz que passa no teste tão bem quanto você, lembre-se.

— Bom — disse Jane ligeiramente apaziguada —, isso pode ser verdade. De qualquer forma, ele descreveu essa mulher como alta e clara, com grandes olhos azuis e muito bonita, então suponho que devia ser parecida o bastante. Ele certamente não suspeitou de nada. Ela se sentou e começou a falar sobre a peça dele e disse que estava ansiosa para encená-la. Enquanto conversavam, foram servidos coquetéis, e Mr. Faulkener bebeu um, como é natural. Bom... isso é tudo de que ele se lembra... tomar esse coquetel. Quando acordou, ou voltou a si, ou como quer que se chame isso, estava deitado na estrada, perto da sebe, claro, para que não houvesse perigo de ser atropelado. Ele se sentia muito estranho e trêmulo... tanto que simplesmente se levantou e cambaleou ao longo da estrada, sem saber bem aonde estava indo. Ele disse que, se soubesse onde estava, teria voltado ao Bangalô e tentado descobrir o que havia acontecido. Mas se sentia simplesmente idiota e confuso e caminhou sem saber exatamente o que estava fazendo. Estava mais ou menos voltando a si quando a polícia o prendeu.

— Por que a polícia o prendeu? — perguntou Dr. Lloyd.

— Ah! Eu não lhes disse? — disse Jane, arregalando os olhos. — Sou muito estúpida. O roubo.

214   · AGATHA CHRISTIE ·

— Você mencionou um roubo, mas não disse onde, o quê ou por quê — disse Mrs. Bantry.

— Bom, este bangalô, aquele ao qual ele foi, é claro... não era meu, de jeito nenhum. Pertencia a um homem cujo nome era...

Novamente Jane franziu as sobrancelhas.

— Quer que eu seja padrinho de novo? — perguntou Sir Henry. — Pseudônimos fornecidos gratuitamente. Descreva o inquilino e eu farei a nomeação.

— Era de um homem rico da cidade, um cavalheiro.

— Sir Herman Cohen — sugeriu Sir Henry.

— Funcionará perfeitamente. Ele comprou o bangalô para uma moça... ela era esposa de um ator, e era atriz também.

— Vamos chamar o ator de Claud Leason — disse Sir Henry —, e a senhora seria conhecida pelo nome artístico, suponho, então a chamaremos de Miss Mary Kerr.

— Acho o senhor muito inteligente — disse Jane. — Não sei como pensa nessas coisas com tanta facilidade. Vejam bem, era uma espécie de chalé de fim de semana para Sir Herman — o senhor disse Herman? — e a moça. E, claro, sua esposa não sabia nada disso.

— O que acontece com frequência — disse Sir Henry.

— E ele deu a essa atriz muitas joias, incluindo algumas esmeraldas muito bonitas.

— Ah! — disse Dr. Lloyd. — Agora estamos chegando lá.

— Essas joias estavam no bangalô, apenas trancadas em um porta-joias. A polícia disse que era muito descuido, qualquer um poderia ter pegado.

— Veja, Dolly — disse Coronel Bantry. — O que eu sempre lhe digo?

— Bom, pela minha experiência — disse Mrs. Bantry —, são sempre as pessoas terrivelmente cuidadosas que perdem coisas. Não tranco as minhas em um porta-joias, guardo-as soltas em uma gaveta, embaixo das minhas meias. Atrevo-me a dizer que se — qual é o nome dela? — Mary Kerr tivesse feito o mesmo, nunca teria sido roubada.

· OS TREZE PROBLEMAS ·

215

— Teria, sim — disse Jane —, porque todas as gavetas foram abertas e o conteúdo espalhado.

— Então, eles não estavam realmente procurando joias — disse Mrs. Bantry. Estavam procurando documentos secretos. É o que sempre acontece nos livros.

— Nada sei sobre documentos secretos — disse Jane em dúvida. — Não ouvi falar de nenhum.

— Não se distraia, Mrs. Helier — disse Coronel Bantry. — As loucas pistas falsas de Dolly não devem ser levadas a sério.

— Sobre o roubo — disse Sir Henry.

— Sim. Bom, a polícia foi chamada por alguém que disse ser Miss Mary Kerr. Ela disse que o bangalô havia sido roubado e descreveu um jovem ruivo que havia visitado o lugar naquela manhã. Sua criada achou que havia algo estranho nele e impediu sua entrada, mas depois o viram saindo por uma janela. Ela descreveu o homem com tanta precisão que a polícia o prendeu apenas uma hora depois e, então, ele contou sua história e mostrou para eles a minha carta. E, como eu disse a vocês, eles me buscaram e, quando ele me viu, disse o que eu disse a vocês, que não tinha sido eu de verdade!

— Uma história muito curiosa — disse Dr. Lloyd. — Mr. Faulkener conhecia essa Miss Kerr?

— Não, não conhecia... ou disse que não. Mas ainda não contei a vocês a parte mais curiosa. A polícia foi ao bangalô, claro, e encontrou tudo conforme descrito... gavetas abertas e nenhuma joia, mas o lugar estava vazio. Só algumas horas depois é que Mary Kerr voltou e, quando o fez, disse que nunca tinha telefonado para eles e que era a primeira vez que ouvia falar naquilo. Parecia que, naquela manhã, ela recebera um telegrama de um empresário, oferecendo-lhe um papel muito importante e marcando uma reunião, então ela naturalmente correu para a cidade para se encontrar com ele. Quando ela chegou lá, descobriu que a coisa toda era uma farsa. Nenhum telegrama jamais havia sido enviado.

— Um estratagema bastante comum para tirá-la do caminho — comentou Sir Henry. — E quanto aos criados?

— O mesmo tipo de coisa aconteceu aí. Havia apenas uma, e ela foi chamada por telefone... aparentemente por Mary Kerr, que disse que havia deixado uma coisa muito importante para trás. Mandou a empregada levar até ela uma bolsa que estava na gaveta de seu quarto. Ela deveria pegar o primeiro trem. A empregada obedeceu, claro, trancando a casa, mas quando chegou ao clube de Miss Kerr, onde fora instruída a se encontrar com sua patroa, ela esperou lá em vão.

— Hum — disse Sir Henry. — Começo a perceber. A casa estava vazia e entrar por uma das janelas apresentaria poucas dificuldades, imagino. Mas não vejo bem onde Mr. Faulkener se encaixa. Quem ligou para a polícia, se não foi Miss Kerr?

— Isso é o que ninguém sabia ou jamais descobriu.

— Curioso — disse Sir Henry. — O jovem acabou sendo realmente a pessoa que disse ser?

— Ah, sim, essa parte estava correta. Ele até havia mesmo recebido a carta supostamente escrita por mim. Não era nem um pouco parecida com a minha caligrafia, mas, claro, ele não tinha como saber disso.

— Bom, vamos definir a posição com clareza — disse Sir Henry. — Corrija-me se eu estiver errado. A patroa e a empregada foram induzidas a sair de casa. O jovem é seduzido por meio de uma carta falsa, que continha uma dose de verdade pelo fato de que você realmente estava se apresentando em Riverbury naquela semana. O jovem é dopado, e a polícia é acionada e tem suas suspeitas dirigidas contra ele. Realmente ocorreu um roubo. Presumo que as joias tenham sido levadas.

— Ah, sim.

— E foram recuperadas?

— Não, nunca. Acho que, na verdade, Sir Herman tentou abafar o caso de todos os jeitos que podia. Mas ele não conseguiu, e imagino que sua esposa tenha iniciado o processo de divórcio em consequência disso. Ainda assim, realmente não sei nada sobre isso.

— O que aconteceu com Mr. Leslie Faulkener?

— Ele foi liberado. A polícia disse que não tinhas provas suficientes contra ele. Não acham a coisa toda um tanto estranha?

— Muito estranha. A primeira pergunta é: em qual história acreditar? Ao contar isso, Miss Helier, percebi que você tende a acreditar em Mr. Faulkener. Tem algum motivo para isso além de seu próprio instinto em relação ao assunto?

— Não, não — disse Jane, relutante. — Suponho que não. Mas ele foi tão bonzinho e se desculpou por ter me confundido com outra pessoa, que tenho certeza de que ele *deve* ter falado a verdade.

— Entendo — disse Sir Henry sorrindo. — Mas você deve admitir que ele poderia ter inventado a história com bastante facilidade. Poderia ele mesmo ter escrito a carta que alegou ser sua. Também poderia ter se dopado depois de cometer o roubo com sucesso. Mas confesso que não vejo qual seria o objetivo de tudo isso. Mais fácil entrar na casa, servir-se e desaparecer silenciosamente, a menos que estivesse sendo observado por alguém na vizinhança e soubesse disso. Então, ele pode ter tramado apressadamente esse plano para desviar as suspeitas de si mesmo e explicar sua presença na vizinhança.

— Ele tinha dinheiro? — perguntou Miss Marple.

— Acredito que não — disse Jane. — Não, acho que ele não tinha um tostão.

— A coisa toda parece curiosa — disse Dr. Lloyd. — Devo confessar que, se aceitarmos a história do jovem como verdadeira, isso tornará o caso muito mais difícil. Por que a mulher desconhecida que fingia ser Miss Helier precisaria arrastar esse homem desconhecido para o caso? Por que ela deveria encenar uma comédia tão elaborada?

— Diga-me, Jane — disse Mrs. Bantry. O jovem Faulkener chegou a ficar cara a cara com Mary Kerr em alguma fase do processo?

— Não sei bem — disse Jane lentamente, enquanto franzia as sobrancelhas tentando lembrar-se.

— Porque, se não o fez, o caso está resolvido! — disse Mrs. Bantry. — Tenho certeza de que estou certa. O que é mais fácil do que fingir que você foi chamada à cidade? Você telefona para sua empregada de Paddington ou de qualquer estação em que chegue e, enquanto ela se dirige à cidade, você volta para casa. O rapaz chega na hora marcada do compromisso, ele é dopado, você monta a cena do assalto, exagerando na medida do possível. Você telefona para a polícia, dá uma descrição do seu bode expiatório e volta para a cidade. Então, chega em casa em um trem posterior e se faz de inocente surpresa.

— Mas por que ela roubaria as próprias joias, Dolly?

— Elas sempre fazem isso — disse Mrs. Bantry. — E, de qualquer maneira, posso pensar em centenas de motivos. Ela poderia estar precisando de dinheiro imediatamente — o velho Sir Herman não queria lhe dar nada, talvez, então ela fingiu que as joias foram roubadas e depois as vendeu secretamente. Ou ela poderia estar sendo chantageada por alguém que estava ameaçando contar a seu marido ou à mulher de Sir Herman. Ou também poderia já ter vendido as joias, e Sir Herman estava ficando irritado e pedindo para vê-las, então ela precisava fazer algo a respeito. Isso é muito usado nos livros. Ou, talvez, ela tivesse mandado retirar as esmeraldas das joias e as substituído por réplicas de vidro. Ou... aqui está uma ideia muito boa, e não muito mostrada em livros: ela finge que foram roubadas, fica em um estado terrível, e ele lhe dá joias novas. Então, ela fica com dois conjuntos em vez de um. Esse tipo de mulher, tenho certeza, é terrivelmente astuta.

— Você é inteligente, Dolly — disse Jane com admiração.

— Nunca pensei nisso.

— Você pode ser inteligente, mas ela não disse que você está certa — disse Coronel Bantry. — Inclino-me a suspeitar do cavalheiro da cidade. Ele saberia o tipo de telegrama para tirar a senhora do caminho, e poderia administrar o resto facilmente com a ajuda de uma nova amiga. Ninguém parece ter pensado em pedir *para ele* um álibi.

— O que acha, Miss Marple? — perguntou Jane, virando-se para a velha que estava sentada em silêncio, uma expressão intrigada no rosto.

— Minha querida, eu realmente não sei o que dizer. Sir Henry vai rir, mas não me lembro de nenhum paralelo do vilarejo para me ajudar neste momento. Claro, existem várias perguntas que se apresentam. Por exemplo, a questão da criada. Em… hum… uma residência irregular do tipo que você descreve, a criada sem dúvida estaria perfeitamente ciente do estado das coisas, e uma garota realmente boa não aceitaria o emprego… sua mãe não permitiria, nem por um minuto. Então, acho que podemos supor que a criada *não* era uma pessoa realmente confiável. Pode ter feito uma aliança com os ladrões. Deixaria a casa aberta para eles e realmente iria para Londres como se acreditasse na mensagem telefônica falsa, para desviar as suspeitas de si mesma. Devo confessar que essa parece a solução mais provável. Mas, se ladrões comuns estavam envolvidos, isso parece muito estranho. Parece exigir mais conhecimento do que uma criada provavelmente teria.

Miss Marple fez uma pausa e continuou devaneando:

— Não consigo deixar de sentir que havia algum… bom, algo que acho que vou chamar de um "sentimento pessoal" nessa questão toda. Suponha que alguém tivesse um rancor, por exemplo? Uma jovem atriz que ele não havia tratado bem? Não acham que isso explicaria melhor o ocorrido? Uma tentativa deliberada de colocá-lo em apuros. Isso é o que parece. E, ainda assim… não é inteiramente satisfatório. . .

— Ora, doutor, você não disse nada — disse Jane. — Tinha me esquecido do senhor.

— Sempre sou esquecido — disse o médico grisalho com tristeza. — Devo ter uma personalidade muito inconspícua.

— Ah, não! — disse Jane. — Diga-nos o que está pensando.

— Estou em posição de concordar com as soluções de todos e, ainda assim, com nenhuma delas. Eu mesmo tenho uma teoria rebuscada e, provavelmente totalmente errônea, de que a esposa pode ter tido algo a ver com isso. A esposa de Sir Herman, quero dizer. Não tenho motivos para pensar assim, mas ficariam surpresos se soubessem as coisas extraordinárias, realmente *muito* extraordinárias, que uma esposa ofendida é capaz de fazer.

— Ah! Dr. Lloyd — exclamou Miss Marple com entusiasmo. — Que inteligente de sua parte. E nem pensei na pobre Mrs. Pebmarsh.

Jane olhou para ela.

— Mrs. Pebmarsh? Quem é Mrs. Pebmarsh?

— Bom... — Miss Marple hesitou. — Não sei se ela realmente entra na história. Ela é lavadeira. E roubou um alfinete de opala que estava preso em uma blusa e o colocou na casa de outra mulher.

Jane parecia mais confusa que nunca.

— E isso deixa tudo perfeitamente claro para você, Miss Marple? — disse Sir Henry, com um brilho nos olhos.

Mas, para sua surpresa, Miss Marple fez que não com a cabeça.

— Não, temo que não. Devo confessar que estou completamente perdida. O que percebo é que as mulheres devem se unir... uma mulher deve, em uma emergência, defender seu próprio sexo. Acho que essa é a moral da história que Miss Helier nos contou.

— Devo confessar que me escapou esse significado ético particular do mistério — disse Sir Henry solenemente. — Talvez eu entenda o significado de seu argumento com mais clareza quando Miss Helier revelar a solução.

— Hein? — disse Jane parecendo um tanto perplexa.

— Eu estava dizendo que, na linguagem infantil, nós "desistimos". Você e apenas você, Miss Helier, teve a grande honra de apresentar um mistério tão desconcertante que até Miss Marple teve que se confessar derrotada.

— Todos desistiram? — perguntou Jane.

— Sim. — Depois de um minuto de silêncio durante o qual esperou que os outros falassem, Sir Henry tornou-se porta-voz mais uma vez. — Mas, é claro, seguimos defendendo as soluções incompletas que sugerimos em tentativa. Uma para cada um dos meros homens, duas para Miss Marple e cerca de uma dúzia de Mrs. B.

— Não foi uma dúzia — disse Mrs. Bantry. — Foram variações de um tema principal. E quantas vezes devo dizer que eu *não* gosto de ser chamada de Mrs. B?

— Então, vocês todos desistem — disse Jane pensativa. — Isso é muito interessante.

Ela recostou-se na cadeira e começou a polir as unhas distraidamente.

— Bom — disse Mrs. Bantry. — Vamos lá, Jane. Qual é a solução?

— A solução?

— Sim. O que realmente aconteceu?

Jane olhou para ela.

— Não tenho a menor ideia.

— *O quê?*

— Sempre me perguntei. Pensei que vocês, sendo tão espertos, poderiam me dizer.

Todos ficaram bastante aborrecidos. Estava tudo bem Jane ser tão bonita, mas, naquele momento, todos acharam que a estupidez talvez tivesse ido longe demais. Mesmo a beleza mais transcendente não poderia ser desculpa para tanto.

— Quer dizer que a verdade nunca foi descoberta? — disse Sir Henry.

— Não. É por isso que, como eu disse, achei que vocês seriam capazes de me dizer.

Jane pareceu chateada. Estava claro que se sentia no direito de se queixar.

— Bom... estou... estou... — disse Coronel Bantry, sem palavras.

— Você é uma garota muito irritante, Jane — disse Mrs. Bantry. — De qualquer forma, tenho certeza e sempre terei de que estava certa. Se apenas nos disser os nomes verdadeiros das pessoas, terei *bastante* certeza.

— Acho que não posso fazer isso — disse Jane lentamente.

— Não, querida — disse Miss Marple. — Miss Helier não pode fazer isso.

— Claro que pode — disse Mrs. Bantry. — Não seja tão nobre, Jane. Nós, os mais velhos, precisamos de um pouco de escândalo. Pelo menos, diga-nos quem era o magnata da cidade.

Mas Jane fez que não com a cabeça, e Miss Marple, à sua maneira antiquada, continuou a apoiar a garota.

— Deve ter sido uma situação muito angustiante — disse ela.

— Não — disse Jane com sinceridade. — Acho... acho que até gostei.

— Sim, talvez você tenha gostado — disse Miss Marple. — Suponho que tenha sido uma quebra na monotonia. Em que peça você estava atuando?

— *Smith*.

— Ah, sim. Essa é uma das de Mr. Somerset Maugham, não é? Todas as peças dele são muito inteligentes, eu acho. Vi quase todas.

— Você a está revisitando para sair em turnê no próximo outono, não é? — perguntou Mrs. Bantry.

Jane concordou com a cabeça.

— Bom — disse Miss Marple, levantando-se. — Tenho que ir para casa. Está muito tarde! Mas tivemos uma noite muito divertida. Muito fora do comum. Acho que a história de Miss Helier ganha o prêmio. Não concordam?

· OS TREZE PROBLEMAS ·

— Lamento que estejam com raiva de mim — disse Jane.

— Sobre não saber o fim da história, quero dizer. Suponho que deveria ter dito isso antes.

Seu tom pareceu melancólico. Dr. Lloyd mostrou-se galantemente à altura da ocasião.

— Minha cara jovem, por que deveria? Você nos apresentou um problema muito bonito para aguçarmos nossa mente. Só lamento que nenhum de nós o tenha resolvido de forma convincente.

— Fale por você — disse Mrs. Bantry. — Eu *resolvi*. Estou convencida de que estou certa.

— Sabe, eu realmente acredito que está — disse Jane. — O que você disse parece muito provável.

— A qual das sete soluções dela você se refere? — perguntou Sir Henry como provocação.

Gentilmente, Dr. Lloyd ajudou Miss Marple a calçar suas galochas.

— Só por precaução — explicou a senhora.

O médico seria seu acompanhante até seu antigo chalé. Envolvida em vários xales de lã, Miss Marple desejou mais uma vez uma boa noite a todos. Ela foi até Jane Helier por último e, inclinando-se para a frente, murmurou algo no ouvido da atriz. Um assustado "Ah!" saiu como uma explosão de Jane — tão alto que fez com que os outros virassem a cabeça.

Sorrindo e balançando a cabeça, Miss Marple saiu, com Jane Helier olhando para ela.

— Você vai se deitar, Jane? — perguntou Mrs. Bantry. — Qual é o seu problema? Está olhando para o nada como se tivesse visto um fantasma.

Com um suspiro profundo, Jane voltou a si, abriu um belo e desconcertante sorriso aos dois homens e seguiu sua anfitriã escada acima. Mrs. Bantry entrou no quarto da moça com ela.

— Sua lareira está quase apagada — disse Mrs. Bantry, dando uma cutucada violenta e ineficaz na lenha. — Não foi acesa adequadamente. Como as criadas são estúpidas. Mesmo assim, suponho que estejamos indo dormir um pouco tarde hoje. Ora, na verdade já passa de uma da manhã!

— Acha que existem muitas pessoas como ela? — perguntou Jane Helier.

Ela estava sentada na lateral da cama, aparentemente envolta em pensamentos.

— Como a criada?

— Não. Como aquela senhorinha engraçada... qual é o nome dela... Marple?

— Ah! Não sei. Suponho que ela seja um tipo bastante comum em um pequeno vilarejo.

— Puxa vida! — disse Jane. — Não sei o que fazer.

Ela suspirou profundamente.

— Qual o problema?

— Estou preocupada.

— Com o quê?

— Dolly — Jane Helier estava portentosamente solene. — Sabe o que aquela velhinha esquisita sussurrou para mim antes de ir embora?

— Não. O quê?

— Ela disse: "Não faria isso se fosse você, minha querida. Nunca se coloque muito à mercê de outra mulher, mesmo se você achar que ela é sua amiga no momento". Sabe, Dolly, isso é uma verdade terrível.

— A máxima? Sim, talvez seja. Mas não consigo entender como se aplica.

— Suponho que nunca se possa realmente confiar em uma mulher. E eu estaria à mercê dela. Nunca pensei nisso.

— De qual mulher está falando?

— Netta Greene, minha substituta.

— O que diabos Miss Marple sabe sobre sua substituta?

— Suponho que ela tenha adivinhado, mas não entendo como.

— Jane, por favor, pode me dizer de uma vez do que está falando?

— A história. Aquela que contei. Ah, Dolly, aquela mulher, você sabe, aquela que tirou Claud de mim?

Mrs. Bantry assentiu, voltando rapidamente ao primeiro dos infelizes casamentos de Jane — com Claud Averbury, o ator.

— Ele se casou com ela, e eu poderia ter dito a ele como seria. Claud não sabe, mas ela continua a sair com Sir Joseph Salmon. Passa os fins de semana com ele no bangalô de que falei. Eu queria que ela fosse descoberta, gostaria que todos soubessem que tipo de mulher ela é. E, veja você, com um roubo, tudo estaria fadado a ser divulgado.

— Jane! — exclamou Mrs. Bantry. — Você inventou essa história que nos contou?

Jane assentiu.

— Por isso escolhi *Smith*. Uso um uniforme de camareira nessa peça, sabe? Portanto, o teria à disposição. E quando me chamassem à delegacia, seria a coisa mais fácil do mundo dizer que eu estava ensaiando meu papel com minha substituta no hotel. Realmente, é claro, estaríamos no bangalô. Só precisaria abrir a porta e servir os coquetéis, e Netta fingiria ser eu. Ele nunca a veria de novo, claro, então não haveria medo de que ele a reconhecesse. E posso me fazer parecer bem diferente como criada. Além disso, não se olha para criadas como se fossem gente. Planejamos arrastá-lo até a estrada depois, ensacar o porta-joias, telefonar para a polícia e voltar para o hotel. Não gostaria que o pobre rapaz sofresse, mas Sir Henry não parecia achar que ele fosse sofrer, certo? E ela estaria nos jornais e tudo mais... e Claud veria como ela realmente é.

Mrs. Bantry sentou-se e gemeu.

— Ah! Coitada da minha cabeça. E o tempo todo... Jane Helier, sua garota traiçoeira! Contando-nos essa história do jeito que você fez!

— *Sou* uma boa atriz — disse Jane de um jeito complacente. — Sempre fui, seja lá o que as pessoas escolham dizer. Não me denunciei nenhuma vez, não é?

— Miss Marple estava certa — murmurou Mrs. Bantry. — O elemento pessoal. Ah, sim, o elemento pessoal. Jane, minha boa menina, você entende que roubo é roubo e que você poderia ter sido mandada para a prisão?

— Bom, nenhum de vocês adivinhou — disse Jane. — Exceto Miss Marple. — A expressão preocupada voltou ao rosto dela. — Dolly, você *realmente* acha que há muitas como ela?

— Francamente, não acho — disse Mrs. Bantry.

Jane suspirou novamente.

— Ainda assim, é melhor não arriscar. E, é claro, eu estaria nas mãos de Netta... isso é verdade. Ela pode se virar contra mim, me chantagear ou qualquer coisa assim. Ela me ajudou a pensar nos detalhes e jurou ficar do meu lado, mas nunca se sabe de verdade com as mulheres. Não, acho que Miss Marple estava certa. É melhor eu não arriscar.

— Mas, minha querida, você já se arriscou.

— Ah, não. — Jane arregalou bem os olhos azuis. — Você não entendeu? *Nada disso aconteceu ainda*! Eu estava... fazendo uma audição, por assim dizer.

— Não digo que entendo sua gíria teatral — disse Mrs. Bantry com dignidade. — Quer dizer que este é um projeto futuro, não uma ação passada?

— Eu faria isso neste outono, em setembro. Não sei o que fazer agora.

— E Jane Marple adivinhou... adivinhou mesmo a verdade e não nos contou — disse Mrs. Bantry com raiva.

— Acho que foi por isso que ela disse aquela coisa sobre as mulheres ficarem unidas. Ela não me entregaria diante dos homens. Isso foi admirável da parte dela. Não me importo que *você* esteja sabendo, Dolly.

— Então desista da ideia, Jane. Imploro a você.

— Acho que sim — murmurou Miss Helier. — Pode haver outras Miss Marple...

Morte por afogamento

Publicado originalmente em 1931 na *Pall Mall Magazine* de Nash, e contém apenas quatro dos personagens do Clube das Terças-feiras.

Sir Henry Clithering, ex-comissário da Scotland Yard, estava hospedado com seus amigos, os Bantry, em sua casa perto do pequeno vilarejo de St. Mary Mead.

Na manhã de sábado, descendo para o café da manhã na agradável hora de hóspede, 10h15, quase colidiu com sua anfitriã, Mrs. Bantry, na porta da sala de refeições. Ela estava saindo apressada do cômodo, evidentemente em um estado de agitação e angústia.

Coronel Bantry estava sentado à mesa, o rosto um pouco mais vermelho que de costume.

— Bom dia, Clithering — disse ele. — Bom dia. Fique à vontade.

Sir Henry obedeceu. Quando se sentou com um prato de rins e bacon à sua frente, seu anfitrião continuou:

— Dolly está um pouco transtornada esta manhã.

— Sim... hum... imaginei que sim — disse Sir Henry suavemente.

Ele ficou imaginando o motivo. Sua anfitriã tinha temperamento plácido, pouco dada a destemperanças ou aflições. Pelo que Sir Henry sabia, ela se preocupava profundamente com um único assunto: jardinagem.

— Sim — disse Coronel Bantry. — As notícias que recebemos esta manhã a perturbaram. Uma menina do vilarejo, filha de Emmott, dono do pub O Javali Azul.

— Ah sim, claro.

— Pois é — disse Coronel Bantry, ruminando. — Bela menina. Meteu-se em apuros. A mesma história de sempre. Estava discutindo com Dolly sobre isso. Imprudente da minha parte. As mulheres nunca têm bom senso. Dolly ficou totalmente nervosa pela garota... sabe como são as mulheres... os homens são brutos... tudo o mais etc. Mas não é tão simples assim... não nos dias de hoje. As garotas sabem o que fazem. O sujeito que seduz uma garota não é necessariamente um vilão. É quase meio a meio. Eu bem que gostava do jovem Sandford. Mais para um jovem asno do que um Don Juan, isso eu tenho que dizer.

— Foi esse tal de Sandford que meteu a garota em apuros?

— É o que parece. Claro que não sei de nada pessoalmente — disse o coronel com cautela. — É tudo mexerico e falatório. Você sabe como é este lugar! Como disse, não *sei* de nada. E não sou como Dolly, tirando conclusões precipitadas e lançando acusações por toda parte. Maldição, é preciso ter cuidado com o que se diz. Você sabe... inquérito e tudo mais.

— Inquérito?

Coronel Bantry encarou o hóspede.

— Sim. Eu não te disse? A menina se afogou. Por isso toda a comoção.

— Que situação desagradável — disse Sir Henry.

— Claro que é. Não gosto de pensar nisso. Pobre moça. Seu pai é um homem difícil, em muitos aspectos. Suponho que ela simplesmente tenha sentido que não conseguiria enfrentar as consequências.

Ele fez uma pausa.

— É isso que deixa Dolly tão chateada.

— Onde ela se afogou?

— No rio. Logo abaixo do moinho, onde a correnteza é muito rápida. Há uma trilha e uma ponte para atravessá-lo. Acham que ela se jogou dela. Bom, não vale a pena pensar nisso.

E com um farfalhar portentoso, Coronel Bantry abriu seu jornal e começou a distrair sua mente desses assuntos dolorosos, absorvendo as mais novas iniquidades do governo.

Sir Henry estava apenas ligeiramente interessado na tragédia do vilarejo. Depois do café da manhã, acomodou-se em uma cadeira confortável no gramado, inclinou o chapéu sobre os olhos e contemplou a vida de um ângulo pacífico.

Eram cerca de 11h30 quando uma criada bem arrumada atravessou o gramado aos tropeços.

— Por favor, senhor, Miss Marple está aí e gostaria de vê-lo.

— Miss Marple?

Sir Henry sentou-se e endireitou o chapéu. O nome o surpreendeu. Ele lembrava-se muito bem de Miss Marple... seus modos gentis e quietos de velha solteirona, sua incrível concentração. Ele lembrou-se de uma dúzia de casos hipotéticos e não resolvidos, e como, em cada caso, essa típica "velha solteirona de vilarejo" havia se adiantado infalivelmente para encontrar a solução certa para o mistério. Sir Henry tinha um respeito muito grande por Miss Marple. Ele se perguntou o que a havia levado a procurá-lo.

Miss Marple estava sentada na sala de estar, muito alinhada como sempre, uma cesta de mercado importada e colorida ao seu lado. Suas bochechas estavam bastante rosadas, e ela parecia nervosa.

— Sir Henry, estou tão feliz. Tão feliz em encontrar o senhor. Acabei de saber que estava hospedado aqui... Espero que me perdoe...

— É um grande prazer — disse Sir Henry, cumprimentando-a com um aperto de mão. — Receio que Mrs. Bantry esteja fora.

— Eu sei — disse Miss Marple. — Eu a vi conversando com Footit, o açougueiro, quando passei. Henry Footit, o cachorro dele, foi atropelado ontem... Um daqueles fox terriers de pelo liso, bastante robusto e briguento, que os açougueiros sempre parecem ter.

— Sim — disse Sir Henry, prestativo.

— Estou feliz por ter chegado enquanto ela ainda não está em casa — continuou Miss Marple. — Porque era o senhor que eu queria ver. Para falar sobre este triste caso.

— Henry Footit? — perguntou Sir Henry, ligeiramente perplexo.

Miss Marple lançou-lhe um olhar de reprovação.

— Não, não! Rose Emmott, é claro. Ouviu falar?

Sir Henry meneou a cabeça.

— Bantry estava me contando. Muito triste.

Ele ficou um pouco confuso. Não conseguia entender por que Miss Marple desejava falar com ele sobre Rose Emmott.

Miss Marple voltou a se sentar. Sir Henry também se sentou. Quando a velha senhora falou novamente, seus modos haviam mudado. Ficou séria e tinha uma certa dignidade.

— O senhor deve se lembrar, Sir Henry, que em uma ou duas ocasiões jogamos um tipo de jogo realmente agradável. Propondo mistérios e oferecendo soluções. O senhor teve a gentileza de dizer que eu... não tinha me saído muito mal.

— A senhora derrotou a todos nós — disse Sir Henry calorosamente. — Demonstrou uma inteligência genial para chegar à verdade. E sempre exemplificou, lembro-me, com algum paralelo do vilarejo que havia lhe fornecido a pista.

Ele sorria enquanto falava, mas Miss Marple não abriu um sorriso. Permanecia muito concentrada.

— O que o senhor disse me encorajou a vir até aqui agora. Sinto que se disser algo para o senhor, pelo menos não vai rir de mim.

Ele percebeu de repente que ela estava falando sério.

— Certamente, não o farei — disse ele gentilmente.

— Sir Henry, essa garota, Rose Emmott. Ela não se afogou... *ela foi assassinada*... E eu sei quem a matou.

Sir Henry ficou em um silêncio de puro espanto por uns três segundos. A voz de Miss Marple estava perfeitamente baixa e modulada. Ela parecia ter feito a declaração mais comum do mundo pela emoção que demonstrava.

— Essa é uma declaração muito grave, Miss Marple — disse Sir Henry quando recuperou o fôlego.

Ela meneou a cabeça suavemente várias vezes.

— Eu sei, eu sei, é por isso que vim até o senhor.

234 · AGATHA CHRISTIE ·

— Mas, minha cara senhora, não sou a pessoa certa a quem recorrer. Sou apenas um civil hoje em dia. Se a senhora tem informações a respeito do que alega, deve ir à polícia.

— Acho que não posso fazer isso — disse Miss Marple.

— Mas por que não?

— Porque, veja o senhor, não tenho nenhuma... como o senhor disse... *informação*.

— Quer dizer que é apenas um palpite de sua parte?

— O senhor pode chamar assim, se quiser, mas não é isso, na verdade. Eu *sei*. Estou em posição de saber, mas se eu explicasse minhas razões para o Inspetor Drewitt... bom, ele simplesmente riria. E, realmente, não sei se o culparia. É muito difícil entender o que se pode chamar de conhecimento especializado.

— Tal como? — sugeriu Sir Henry.

Miss Marple sorriu um pouco.

— Se eu lhe dissesse que sei disso por causa de um homem chamado Peasegood, que confundiu nabos com cenouras quando apareceu com uma carroça e vendeu legumes para minha sobrinha há vários anos...

Ela fez uma pausa eloquente.

— Um nome muito apropriado para o ofício — murmurou Sir Henry. — A senhora quer dizer que está simplesmente julgando pelos fatos de um caso paralelo.

— Conheço a natureza humana — disse Miss Marple. — É impossível não conhecer a natureza humana tendo morado em um vilarejo todos esses anos. A questão é: o senhor acredita em mim ou não?

Ela olhou para ele de forma muito direta. O rubor cor-de-rosa aumentou nas bochechas da mulher. Seus olhos encaravam os dele sem vacilar.

Sir Henry era um homem com uma vasta experiência de vida. Tomava suas decisões rapidamente, sem rodeios. Por mais improvável e fantasiosa que a afirmação de Miss Marple pudesse parecer, ele percebeu imediatamente que a aceitava.

— Eu *acredito* na senhora, sim, Miss Marple. Mas não entendo o que a senhora quer que eu faça a respeito, ou por que veio até mim.

— Pensei muito a respeito disso — disse Miss Marple. — Como disse, seria inútil ir à polícia sem fatos. Não os tenho. O que pediria ao senhor é que se interessasse pelo assunto... Inspetor Drewitt ficaria muito lisonjeado, tenho certeza. E, claro, se o assunto for mais longe, Coronel Melchett, chefe da polícia, tenho certeza, fará tudo que o senhor sugerir.

Ela olhou para ele suplicante.

— E quais dados a senhora me dará para trabalhar?

— Pensei... — disse Miss Marple — em escrever um nome... o nome... em um pedaço de papel e entregar ao senhor. Então, se, na investigação, o senhor decidir que a... a *pessoa*... não está envolvida de forma alguma... aí então, estarei totalmente enganada.

Ela fez uma pausa e acrescentou com um leve tremor.

— Seria tão terrível... tão terrível, se uma pessoa inocente fosse enforcada.

— Que diabos... — gritou Sir Henry, assustado.

Ela virou um rosto angustiado para ele.

— Posso estar errada, embora não acredite nisso. O Inspetor Drewitt, veja o senhor, é realmente um homem inteligente. Mas uma inteligência medíocre às vezes é mais perigosa. Não vai longe o bastante.

Sir Henry olhou para ela com curiosidade.

Atrapalhando-se um pouco, Miss Marple abriu uma pequena bolsa, tirou um caderninho, arrancou uma folha, escreveu cuidadosamente um nome nela e dobrou-a no meio, entregando-a então a Sir Henry.

Ele a abriu e leu o nome. Para ele não significava nada, mas suas sobrancelhas ergueram-se um pouco. Ele olhou para Miss Marple e enfiou o pedaço de papel no bolso.

— Bom — disse ele. — É uma situação bastante extraordinária. Nunca fiz nada parecido antes. Mas vou agir conforme a minha opinião... minha opinião a respeito da *senhora*, Miss Marple.

Sir Henry estava sentado em uma sala com Coronel Melchett, o chefe da polícia do condado, e Inspetor Drewitt.

O chefe da polícia era um homenzinho de postura agressivamente militar. O inspetor era grande, largo e eminentemente sensato.

— Realmente sinto que estou me intrometendo — disse Sir Henry com seu sorriso agradável. — Não consigo explicar por que estou fazendo isso. (Verdade absoluta, isso!)

— Meu caro colega, estamos encantados. É uma grande honra.

— Estamos honrados, Sir Henry — disse o inspetor.

O chefe da polícia estava pensando: "Deve estar morto de tédio, pobre sujeito, hospedado com os Bantry. O velho falando impropérios do governo, e a velha tagarelando sobre bulbos".

O inspetor estava pensando: "Pena que não estejamos enfrentando um caso mais desafiador. Um dos melhores cérebros da Inglaterra, ouvi dizer. Pena que tudo seja tão simples".

Em voz alta, o chefe da polícia disse:

— Receio que seja tudo muito sórdido e direto. A primeira ideia era que a menina havia se jogado. Ela estava grávida, entende. No entanto, nosso médico, Haydock, é um sujeito cuidadoso. Ele notou os hematomas em cada braço... parte superior do braço. Causados antes da morte. Exatamente onde um sujeito a teria segurado pelos braços e a atirado.

— Isso exigiria muita força?

— Acho que não. Não deve ter havido luta... a garota foi pega de surpresa. É uma passarela de madeira escorregadia. A coisa mais fácil do mundo seria derrubá-la... não há corrimão daquele lado.

— O senhor tem certeza de que a tragédia ocorreu lá?

— Sim. Temos um garoto, Jimmy Brown, de 12 anos. Ele estava no bosque do outro lado. Ouviu uma espécie de grito vindo da ponte e um barulho de água. Estava anoitecendo, veja bem... era difícil enxergar qualquer coisa. Logo ele viu algo branco boiando na água e correu para buscar ajuda. A moça foi resgatada, mas era tarde demais para reanimá-la.

Sir Henry meneou a cabeça.

— O menino não viu ninguém na ponte?

— Não. Mas, como lhe digo, era crepúsculo e há sempre névoa pairando por ali. Vou interrogá-lo para saber se ele viu alguém logo depois ou um pouco antes. Veja, ele supôs naturalmente que a garota havia se jogado. Todo mundo achou isso no início.

— Mesmo assim, nós pegamos o bilhete — disse Inspetor Drewitt. Ele voltou-se para Sir Henry.

— O bilhete no bolso da garota morta, senhor. Foi escrito com uma espécie de lápis de desenho, e, por mais difícil que tenha sido, conseguimos lê-lo.

— E o que dizia?

— Era do jovem Sandford. "Tudo bem", era o que havia no papel. "Te encontro na ponte às 20h30. — R.S." Bom, eram 20h30, ou poucos minutos depois, quando Jimmy Brown ouviu o grito e o barulho.

— O senhor chegou a conhecer Sandford? — continuou Coronel Melchett. — Ele está aqui há cerca de um mês. Um desses jovens arquitetos modernos que constroem casas peculiares. Está fazendo uma casa para Allington. Só Deus sabe como será... cheia de novidades, suponho. Mesa de jantar de vidro e cadeiras cirúrgicas em aço e correias. Bom, nada disso importa de verdade, mas mostra o tipo de sujeito que Sandford é. Combativo, sabe... sem moral.

— A sedução — disse Sir Henry suavemente — é um crime bastante antigo, embora, é claro, não seja mais velha que o assassinato.

Coronel Melchett ficou olhando.

— Ah, sim! — disse ele. — Claro. Claro.

— Bom, Sir Henry — disse Drewitt —, aí está... uma situação feia, porém simples. Este jovem Sandford coloca a garota em apuros. E, então, está pronto para retornar a Londres. Tem uma namorada lá, uma jovem simpática, e se casará com ela. Bom, naturalmente, a situação, se ela ficar sabendo, pode arruinar tudo, sem dúvida. Ele encontra Rose na ponte, é uma noite nublada, ninguém está por perto, ele a pega pelos ombros e a joga. Um jovem extremamente cruel, na verdade, e merece o que acontecerá com ele. É a minha opinião.

Sir Henry ficou em silêncio por um minuto ou dois. Percebeu uma forte tendência de preconceito local. Um arquiteto inovador provavelmente não seria popular no vilarejo conservador de St. Mary Mead.

— Não há dúvida, suponho, de que esse homem, Sandford, era realmente o pai da criança que estava por vir? — perguntou ele.

— Ele é o pai, sim — disse Drewitt. — Rose Emmott disse isso ao pai dela. Ela pensou que ele se casaria com ela. Casar-se com ela! Ele, não!

"Minha nossa", pensou Sir Henry. "Parece que estou em um melodrama vitoriano. Garota desavisada, o vilão de Londres, o pai severo, a traição... só precisamos do amante fiel do vilarejo. Sim, acho que é hora de perguntar sobre ele."

E em voz alta ele disse:

— A garota não tinha um namorado por aqui?

— O senhor quer dizer Joe Ellis? — disse o inspetor. — Um bom rapaz, Joe. Trabalha com carpintaria. Ah! Se ela tivesse ficado com Joe...

Coronel Melchett acenou com a cabeça em aprovação.

— Ficado entre seus iguais. — ele retrucou.

— Como Joe Ellis reagiu a esse caso? — perguntou Sir Henry.

— Ninguém sabia como ele estava reagindo — disse o inspetor. — Ele é um sujeito quieto, assim é o Joe. Fechado. Qualquer coisa que Rose fizesse estava certa aos olhos dele. Ela o tinha na mão, sim. Só esperava que ela voltasse para ele algum dia... essa foi a postura dele, acho.

— Gostaria de vê-lo — disse Sir Henry.

— Ah! Vamos procurá-lo — disse Coronel Melchett. — Não estamos negligenciando nenhuma linha de investigação. Pensei em vermos Emmott primeiro, depois Sandford, e então podemos ir ver Ellis. Funciona para o senhor, Clithering?

Sir Henry disse que seria admiravelmente adequado.

Eles encontraram Tom Emmott no Javali Azul. Era um homem grande e corpulento de meia-idade com olhar suspeito e uma mandíbula truculenta.

— É um prazer vê-los, cavalheiros. Bom dia, Coronel. Entrem e podemos ficar mais à vontade. Posso oferecer algo, senhores? Não? Como quiserem. Vieram falar sobre o que aconteceu com minha pobre menina. Ah! Rose era uma boa menina, era sim. Sempre foi uma boa menina... até que esse porco desgraçado... me desculpem, mas é isso que ele é, apareceu. Prometeu casamento a ela, prometeu. Mas a lei vai cobrá-lo pelo que fez. Ele a levou a isso, sim. Porco assassino. Trazendo desgraça para todos nós. Minha pobre menina.

— Sua filha lhe disse claramente que Mr. Sandford era o responsável por sua condição? — perguntou Melchett secamente.

— Sim, disse. Me contou nesta mesma sala.

— E o que o senhor disse a ela? — perguntou Sir Henry.

— A ela? — O homem pareceu momentaneamente surpreso.

— Sim. O senhor não ameaçou, por exemplo, expulsá-la de casa?

— Fiquei um pouco chateado, isso é natural. Tenho certeza de que concordarão que isso é natural. Mas, claro, não a expulsei de casa. Não poderia fazer uma coisa dessas. — Ele assumiu uma indignação virtuosa. — Não. Para que serve a lei... é o que eu digo. Para que serve? Ele tinha que ter feito a coisa certa por ela. E se não fez, por Deus, ele precisa pagar.

Ele bateu com o punho na mesa.

— Que horas o senhor viu sua filha pela última vez? — perguntou Melchett.

— Ontem, na hora do chá.

— E como ela estava?

240   · AGATHA CHRISTIE ·

— Bom, como sempre. Não notei nada diferente. Se eu soubesse...

— Mas o senhor não sabia — disse o inspetor secamente. Eles despediram-se.

— Emmott não passa uma impressão nem um pouco favorável — disse Sir Henry, pensativo.

— Um pouco desonesto — disse Melchett. — Ele teria muito bem sangrado Sandford se tivesse tido oportunidade.

A próxima visita foi ao arquiteto. Rex Sandford era muito diferente da imagem que Sir Henry havia formado dele inconscientemente. Era um jovem alto, muito loiro e muito magro. Seus olhos eram azuis e sonhadores, seus cabelos estavam desgrenhados e compridos demais. Sua fala era levemente feminina.

Coronel Melchett apresentou-se e a seus companheiros. Em seguida, passando direto ao objeto de sua visita, ele convidou o arquiteto a fazer uma declaração sobre seu paradeiro na noite anterior.

— O senhor compreende — disse ele em advertência. — Não tenho poder para obrigá-lo a falar, e qualquer declaração que fizer pode ser usada como prova contra o senhor. Quero que esta situação fique bem clara.

— Eu... Eu não entendo — disse Sandford.

— Sabe que a garota Rose Emmott se afogou noite passada?

— Sei. Ai! É angustiante demais, demais. De verdade, não preguei os olhos. Fiquei incapaz de realizar qualquer trabalho hoje. Sinto-me responsável... terrivelmente responsável.

Ele passou as mãos pelos cabelos, deixando-os ainda mais desgrenhados.

— Nunca tive a intenção de causar qualquer mal — disse ele, lastimoso. — Nunca pensei. Nunca imaginei que ela reagiria assim.

Ele se sentou à mesa e escondeu o rosto nas mãos.

— Entendo corretamente, Mr. Sanford, que o senhor está dizendo que se recusa a fazer uma declaração sobre onde estava ontem à noite às 20h30?

— Não, não... certamente não. Eu estava fora. Fui dar uma volta.

— Foi encontrar-se com Miss Emmott?

— Não. Fui sozinho. Pelo bosque. Uma caminhada longa.

— Então, como explica este bilhete, senhor, que foi encontrado no bolso da garota morta?

E Inspetor Drewitt o leu sem emoção em voz alta.

— Agora, senhor — terminou ele. — Nega ter escrito isso?

— Não, não! O senhor tem razão. Eu escrevi. Rose pediu-me para encontrá-la. Ela insistiu. Eu não sabia o que fazer. Então, escrevi esse bilhete.

— Ah, assim está melhor — disse o inspetor.

— Mas não fui! — A voz de Sandford ficou alta e agitada. — Eu não fui! Achei que seria melhor não ir. Voltaria para a cidade amanhã. Achei que seria melhor não... não nos encontrarmos. Pretendia escrever de Londres e... propor... propor algum acordo.

— O senhor está ciente de que a garota esperava um filho e que ela o havia apontado como o pai?

Sandford gemeu, mas não respondeu.

— Essa afirmação é verdadeira, senhor?

Sandford abaixou ainda mais a cabeça.

— Acho que sim — disse ele em voz abafada.

— Ah! — O inspetor não conseguiu disfarçar a satisfação. — Agora, sobre esta sua "caminhada". Alguém viu o senhor ontem à noite?

— Não sei. Acho que não. Pelo que me lembro, não vi ninguém.

— É uma pena.

— O que quer dizer? — Sandford encarou-o fixamente. — O que importa se saí para dar uma caminhada ou não? Que diferença isso faz no afogamento de Rose?

— Ah! — disse o inspetor. — Mas, veja bem, *ela não se afogou*. Ela foi jogada deliberadamente, Mr. Sandford.

— Ela foi... — Demorou um ou dois minutos para compreender todo o horror daquilo. — Meu Deus! Então...

Ele deixou-se cair em uma cadeira.

Coronel Melchett fez menção de partir.

— O senhor entende, Sandford — disse ele —, que não deve, de forma alguma, sair desta casa.

Os três homens saíram juntos. O inspetor e o chefe da polícia trocaram olhares.

— Acho que é o suficiente, senhor — disse o inspetor.

— Sim. Peça um mandato e prenda-o.

— Com licença — disse Sir Henry —, esqueci minhas luvas.

Ele voltou e entrou no local rapidamente. Sandford estava sentado exatamente como o haviam deixado, olhando atordoado adiante.

— Voltei — disse Sir Henry — para lhe dizer que, pessoalmente, estou disposto a fazer tudo o que puder para ajudá-lo. Não tenho liberdade para revelar o motivo do meu interesse por você. Mas vou pedir-lhe que me conte, se quiser, o mais brevemente possível, o que exatamente se passou entre o senhor e essa garota, Rose.

— Ela era muito bonita — disse Sandford. — Muito bonita e muito atraente. E… e ela estava determinada a me conquistar. Juro por Deus, é verdade. Ela não me deixava em paz. E eu estava muito sozinho aqui, ninguém gostava muito de mim e… e, como disse, ela era incrivelmente bonita e parecia saber o que estava fazendo e tudo o mais… — A voz dele emudeceu. Ele olhou para cima. — E, então, isso aconteceu. Ela queria que eu me casasse com ela. Eu não sabia o que fazer. Estou noivo de uma garota em Londres. Se ela algum dia souber disso… e ela saberá, claro… bom, estará tudo acabado. Ela não entenderá. Como poderia? Sou um canalha, claro. Como já disse, não sabia o que fazer. Evitei ver Rose novamente. Pensei em voltar para a cidade, falar com meu advogado e propor algum acordo, algum valor em dinheiro e assim por diante. Deus, que idiota eu fui! E fica tudo tão evidente… o caso contra mim. Mas eles cometeram um erro. Ela *deve* ter feito isso por conta própria.

— Ela alguma vez ameaçou tirar a própria vida?

Sandford fez que não com a cabeça.

— Nunca. Não poderia imaginar que ela era desse tipo.

— Que tal um homem chamado Joe Ellis?

— O carpinteiro? O bom e velho carpinteiro do vilarejo. Sujeito aborrecido, mas louco por Rose.

— Ele pode ter ficado com ciúmes? — sugeriu Sir Henry.

— Suponho que um pouco, talvez, mas é do tipo obtuso. Sofreria em silêncio.

— Bom — disse Sir Henry. — Preciso ir.

Ele se juntou aos outros.

— Sabe, Melchett — disse ele, — acho que devemos dar uma olhada nesse outro sujeito, Ellis, antes de tomar qualquer decisão drástica. Seria uma pena mandar prender alguém e isso acabar se provando um erro. Afinal, o ciúme é um motivo muito bom para o assassinato, e bastante comum também.

— Isso é verdade — disse o inspetor. — Mas Joe Ellis não é desse tipo. Ele não machucaria uma mosca. Ora, ninguém nunca o viu destemperado. Mesmo assim, concordo que é melhor perguntarmos onde ele estava ontem à noite. Ele deve estar em casa agora. Hospeda-se com Mrs. Bartlett, uma alma muito decente, viúva, que lava roupa para fora.

O pequeno chalé para o qual se dirigiram estava imaculadamente limpo e arrumado. Uma mulher grande e robusta de meia-idade abriu a porta para eles. Tinha um rosto agradável e olhos azuis.

— Bom dia, Mrs. Bartlett — disse o inspetor. — Joe Ellis está?

— Chegou faz menos de dez minutos — disse Mrs. Bartlett. — Entrem, por favor, senhores.

Enxugando as mãos no avental, ela os conduziu a uma minúscula sala de estar com pássaros empalhados, cachorros de porcelana, um sofá e vários móveis inúteis.

Ela providenciou apressadamente assentos para eles, arrastou uma cantoneira para abrir mais espaço e saiu chamando:

— Joe, tem três cavalheiros aqui querendo vê-lo.

Uma voz da cozinha dos fundos respondeu:

— Vou até aí depois que me lavar.

Mrs. Bartlett sorriu.

— Venha, Mrs. Bartlett — disse Coronel Melchett. — Sente-se.

— Ah, não, senhor, nem poderia pensar nisso.

Mrs. Bartlett ficou chocada com a ideia.

— A senhora acha Joe Ellis um bom inquilino? — perguntou Melchett em um tom aparentemente desatento.

— Não poderia ser melhor, senhor. Um jovem realmente adorável. Nunca chegou perto de uma gota de bebida. Tem orgulho de seu trabalho. E é sempre gentil e prestativo aqui em casa. Pregou aquelas prateleiras para mim, e instalou uma nova cômoda na cozinha. E qualquer coisinha que precise ser feita na casa, ora, Joe faz como se fosse algo natural e quase não aceita agradecimentos por isso. Ah! Não há muitos jovens como Joe, senhor.

— Alguma garota terá sorte algum dia — disse Melchett, indiferente. — Ele era muito afeiçoado àquela pobre garota, Rose Emmott, não era?

Mrs. Bartlett suspirou.

— Isso me cansava, cansava mesmo. Ele adorava o chão que ela pisava, e ela não se importava nem um pouco com ele.

— Onde Joe passa as noites, Mrs. Bartlett?

— Aqui, senhor, geralmente. Ele faz algum trabalho extra à noite, às vezes, e está tentando aprender a contabilidade por correspondência.

— Ah! Entendi. Ele estava em casa ontem à noite?

— Sim, senhor.

— Tem certeza, Mrs. Bartlett? — disse Sir Henry asperamente.

Ela se virou para ele.

— Certeza absoluta, senhor.

— Ele não saiu, por exemplo, para algum lugar por volta das 20h ou 20h30?

— Ah, não — Mrs. Bartett riu. — Ele passou quase toda a noite instalando a cômoda da cozinha para mim, e eu estava ajudando.

Sir Henry olhou para o rosto sorridente e seguro dela e sentiu a primeira pontada de dúvida.

Um momento depois, o próprio Ellis entrou na sala.

Era um jovem alto de ombros largos, muito bonito, de um jeito rústico. Tinha olhos azuis tímidos e um sorriso bem-humorado. No geral, um jovem gigante amável.

Melchett iniciou a conversa. Mrs. Bartlett retirou-se para a cozinha.

— Estamos investigando a morte de Rose Emmott. Você a conhecia, Ellis.

— Sim. — Ele hesitou, depois murmurou: — Esperava me casar com ela um dia. Pobre moça.

— Você já soube em qual condição ela estava?

— Sim. — Uma faísca de raiva apareceu em seus olhos. — Ele a decepcionou, mesmo. Mas foi o melhor que poderia ter acontecido. Ela não teria sido feliz casada com ele. Imaginei que ela fosse me procurar quando isso aconteceu. Eu teria cuidado dela.

— Apesar de...

— Não foi culpa dela. Ele a desviou com belas promessas e tudo o mais. Ah! Ela me contou sobre isso. Ela não tinha por que se afogar. Ele não valia a pena.

— Onde você estava, Ellis, ontem à noite, às 20h30?

Era a fantasia de Sir Henry ou realmente havia uma sombra de constrangimento na resposta pronta — quase pronta demais?

— Estava por aqui. Dando um jeito em um negócio na cozinha para Mrs. B. O senhor pode perguntar a ela. Ela vai confirmar.

"Ele foi muito rápido em sua resposta", pensou Sir Henry. "É um homem de pensamento mais lento. A frase saiu tão rápida que suspeito que ele já a havia preparado de antemão."

Então, ele disse a si mesmo que era só imaginação. Estava imaginando coisas — sim, até mesmo imaginando um brilho apreensivo naqueles olhos azuis.

Mais algumas perguntas e respostas e eles partiram. Sir Henry deu uma desculpa para ir à cozinha. Mrs. Bartlett estava ocupada no fogão. Ela olhou para cima com um sorriso agradável. Uma nova cômoda estava fixada na parede. Não estava totalmente concluída. Algumas ferramentas estavam espalhadas, assim como alguns pedaços de madeira.

— Foi nisso que Ellis trabalhou ontem à noite? — disse Sir Henry.

— Sim, senhor, um belo trabalho, não é? Joe é um carpinteiro muito perspicaz.

Nenhum brilho apreensivo em seus olhos, nenhum constrangimento.

Mas Ellis... ele tinha imaginado aquilo? Não, *havia* alguma coisa ali.

"Devo confrontá-lo", pensou Sir Henry.

Virando-se para sair da cozinha, ele colidiu com um carrinho de bebê.

— Espero que não tenha acordado o bebê — disse ele.

A risada de Mrs. Bartlett ecoou.

— Ah, não, senhor! Não tenho filhos, é uma pena. É nisso aí que eu carrego roupa para lavar, senhor.

— Ah! Entendo.

Ele fez uma pausa e disse em um impulso:

— Mrs. Bartlett. A senhora conhecia Rose Emmott. Diga-me o que realmente achava dela.

Ela olhou para ele com curiosidade.

— Bom, senhor, achava que era volúvel. Mas agora está morta e não gosto de falar mal dos mortos.

— Mas tenho um motivo... um motivo muito bom para perguntar.

Ele falava de forma persuasiva.

Ela pareceu considerar, estudando-o atentamente. Finalmente, ela se decidiu.

— Ela não prestava, senhor — disse ela calmamente. — Não poderia dizer isso na frente de Joe. Ela passava o rapaz para trás direitinho. Tipinho esperto... é uma pena. Sabe como é, senhor.

Sim, Sir Henry sabia. Os Joes Ellis do mundo eram particularmente vulneráveis. Confiavam cegamente. Mas, por essa mesma causa, o choque da descoberta podia ser maior. Ele saiu do chalé desconcertado e perplexo. Não tinha como prosseguir. Joe Ellis tinha trabalhado dentro de casa à noite no dia anterior. Mrs. Bartlett havia estado lá, observando-o. Seria possível contornar isso? Não havia nada a opor a isso, exceto, possivelmente, aquela prontidão suspeita em responder da parte de Joe Ellis, aquela sugestão de ter uma história pronta.

— Bom — disse Melchett —, isso parece deixar o assunto bem claro, hein?

— É verdade, senhor — concordou o inspetor. — Sandford é nosso homem. Não tem nada em que se apoiar. É tão claro quanto a luz do dia. É minha opinião, já que a menina e seu pai pretendiam praticamente chantageá-lo. Ele não tem dinheiro que valha a pena... não queria que o assunto chegasse aos ouvidos de sua namorada. Estava desesperado e agiu de acordo. O que acha, senhor? — acrescentou, dirigindo-se a Sir Henry com deferência.

— Parece que sim — admitiu Sir Henry. — E, no entanto, mal consigo imaginar Sandford cometendo qualquer ação violenta.

Mas ele sabia enquanto falava que essa objeção era pouco válida. O animal mais manso, quando encurralado, é capaz de ações inacreditáveis.

— No entanto, eu gostaria de ver o garoto — disse ele de repente. — Aquele que ouviu o grito.

Jimmy Brown provou ser um rapaz inteligente, pequeno para a idade, com um rosto afiado e bastante astuto. Ele foi dedicado quando interrogado, e ficou um tanto decepcionado por sua história estar sendo verificada.

— Você estava do outro lado da ponte, pelo que entendi — disse Sir Henry. — Do outro lado do rio, em frente ao vilarejo. Você viu alguém daquele lado enquanto passava pela ponte?

— Havia alguém andando pelo bosque. Acho que era Mr. Sandford, o arquiteto que está construindo a casa esquisita.

Os três homens trocaram olhares.

— Isso aconteceu cerca de dez minutos antes de você ouvir o grito?

O menino fez que sim com a cabeça.

— Viu mais alguém... na margem do vilarejo?

— Um homem vinha pela beira do rio daquele lado. Estava indo devagar e assobiando. Talvez fosse Joe Ellis.

— Você não poderia ter visto quem era — disse o inspetor bruscamente. — Por causa da névoa e do crepúsculo.

— É por causa do assobio — disse o menino. — Joe Ellis sempre assobia a mesma música... *Quero ser feliz...* é a única música que ele conhece.

Ele falava com o desprezo de um modernista pelo antiquado.

— Qualquer um pode assobiar uma música — disse Melchett. — Ele estava indo em direção à ponte?

— Não. Ao contrário, para o vilarejo.

— Não acho que devemos nos preocupar com esse homem desconhecido — disse Melchett. — Você ouviu o grito e o barulho de água e, alguns minutos depois, viu o corpo boiando rio abaixo e correu para pedir ajuda, voltando para a ponte, atravessando-a e indo direto para o vilarejo. Não viu ninguém perto da ponte enquanto corria para pedir ajuda?

— Acho que havia dois homens com um carrinho de mão na beira do rio, mas estavam um pouco longe e eu não sabia se estavam indo ou vindo, e a casa de Mr. Giles estava mais próxima, então corri para lá.

— Você se saiu bem, meu rapaz — disse Melchett. — Agiu de um jeito muito louvável e com presença de espírito. Você é escoteiro, não é?

— Sim, senhor.

· OS TREZE PROBLEMAS ·

249

— Muito bom. Realmente muito bom.

Sir Henry ficou em silêncio... pensando. Tirou um pedaço de papel do bolso, olhou para ele e balançou a cabeça. Não parecia possível... e ainda assim...

Decidiu fazer uma visita a Miss Marple.

Ela o recebeu em sua bonita e ligeiramente abarrotada sala de visitas em estilo antigo.

— Vim relatar o progresso — disse Sir Henry. — Receio que, do nosso ponto de vista, as coisas não estejam indo bem. Eles prenderão Sandford. E devo dizer que acho que eles estão justificados.

— O senhor não encontrou nada para... como posso dizer... corroborar minha teoria, então? — Ela parecia perplexa, ansiosa. — Talvez eu esteja errada, muito errada. O senhor tem uma vasta experiência, certamente saberia se fosse o caso.

— Para começar — disse Sir Henry —, eu mesmo mal consigo acreditar. E, ainda por cima, estamos enfrentando um álibi inquebrável. Joe Ellis passou a noite instalando prateleiras na cozinha, e Mrs. Bartlett o observou fazer isso.

Miss Marple inclinou-se para a frente, com a respiração curta.

— Mas não pode ser — disse ela. — Era sexta-feira à noite.

— Noite de sexta-feira?

— Sim, sexta à noite. Nas sextas-feiras à noite, Mrs. Bartlett entrega a roupa que lavou para seus clientes.

Sir Henry recostou-se na cadeira. Ele lembrou-se da história do menino Jimmy, sobre o homem que assobiava e, sim, tudo se encaixava.

Ele se levantou, segurando Miss Marple calorosamente pela mão.

— Acho que já sei por onde seguir — disse ele. — Pelo menos, posso tentar...

Cinco minutos depois, estava de volta à casa de Mrs. Bartlett, de frente para Joe Ellis na pequena sala entre os cães de porcelana.

— Você mentiu para nós, Ellis, sobre a noite passada — disse ele secamente. — Não estava aqui na cozinha instalando a cômoda entre 20h e 20h30. Você foi visto caminhando ao longo da beira do rio em direção à ponte alguns minutos antes de Rose Emmott ser assassinada.

O homem arfou.

— Ela não foi assassinada, não foi. Não tive nada a ver com isso. Ela se jogou, se jogou. Estava desesperada. Não teria tirado um fio de cabelo de sua cabeça, nunca.

— Então, por que mentiu sobre onde estava? — perguntou Sir Henry, astuto.

Os olhos do homem moveram-se e baixaram com o desconforto.

— Estava assustado. Mrs. B. me viu passando por lá e, quando soubemos logo depois o que havia acontecido, bom, ela achou que poderia parecer ruim para mim. Resolvi que diria que estava trabalhando aqui, e ela concordou em me apoiar. Ela é muito especial, é mesmo. Sempre foi boa para mim.

Sem dizer uma palavra, Sir Henry saiu da sala e foi para a cozinha. Mrs. Bartlett estava lavando a louça na pia.

— Mrs. Bartlett — disse ele, — já sei de tudo. Acho melhor a senhora confessar, isto é, a menos que queira que Joe Ellis seja enforcado por algo que não fez… Não. Vejo que não quer isso. Vou lhe dizer o que aconteceu. A senhora estava entregando as roupas de seus clientes. Deparou-se com Rose Emmott. Pensava que ela havia dispensado Joe e estava se envolvendo com o forasteiro. Mas agora, ela estava em apuros… Joe estava preparado para salvá-la… casar-se com ela se necessário, se ela o aceitasse. Ele mora na sua casa há quatro anos. A senhora se apaixonou por ele. Queria o rapaz para você. Odiava aquela garota, não conseguia suportar que a vagabundinha inútil tirasse seu homem. A senhora é uma mulher forte, Mrs. Bartlett. Pegou a garota pelos ombros e a empurrou para o riacho. Poucos minutos depois, encontrou Joe Ellis. O menino Jimmy viu vocês juntos à distância, mas, no crepúsculo e na névoa, ele presumiu que o carrinho de bebê fosse um carrinho de mão e que dois homens o estivessem empurrando. A senhora convenceu Joe de que ele poderia ser considerado suspeito e inventou o que deveria ser um álibi para ele, mas que na verdade era um álibi para a *senhora*. E então, estou certo, não estou?

Ele prendeu a respiração. Havia apostado tudo naquele lance.

Ela parou diante dele, esfregando as mãos no avental, lentamente se decidindo.

— Foi exatamente como o senhor disse, senhor — disse ela por fim, com sua voz calma e submissa (uma voz perigosa, Sir Henry de repente sentiu que era). — Não sei o que deu em mim. Sem vergonha... é isso o que ela era. Simplesmente me ocorreu... ela não vai tirar Joe de mim. Não tive uma vida feliz, senhor. Meu marido era muito pobre, debilitado e mal-humorado. Tratei e cuidei dele de verdade. E, então, Joe veio se hospedar aqui. Não sou uma mulher tão velha, senhor, apesar dos meus cabelos grisalhos. Tenho apenas 40 anos, senhor. Joe é um homem como poucos. Eu teria feito qualquer coisa por ele... qualquer coisa. Ele era como uma criança, senhor, tão gentil e ingênuo. Ele era meu, senhor, para tomar conta e cuidar. E isso... isso... — Ela engoliu em seco, controlando a emoção. Mesmo naquele momento, era uma mulher forte. Endireitou-se e olhou para Sir Henry com curiosidade. — Estou pronta para ir, senhor. Nunca pensei que alguém fosse descobrir. Não sei como o senhor soube, senhor... Não sei, de verdade.

Sir Henry balançou a cabeça suavemente.

— Não fui eu quem descobriu — disse ele, e pensou no pedaço de papel ainda em seu bolso, com as palavras escritas em caligrafia elegante e antiquada.

Mrs. Bartlett, com quem Joe Ellis se hospeda em Chalés do Moinho, n. 2.

Miss Marple havia acertado novamente.

Notas sobre
Os treze problemas

A primeira aparição de Miss Marple foi no conto "O Clube das Terças-feiras", lançado em 1927.

Esta coletânea foi dedicada a Leonard e Katherine Woolley. Leonard foi um famoso arqueólogo britânico que Agatha Christie conheceu em Ur.

Em 1932, o *Daily Mirror* resenhou *Os treze problemas* e afirmou: "Os enredos são tão bons que nos maravilhamos com a prodigalidade que foi exibida, já que a maioria deles daria um *thriller* de longa-metragem".

O conto "O gerânio azul" foi adaptado para a quinta temporada de *Agatha Christie's Marple*. O episódio estrelado por Julia McKenzie foi ao ar pela primeira vez em junho de 2010.

Em "O Clube das Terças-feiras", a futura esposa de Raymond é chamada de Joyce, mas nas histórias posteriores de Miss Marple ela é renomeada como Joan.

Alguns elementos do conto "A erva da morte" aparecem na adaptação de *Agatha Christie's Marple* de *O segredo de Chimneys*.

Muitos leitores notarão as semelhanças do conto "Uma tragédia de Natal" com o enredo do romance posterior de Agatha Christie, *Morte na praia*.

Em "O hadoque" há um trocadilho de Grey Wethers, o local real descrito por Miss Marple, e "grey weather", em inglês "clima cinza" ou "nublado".

Em "A acompanhante", os Guias Baedeker foram guias de viagem pioneiros, lançados por Karl Baedeker (1801-1859), que, em 1839, publicou um primeiro exemplar endereçado aos viajantes que desejavam conhecer o vale do Reno.

Ainda no mesmo conto, as pantomimas são peças cômicas infantis tradicionais e até hoje muito populares na Inglaterra, principalmente perto do Natal. Nos anos 1930, o papel de *principal boy*, garoto principal, era sempre desempenhado por uma mulher.

Este livro foi impresso pela Ipsis,
em 2024, para a HarperCollins Brasil.
A fonte usada no miolo é Cheltenham, corpo 9,5/13,4pt.
O papel do miolo é pólen bold 70g/m²,
e o da capa é couché 150g/m² e cartão paraná.